도

죽지

않았다

그리고
아무도
죽지 않았다

시라이 도모유키 장편소설 ─ 구수영 옮김

내
친구의
서재

차례

. . . .

1장	2장	3장	4장	5장	6장	7장	8장
발단	초대	참극(1)	참극(2)	참극(3)	참극(4)	참극(5)	전말
11	73	145	177	229	269	303	331

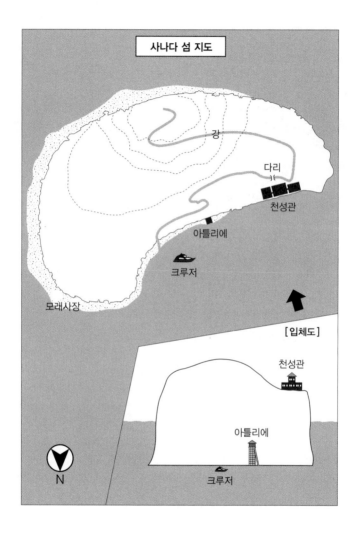

사나다 섬 지도

강

다리

천성관

아틀리에

크루저

모래사장

[입체도]

천성관

아틀리에

크루저

N

오마타 우시오 필명 오마타 우주, 단 한 권의 책을 출간한 추리작가

긴보게 사키 고등학생 때 데뷔한 여성 추리작가

욘도 우동 추리작가, 얼굴에 피어싱이 가득한 거구의 사내

아라라기 아바라 자살과 관련된 소설을 쓰는 작가

마사카 마사카네 마취과 의사, 추리작가

아마키 아야메 다섯 명의 추리작가를 섬으로 모은 수수께끼의 인물

에노모토 도 우시오의 친구, 추리작가

다마시마 출장 마사지 업소 오너

아키야마 아메 마카 대학교 문화인류학과 교수

아야마키 하루카 마카 대학교 학생, 모든 사건의 발단

나는 지금 어둠 속에 있다.

경치도, 소리도, 냄새도 없다.

그저 아무것도 없는 세계만이 끝없이 펼쳐져 있다.

이것이 사후 세계라면 너무나도 공허하다.

이곳은 삶과 죽음 사이의 틈새인 걸까.

별안간 몸속에서 모든 세포가 동시에 파열한 것 같은 충격이 일었다.

세계가 낱낱이 무너져 내린다.

몸이 안쪽에서부터 터져버릴 것만 같다.

그때, 무서운 것을 보았다.

입에서 천천히 곤충처럼 딱딱한 팔이 돋아난 것이다.

내가 망가져 간다.

두 번 다시 원래 모습으로는 돌아갈 수 없다.

어머니의 자궁에서 나온 후 31년간,

단 한 번도 맛본 적 없는 공포를 느꼈다.

발단

1장

1

"원고는 아직인가요?"

휴대전화의 통화 버튼을 누르자, 가모가와쇼텐 출판사에서 일하는 모기 편집자의 목소리가 들렸다.

오마타 우시오는 지비에 요리점(주로 사냥으로 구한 재료를 요리하여 제공하는 가게-옮긴이)을 자처하는 싸구려 술집 '베로베로'에서 까마귀 가슴살과 두꺼비 회를 안주 삼아 미지근한 맥주를 마시고 있었다. 그는 평범한 술집이라고 착각하고 들어온 여대생 두 명의 얼굴이 새파래지는 것을 바라보던 참이었다.

베로베로는 도쿄의 그 어떤 곳보다 싸게 술을 마실 수 있는 가게로, 어디에서 가져온 것인지 알 수 없는 개구리나 까마귀, 가재 등을 이용해 창작요리를 내는 곳이었다. 언젠가는 이상한 곤충을 만나게 될지도 모르지만, 술을 못 마셔서 노이로제에 걸려 죽는 것보다는 낫다. 보다 중요한 것을 위해서는 사소한 것 따위는 희생할 수밖에 없는 법이다.

아무리 씹어 당겨도 꼬치에서 빠지지 않는 까마귀 고기를 포기하고 두꺼비 회를 입으로 옮기려던 찰나, 갑자기 휴대전화 벨이 울렸다. 느긋하게 술을 마시던 중이었는데, 순식간에 현실로 끌려왔다.

"원고? 아, 몰라. 나는 여대생 말이 아니면 안 듣기로 했어."

"선생님, 취하셨나요?"

모기 편집자가 눈썹을 아래로 깐 채 쓴웃음을 짓는 표정이 눈앞에 떠올랐다. 모기는 대학교 졸업 후 10년 동안 추리소설 작가만을 담당한 베테랑 편집자로, 작년부터는 미나미아오야마의 고급 맨션에서 소설가 지망인 젊은 여자와 동거 중이다. 그야말로 부아가 치미는 녀석이다.

"저는 물론 독자들도 오마타 선생님의 신작을 손꼽아 기다리고 있다고요."

"거짓말 좀 작작 해. 왜 편집자의 유흥비를 위해 내가 일해야 하는 건데? 그렇게 책을 만들고 싶으면 직접 쓰면 되잖아."

"독자들은 오마타 우주의 신작을 기다리고 있다고요. 그리고 오마타 선생님, 슬슬 저금이 바닥날 때가 되지 않았나요?"

모기가 목소리 하나 바꾸지 않고 말했다. '우주'는 우시오의 필명이다. 우시오는 술에 취하면 자신의 생활을 몽땅 털어놓는 버릇이 있기에, 술이 센 모기에게 모든 개인정보를 꽉 잡힌 상태였다. 모기는 우시오가 여대생 출장 마사지에 빠져서 마치 물 쓰듯 인세를 쏟아부었다는 사실도 당연히 알고 있었다.

"나는 개구리를 먹고도 살아갈 수 있는 남자야. 그런 걱정 안 해도 돼."

우시오가 젓가락으로 두꺼비의 배를 찌르자, 반쯤 열려 있던 입에서 분홍색 혀가 튀어나와 접시 위에 앉아 있던 파리를 집어삼켰다. 배가 찢어지고 내장도 잃었는데, 대단한 근성이다.

"알겠습니다. 마감이 다가오면 다시 연락드리죠. 오늘은 사실 다른 건으로 드릴 말씀이 있어서요."

"응? 여대생 출장 마사지가 진짜 여대생인지 간파하는 방법이라도 알고 싶어진 거야?"

가볍게 내뱉은 말을 바로 후회했다. 모기가 사람을 치켜세울 때는 주의가 필요하다. 모기는 이쪽을 기분 좋게 만든 후에 언제나 어려운 문제를 들이밀곤 했다.

"오마타 선생님, 마카 대학교의 아키야마 교수라는 분 아세요?"

"처음 듣는데."

"《분무도의 참극》 작가와 이야기를 하고 싶다고 편집부에 연락이 왔거든요. 오세아니아 문화 연구의 일인자 같더라고요."

"알 게 뭐야."

우시오는 강하게 내뱉었다. 오세아니아 문화에는 아무런 관심도 없다.

"저희 출판사, 내년 봄에 인문계 총서를 낼 계획인데, 편집부로서는 이 기회를 놓치기 아깝다는 말이 나와서요. 오마타 선생님이 이 교수님을 만나주셨으면 하는데요."

"뭐?"

우시오가 외치자, 건너편 자리에서 다리가 세 개 자라 있는 올챙이 튀김을 먹던 여대생이 겁에 질린 얼굴로 눈길을 피했다.

"저도 같이 갈 테니 걱정하지 마세요. 오마타 선생님은 적당히 이야기를 들어주시기만 하면 돼요."

"바보 아니야? 나도 한가하지 않다고."

"일도 안 하고, 시간 많으시잖아요. 경비는 저희가 낼 테니까 걱정 마시고요."

"술 안주거리로 묻는 건데, 그 녀석은 왜 나를 만나고 싶어 하는 거야?"

"잘 모르겠어요. 뭐, 분무도의 묘사에 불만이 있는 것 아닐까요? 이 교수, 분무족의 책을 몇 권이나 쓴 것 같거든요. 그럼 일정이 정해지면 연락드리겠습니다. 잘 부탁드려요."

일방적으로 통화가 끊기고 뚜뚜, 하는 무기질적인 전자음이 들렸다. 자신도 모르게 휴대전화를 주방을 향해 던져버리고 싶어졌다. 변함없이 제멋대로인 녀석이다.

반년 전에 우시오가 발표한《분무도의 참극》은 원주민이 사는 미크로네시아의 외딴섬에서 벌어지는 살인사건을 그린 추리소설이었다. 전문가가 읽으면 꼬투리를 잡고 싶어지기도 하리라.

곤란하게 되었다. 작품에 관해 물어봐도, 우시오는 어떤 대답도 할 수 없다.

사실 우시오는 태어나서 지금까지 단 한 줄의 소설도 쓴 적이 없기 때문이다.

우시오의 아버지, 스즈키 조는 도무지 어찌할 수 없는 남자였다.

그는 문화인류학자를 자처하며 동남아시아나 오세아니아의 소수민족과 함께 생활하면서, 그들의 사회나 가족 구조를 관찰하는 참여형 현장 조사를 빈번히 해왔다. 10년 정도 전에는 방송에도 출연했고, 그때부터 조의 이름이 널리 알려졌다고 했다.

하지만 조에게는 또 다른 얼굴이 있었다. 학생 시절부터 함께 해온 조강지처가 있음에도 각국의 사창가에서 곤란한 처지의 여자를 사서 취업 비자를 내어주고 일본으로 데려온 것이다. 조가 죽은 후에 나온 주간지 기사에 따르면, 조가 도쿄의 싸구려 연립에 숨겨두었던 여자가 스무 명이 넘는다고 했다.

우시오는 조가 말레이시아에서 데려온 매춘부의 둘째 아이였다. 어머니는 세 명째의 아이를 사산한 후, 우시오가 초등학교 소풍에 나선 날 아침에 수면제를 과다복용하고 죽었다. 형은 지역의 불량배 집단에서 졸개 노릇을 하다가 우시오가 중학교 수학여행에 나선 날 밤에 오토바이를 타고 벼랑에서 떨어져 죽었다. 우시오는 여행을 싫어하게 되었다.

아동 보호시설에서 자란 우시오가 아버지의 정체를 알게 된 것은 열다섯 살 때였다. 형의 유품을 정리하던 중, 조가 아기를 안고 있는 사진을 발견한 것이다. 조의 얼굴은 몇 번인가 텔레비전에서 봐서 알고 있었다. 다만 당시에는 이미 뇌경색이 악화되었던 듯, 공적인 자리에는 모습을 드러내지 않았다.

그로부터 5년 후, 일용직 일로 입에 풀칠하던 우시오에게 변호사로부터 편지가 도착했다. 어려운 말로 가득해서 뭐가 적혀 있는지 반 정도밖에 이해하지 못했지만, 조가 죽었다는 점, 2년 전에 아내와 이혼했다는 점, 혼외자인 우시오에게도 상속권이 있다는 점이 적혀 있었다.

망나니 같은 부모라도 유산을 받을 수 있다면 고마운 일이다. 우시오는 휘파람을 불며 기뻐했지만, 동봉된 유산 분할 협의 안내문을 보고 기분이 차갑게 식었다. 조의 혼외자로 나열된 이름이 서른네 명이나 된 것이다. 가령 1000만 엔의 유산이 있다 해도 34로 나누면 30만 엔밖에 남지 않는다.

단서 조항에 따르면, 답신이 없을 경우에는 대리인에게 위임을 승낙한 것으로 간주한다고 적혀 있었다. 우시오는 모든 것이 다 바보처럼 느껴져서 편지를 쓰레기통에 던져버렸다.

반년 후, 변호사로부터 열네 개의 택배 박스가 도착했다. 골판지로 된 박스 안에는 본 적도 없는 수준의 두꺼운 책과 학술지로 가득 채워져 있었다. 뚜껑을 여는 것만으로도 먼지가 일었고, 방이 곰팡내로 가득 찼다. 유산 분할 협의 결과, 이 책이 우시오의 유산으로 결정된 듯했다. 우시오는 자신의 집에 누가 개똥을 던진 것 같은 기분을 느꼈다.

안 그래도 비좁은 방에 열네 개나 되는 골판지 박스를 두고는 도저히 생활할 수 없다. 책을 박스에 다시 담고 쓰레기장으로 가져가려던 순간, 문득 에노모토 도가 떠올랐다.

에노모토는 우시오와 같은 시설에서 자란 친구로, 틈만 나면 책을 읽던 공붓벌레였다. 시설을 나온 뒤에는 서점원이라도 되지 않을까 했는데, 몇 개인가의 아르바이트를 전전한 후 2년 전에 《MYSON》이라는 추리소설로 데뷔했다. 우시오는 첫 페이지밖에 읽지 않았지만, 서점 매대에 책이 쌓여 있는 것을 본 적이 있었다. 그 후에도 1년에 두세 권씩 책을 쓰는 한편 인터넷으로 고서점을 운영하며 생계를 유지했다. 반년 전에 고급 주택가로 유명한 시라미 시의 고급 맨션으로 이사한 것을 보면, 일은 잘 풀리는 것 같다.

"학술계 서적은 원래 잘 안 다루지만 일단 한번 검토해볼게. 책 제목을 정리해서 보내줄래?"

전화로 사정을 설명하자 에노모토가 사무적인 말투로 말했다. 집까지 책을 가지러 와주지는 않는 모양이다.

우시오는 하릴없이 박스를 열어서 책을 늘어놓고 휴대전화로 제목 리스트를 만들었다. 본 적 없는 언어로 적힌 책이나 어디에도 제목이 적혀 있지 않은 책도 있었다. 대부분은 학술서였지만, 드문드문 오래된 추리소설도 섞여 있었다.

세 번째 박스가 텅 비어갈 때쯤, 바닥에 두툼한 봉투가 깔린 것을 발견했다. 나무판이라도 들어 있는 것 같은 무게였다. 열어 보자 A4 용지 다발이 나왔다.

"뭐야, 이게."

표지에는 '분무도의 참극 스즈키 조'라고 적혀 있었다. 조가 쓴 소설인 걸까.

가벼운 기분으로 페이지를 넘겨보았다가 순식간에 소설의 세계에 빠져들었다.

일본인 민속학자 다카라다 후미고로는 폰페이 섬의 남서쪽 700킬로미터에 위치한 분무도를 방문, 원주민과 공동생활을 시작한다. 분무족은 2400년의 역사에서 단 한 번도 전쟁을 일으킨 적이 없는 조화와 우애의 민족으로 알려져 있다. 하지만 후미고로가 상륙한 다음 날부터 둑이 터진 것처럼 살인사건이 발생한다. 악마의 가면인 자비 마스크를 쓴 괴인에 의한 살육의 폭풍우가 불어 닥치고 분무족은 괴멸의 위기를 맞닥뜨리게 된다. 과연 분무도에서는 무슨 일이 벌어지고 있는 걸까?

우시오는 끊이지 않고 일어나는 사건과 사이사이 절묘하게 녹아 있는 문화인류학 지식에 빠져 밥을 먹는 것도 잊고 《분무도의 참극》을 탐독했다.

스즈키 조가 작가로서 활동했다는 이야기는 들은 적이 없었다. 추리소설을 너무나 좋아하다 보니 직접 소설을 쓰게 된 걸까. 초보의 습작이라고는 하지만, 책을 읽지 않는 우시오가 빠져들어 읽어버릴 정도인 걸 보면 꽤 훌륭한 솜씨임이 분명했다.

우시오는 흥분을 억누르고 에노모토에게 전화를 걸었다.

"보석을 발견했어. 미발표 추리소설이야. 죽을 만큼 재미있어."

"책을 읽은 거야? 웬일이야."

에노모토가 핀트가 어긋난 말을 했다.

"너한테 팔게. 얼마 줄래?"

"저자가 누군데?"

"우리 아버지."

휴대전화 너머로 에노모토의 한숨 소리가 들렸다.

"뭐라는 거야. 내가 왜 초보의 소설을 사야 하는 건데?"

"엄청 재미있다니까. 속는 셈 치고 읽어 봐."

"잠깐만. 네가 착각하고 있는 게 있어."

에노모토가 아이를 혼내는 것처럼 딱딱한 말투로 말했다.

"나는 고서점을 운영해. 책으로 만들어지지 않은 것에는 가격을 매길 수 없어."

"그럼 눈앞의 보석을 버리겠다는 거야?"

"그렇게까지 말한다면 출판사에 보내보는 건 어때? 재미있다면 책으로 만들어줄지도 모르잖아."

그렇군. 그런 방법이 있었어. 우시오는 빈 맥주 캔을 쓰레기통에 던져 넣었다.

"오케이. 출판사에 100만 엔에 팔아주지."

"그건 안 될걸? 유산 분할 협의에서 네가 상속받은 건 어디까지나 아버지가 가지고 있던 자료잖아. 네가 소설의 저작권을 상속했다고 주장해도 다른 유족이 납득할 리가 없어. 만약에 그 소설을 돈을 받고 판다면 소송에서 이기지 못할 거야."

뭐야, 그게. 법률이라는 놈은 우시오가 어떻게 해도 이익을 얻지 못하도록 만들어진 듯했다.

통화를 마치고 다시 한 번 A4 용지를 넘겨보았다. 오싹할 정도의 연속살인사건의 끝에서 기다리는 충격적인 결말. 역시 이 소설을 휴지조각으로 만들기는 아깝다.

별안간 마가 씌었다.

스즈키 조의 이름으로 소설을 출판할 수 없다면 아예 우시오가 쓴 것으로 하면 되지 않을까. 박스 밑바닥에 깔아서 보낼 정도니까 다른 가족은 이 원고를 읽지 않았으리라. 조의 성욕 탓에 자신이 쓰레기 같은 인생을 보내온 셈이니까 이 정도로 벌은 받지 않을 터였다.

다음 날, 우시오는 아르바이트를 하는 재활용 가게의 사무실에서 '분무도의 참극 오마타 우주'라고 쓴 종이를 인쇄했다. '우주'는 본명을 비틀어 만든 필명이었다.

에노모토가 말하길, 가모가와쇼텐이라는 출판사가 무명작

가의 투고를 받아준다고 했다. 우시오는 원고의 표지를 바꾼 후 봉투에 가모가와쇼텐의 주소를 갈겨 적어 우편함에 집어넣었다.

한 달이 지나 우시오의 방에 있던 박스가 겨우 정리되었을 무렵, 휴대전화의 벨이 울렸다.

"가모가와쇼텐의 모기라고 합니다.《분무도의 참극》, 다른 출판사에는 보내지 않으셨죠?"

무척이나 일을 잘할 것 같은 남자의 목소리였다.

"안 보냈는데요. 왜요?"

"다행이네요. 꼭 저희 출판사에서 책을 내주셨으면 합니다."

남자가 흥분한 듯 목소리를 높였다.

《분무도의 참극》이 30만 부를 돌파하는 베스트셀러가 된 것은 그로부터 반년 후의 일이었다.

2

마카 대학교 캠퍼스에는 마천루 같은 고층 빌딩이 줄지어 들어서 있었다.

역시 대학교에서는 돈 냄새가 난다. 깔끔하게 차려입은 남학생들이 벤치에 앉아 담소를 나누는 중이었다. 여학생이 보이지 않아 다소 실망했다.

우시오가 학교 모델이 인쇄된 포스터를 바라보고 있자니 경비원이 말을 걸었다.

"이쪽으로 오세요."

모기와 우시오는 복권판매소 같은 부스로 안내되었다.

"문화인류학과의 아키야마 교수님과 만날 약속을 했는데요."

모기가 익숙한 말투로 말했다. 경비원이 높게 쌓인 서류 밑에서 바인더를 끌어내자, 쌓여 있던 종이와 파일이 무너져 인형 하나가 그 밑에 깔려버렸다.

"이것 봐, 인형이 납작해졌어. 오늘은 운수가 안 좋아. 돌아가는 게 좋을 것 같은데."

"오마타 선생님, 잠시 조용히 계세요."

모기가 정색하고 말했다. 경비원이 바인더를 펼쳐서 모기에게 내밀었다. 방명록처럼 이름과 주소를 적는 칸이 나열되어 있었다.

모기가 적어 내려가는 것을 무료하게 바라보다가 서류에 깔린 인형과 눈이 맞았다. 이상한 나라의 앨리스 풍의 에이프런 드레스를 입은 여자아이가 환각제를 맞은 것처럼 멍한 눈으로 이쪽을 바라보고 있다. 가슴 부근의 배지를 보니 '마카 대학교 공식 캐릭터 마카후시기'라는 이름인 듯했다. 우시오는 어쩐지 가여워져서 서류의 산에서 인형을 끄집어내 책상 위에 올려놓았다.

"명함을 한 장씩 받아두고 있습니다."

모기가 주소를 다 적자 경비원이 정중한 말투로 말했다. 모기는 곧장 명함첩을 꺼냈다.

"가모가와쇼텐의 모기라고 합니다."

우시오는 점퍼 주머니에서 빨래로 쭈글쭈글해진 명함 덩어리를 꺼냈다. 《분무도의 참극》이 간행되었을 때 서점에 인사를 다니기 위해 만든 것이었다.

달라붙은 종이를 떼어내려는 찰나, 갑자기 바람이 불었다. 명함이 마치 축하연에서 뿌리는 색종이처럼 캠퍼스로 날아가 버렸다.

"앗. 어이, 모기, 역시 돌아가는 수밖에 없겠어."

"동반하신 분은 명함이 없으셔도 됩니다. 문화인류학과는 P동입니다."

경비원이 질색하는 표정으로 말했다.

P동은 캠퍼스 안쪽, 마천루의 그림자 같은 곳에 있었다.

"오마타 선생님, 금발도 잘 어울리시네요."

캠퍼스를 걸으며 모기가 속이 훤히 들여다보이는 칭찬을 내뱉었다.

우시오는 전날 밤늦게 셀프 탈색을 했다. 대학교에는 세련된 사람들이 많을 테니 머리카락 정도는 염색하는 편이 좋지 않을까 걱정했지만, 캠퍼스를 둘러본 결과 우시오의 완전한 착각이었다. 아무리 머리가 덥수룩하더라도 부자에게서는 부자 냄새가 나는 법이다.

"두피가 아파. 뇌출혈일지도 몰라. 역시 다른 날에 오는 게."

"기분 탓일 거예요. 얼른 가죠."

모기가 알루미늄 문을 열고 빠른 발걸음으로 계단을 내려갔다. 우시오는 넌더리를 내며 그 등을 쫓았다.

복도 바로 앞에 있는 문에 '아키야마 연구실'이라고 적힌 플레이트가 달려 있었다. 여기에도 '마카후시기'의 스티커가 붙어 있다. 아까 도와준 은혜도 잊은 듯, 마치 행운을 불러준다고 광고하는 캐릭터 같은 수상한 미소를 짓고 있었다.

문에 달린 유리창에서 빛이 흘러나왔다. 모기가 노크를 하자 10초 정도 후에 문이 열렸고, 마스크를 쓴 젊은 여성이 얼굴을 내밀었다.

"가모가와쇼텐의 모기라고 합니다. 이분은 소설가 오마타 우주 선생님이시고요."

"기다리고 있었습니다. 이쪽으로 오세요."

여성은 두 명을 응접실로 안내했다. 서로 마주한 채 놓인 소파를 높다란 스틸 선반이 감싼 구조였다. 선반 위에는 세계 각지에서 수집한 듯 보이는 가면이나 인형이 놓여 있었다. 조의 골판지 박스와 같은 냄새가 났다.

5분 정도 기다리자, 미닫이문이 열리며 백발노인이 모습을 드러냈다. 이미 여든은 훌쩍 넘은 듯했다. 팔다리가 나무 토막처럼 가늘고, 얼굴에는 깊은 주름이 가득했다. 하지만 발걸음에는 힘이 넘쳤고, 움푹 팬 눈구멍 안쪽에는 찌를 듯한 안광이 맴돌았다.

"처음 뵙겠습니다. 가모가와쇼텐의 모기라고 합니다."

모기는 매너 강사 같은 미소를 지었다. 우시오도 허둥대며 고개를 숙였다.

"아키야마 아메라고 하네. 내가 찾아가야 했는데 이렇게 불러서 미안하군."

아키야마가 정정한 움직임으로 소파에 앉았다.

"멋진 컬렉션이네요. 전부 교수님이 모으신 건가요?"

모기가 선반 위를 올려다보며 말을 꺼냈다. 실제로는 그렇게 생각하지도 않으면서 입으로는 말이 술술 나오는 것이 이 남자의 특기다.

"맞다네. 저건 자네도 알고 있지 않나?"

아키야마가 왼쪽 선반에 놓인 가면을 가리키며 우시오를 바라보았다.

아기처럼 조각된 얼굴. 진흙을 굳힌 반죽에 옅은 갈색 칠을 했다. 다른 가면에 비해 인간의 얼굴을 꽤 정교하게 재현했지만, 눈의 수가 이상할 정도로 많아서 코 위쪽으로는 거의 모든 부분이 수많은 안구로 뒤덮여 있었다.

"……'자비 마스크'인가요?"

"그렇네. 분무족이 족장을 뽑는 의식에서 이용하는 악마의 가면. 성인이 된 남자가 이 가면을 쓰고 짐승처럼 털을 곤두세운 도롱이를 걸침으로써 그 남자는 섬을 저주하는 악령이

빙의하는 매개체가 되지. 자네의 소설에서는 살인범이 쓰고 있었지만 말이야. 이것도 무엇인지 알아보겠나?"

아키야마 교수가 한 칸 아래를 가리켰다. 길이 20센티미터 정도의 진흙 인형이 칸막이에 기댄 채 세워져 있었다. 색이 칠해져 있지 않아 검은 점토가 드러나 있다. 배가 매우 부푼 체형으로, 얼굴에는 꼬챙이로 찌른 듯한 구멍이 다섯 개 뚫려 있었다.

"'자비 인형'이네요."

"맞아. 같은 의식에서 주술사가 악령을 부르기 위한 제물로 이용하지. 자네 소설에서는 살해현장에 놓여 있었고 말이야. 꽤 재미있게 읽었다네."

아키야마 교수가 서류 가방에서 《분무도의 참극》을 꺼냈다. 역시 작품에 불만이 있는 듯했다.

"교수님, 오늘은 무슨 일 때문에 저희를 부르신 건지요?"

모기가 무릎에 손을 올리고 생글거리며 말했다.

"오마타 씨에게 질문이 있다네. 자네는 도대체 뭐하는 사람인가?"

아키야마 교수는 꿰뚫는 듯한 눈초리로 우시오를 노려보았다.

"……저는 그냥 작가인데요."

"질문을 바꾸지. 나는 55년간, 분무족의 풍속, 전통, 사상을 연구해왔네. 자네는 분무족에 대해 무엇을 알고 있지?"

"저는 자료를 읽고 이 책을 쓴 것뿐입니다. 그 이상 아는 건 없어요."

미리 정해둔 답이었다. 물론 자료 따위 본 적이 없지만, 이렇게라도 말하지 않으면 앞뒤가 맞지 않는다.

아키야마 교수는 표정을 바꾸지 않고 서류 가방에서 두툼한 파일을 꺼내 들었다. 페이지를 넘기자 좁쌀 같은 알파벳이 가득 적혀 있었다.

"이건 미크로네시아 연방의 조사단이 지난달 발표한 보고서야. 한번 읽어봐 줄 수 있을까."

"죄송합니다. 저는 영어를 못해서요."

아키야마 교수의 눈썹이 꿈틀거렸다.

"작년 10월, 싱가포르의 리라는 연구자가 분무도를 방문했다가 놀라운 사태를 만났다네. 200명 넘게 있었던 분무족이 마흔다섯 명의 여자와 일곱 명의 남자를 남기고 모습을 감춰버린 거야. 살아남은 남자는 일흔에 가까운 장로와 열 살 미만의 아이들뿐. 분무족이 존속하는 건 극히 곤란해졌다고 말해도 좋아. 남겨진 여자들도 혼이 나간 듯한 상태여서 제대로 된 커뮤니케이션을 취할 수 없었어."

몇 초간 아키야마 교수가 무슨 말을 하는 것인지 알 수 없었다. 우시오의 책이 간행된 것이 작년 9월이니까, 그 한 달

후에 분무족에게 이상이 발생한 것이 된다. 그런 이야기는 처음 들었다.

"자네의 책은 분무족의 운명을 예언한 것처럼 보여. 다시 한 번 묻네만, 자네는 도대체 뭐하는 사람인가?"

"우연이에요. 저는 그저 작가로, 분무족을 실제로 본 적도 없습니다."

사실은 작가조차도 아니지만, 그 사실을 털어놓는다고 해도 이야기를 복잡하게 만들 뿐이다.

"그 연구자는 왜 분무족을 방문한 거죠?"

모기가 몸을 앞으로 기울이며 물었다. 이 녀석은 아키야마 교수에게 잘 보여서 기회가 되면 책을 써달라고 하려는 생각뿐이다.

"작년은 3년에 한 번, '다다'라고 불리는 족장을 뽑는 의식이 열리는 해였지. 리는 전부터 분무족과 교류가 있었고, 의식에서 선택받은 새로운 다다를 알현할 예정이었어."

"분무족 사람들은 홀연히 모습을 감춰버린 건가요?"

"아닐세. 미크로네시아 연방 조사대가 매장지를 파헤쳐보니, 땅에 묻힌 지 얼마 안 되는 시신이 대량으로 나왔거든. 그들은 어떤 이유로 목숨을 잃은 걸세. 원인은 알 수 없지만 말이야."

"내전이라도 벌어졌던 걸까요?"

"아니야. 분무족은 조화와 우애의 민족이야. 그들은 개인과 집단의 경계가 모호하고, 집단 내의 갈등을 힘으로 해결하려는 발상 자체를 못해. 2400년의 역사를 돌아봐도 인간들 사이의 폭력으로 인해 목숨을 잃은 자는 전무하다네."

"남성이 걸리기 쉬운 감염병이 유행했을 가능성은요?"

"보고서에 의하면 시신에서 치사성이 높은 병원체는 검출되지 않았어. 미지의 감염증이 맹위를 떨쳤을 가능성도 부정할 수 없지만, 현시점에서는 공상의 영역에 불과해. 하지만 사체를 촬영한 사진에 신경 쓰이는 게 찍혀 있었다네."

아키야마 교수가 파일에서 열 장 정도의 사진을 꺼냈다. 흙과 마른 잎, 지렁이의 사체 등으로 범벅이 된 인골이 이쪽을 바라보고 있다. 턱을 낮추고 가슴 위로 손을 엇갈린 자세는 하늘을 향해 기도라도 올리고 있는 듯했다. 위턱과 아래턱 사이에는 나무 말뚝이 박혀 있었다.

"이 나무는 뭐죠?"

"속박의 말뚝이야. 죽은 이가 자비에게 끌려가지 않도록 땅에 묻는 시신의 턱에 말뚝을 박아 넣지. 하지만 문제는 그게 아니야. 뼈를 한번 보게."

아키야마 교수가 인골의 어깨를 가리켰다.

"……팔이 없네요."

모기가 불가사의한 표정으로 중얼거렸다. 그 말을 듣고 보니 어떤 시신이건 간에 팔이나 다리의 뼈가 부족했다.

"그중에는 동물의 잇자국이 남아 있는 뼈도 있었어."

"분무도의 동물들이 인간을 습격했다는 말인가요?"

"그런 셈이 되지. 리의 증언에 의하면 그가 10월에 섬을 방문했을 때, 중상을 입은 청년이 한 명 살아남아 있었다고 해. 그 남자의 배에도 세 개의 발톱에 의해 찢겨 나간 듯한 커다란 상처가 있었다더군."

"그 연구자는 청년에게 무슨 일이 있었는지 안 물어봤나요?"

"물론 물어봤지. 하지만 다른 생존자와 마찬가지로 정상적인 커뮤니케이션을 할 수 있는 상태가 아니었다더군. 청년은 같은 말을 끝없이 반복했을 뿐이라고 해."

아키야마 교수의 울대가 위아래로 천천히 움직였다.

"'물을 줘'라고."

온몸에 소름이 돋았다.

"그 청년은 어떻게 됐나요?"

"조사단이 방문했을 때는 이미 죽어서 묻혀 있었다고 하네. 그들의 보고서도 대량 사망은 야생동물이 일으킨 것이라고 결론을 짓고 있어. 분무도에는 육식을 하는 개나 악어도 있고, 바다에는 상어도 살지. 다다 선출을 앞두고는 남자들이 용맹함을 과시하기 위해 평소보다 무리한 사냥을 하는 일도 많아. 분위기가 너무 불타오른 나머지 남자들이 지켜야 할 선을 넘어버렸다……. 이 설에는 어느 정도 설득력이 있다네. 남자 중에서는 노인과 아이들만이 살아남아 있는 것도, 그들이 처음부터 다다의 후보에 들지 않았기 때문이라고 생각하면 납득이 되니까.

하지만 이 섬의 민족들은 2400년 전부터 동물들과 공생해 왔어. 자연으로부터 집단을 지키는 지혜도 몸에 익히고 있지. 개인적으로는 단 한 번의 선출로 이 정도의 피해가 나온다고는 생각하기 어렵다네."

"그렇다면 원인이 뭘까요?"

"뭐라 말할 수는 없지만, 무서운 가설을 하나 생각해볼 수 있지. 누군가가 사나운 외래 동물을 분무도에 들여온 게 아닐까 하는 가설 말일세."

아키야마 교수가 고개를 숙인 채 말을 멈췄다. 우시오의 답을 기다리는 것이다.

우시오를 의심하게 된 마음도 모르는 바는 아니었다. 하지만 우시오는 일본 바깥으로 나간 적이 단 한 번도 없었고, 어딘가의 섬에 야수를 풀어 주민을 학살하는 부도덕한 취미도 없다.

도움을 구하며 모기의 옆얼굴을 바라보자, 모기는 짐짓 점잔을 빼는 표정으로 사진을 바라보며, "흐음" 하고 고개를 끄덕일 뿐이었다. 아무짝에도 쓸모없는 남자다.

"저기, 반대로 여쭤보고 싶은데요. 아키야마 교수님은 제가 무엇을 했다고 생각하고 계신 건가요?"

《분무도의 참극》에서 족장은 섬에 사는 모든 여성과 성관계를 맺을 수 있다고 적혀 있지. 범인의 동기도 이런 특수한 문화이기에 성립하고 말이야."

아키야마 교수가 책장을 후드득 넘겼다.

"이 내용은 옳아. 분무족은 혼외 성교를 금기로 삼지만, 악령을 내쫓은 다다는 그 예외로 여겨지고 있어. 분무어로 아버지를 의미하는 다다는 금기를 깸으로써 간접적으로 족장으로서의 권위를 강화하는 거지.

하지만 문화적 보호의 차원에서 이 사실에 대해서는 공개된 장소에서 언급하지 않는 것이 연구자들 사이의 암묵의 룰로 여겨지고 있었다네. 적어도 일본어로 된 논문에 이 사실이 적힌 적은 단 한 번도 없고 말이야. 자네는 어떻게 분무족의 관습을 알고 있었던 거지? 사실은 분무도에 가본 적 있는 것 아닌가?"

"자료를 모으다가 영어로 된 논문을 읽은 것뿐이에요."

"아까는 영어를 모른다고 하지 않았나."

아키야마 교수가 보고서를 손으로 튕겼다. 망했다. 이대로라면 분무족을 몰살시킨 범인으로 몰리고 만다. 우시오는 필사적으로 지혜를 짜냈다.

"알겠습니다. 사실을 말씀드리죠. 분무족의 풍습에 대해서는 아버지에게 들었습니다."

"아버지?"

"문화인류학자인 스즈키 조라는 사람입니다."

우시오는 안면에 신경을 집중시켜서 그럴싸한 표정을 지었다. 어차피 조는 이미 죽었다. 무슨 말을 해도 들킬 리가 없다.

"그렇군. 자네는 그 남자의 아들이었군. 분명 스즈키는 규칙을 지키지 않는……, 아니, 금기에 얽매이지 않는 남자였지. 다다처럼 말이야."

아키야마 교수의 말투가 빨라졌다. 그의 동공이 커졌다.

"제 아버지를 아시나요?"

"스즈키는 내 제자야. 마지막까지 마음이 맞지 않았지만 말이야. 나와 스즈키는 정반대였지만, 어떤 의미로는 너무 닮은 것일지도 모르겠네."

아키야마 교수가 의미심장한 말을 했다.

"무슨 말씀인가요?"

"스즈키는 이 건과는 관계가 없지. 그 남자는 2년 전에 죽었고, 분무족을 사랑하기도 했으니까. 자네를 의심해서 미안하군. 이 이야기는 여기서 마치도록 하지."

아키야마 교수가 책상에 펼쳤던 자료를 정리해서 서류 가방에 담았다.

"잠시만 기다려 주세요. 지금의 이야기는 많은 사람에게 알려야 할 이야기라고 생각합니다. 가모가와쇼텐에서 책을 내어주실 수는 없으실까요?"

모기가 진짜 용건을 꺼내 들었다.

아키야마 교수가 격노하지는 않을까 생각했지만, 묘하게 미안한 듯한 표정으로 모기를 바라보았다.

"공교롭게도 시간이 없어서 말이야. 자네의 기대에는 부응할 수 없을 것 같군. 하지만 사실을 말하자면 자네들은 이미 내 원고를 가지고 있다네."

"……네?"

"언젠간 알게 될 걸세. 오늘은 와줘서 고마웠네."

아키야마 교수가 일방적으로 말을 마치고는 서류 가방을 손에 들고 응접실을 나가버렸다.

3

　아르바이트 휴식 시간에 사무실에서 담배를 피우는데 휴대전화 벨이 울렸다.

　어차피 모기 편집자에게서 온 재촉 전화일 터였다. 짜증 섞인 기분으로 화면을 보자 한 번도 본 적 없는 번호가 표시되어 있었다.

　"……여보세요."

　"오마타 우주 선생님이신가요?"

　젊은 여자의 목소리였다.

　"누구……?"

　"갑자기 죄송해요. 마카 대학교 4학년 아야마키 하루카라고 합니다."

　우시오는 엉겁결에 의자에서 몸을 벌떡 일으켰다. 지금 진짜 여대생과 전화를 하고 있다.

"무, 무슨 일이시죠?"

"저, 오마타 선생님의 팬이거든요. 실은 우연히 캠퍼스에 명함이 떨어져 있는 걸 발견하고 저도 모르게 전화하고 말았어요. 죄송해요."

우시오는 사무실을 뛰어나가서 아무도 없는 층계참으로 향했다. 심장 박동이 빨라지고 손바닥에 식은땀이 배어 나왔다. 여대생 팬이라고? 뭐야, 그게. 그런 생물이 실존한다니.

"저한테 무슨 용건이시죠?"

"죄송해요. 실례라는 건 알지만, 혹시 괜찮으시다면 식사라도 함께 안 하실래요? 아, 이건 절대로 아무에게도 말하지 않을게요."

하마터면 계단에서 발을 헛디딜 뻔했다. 말도 안 돼. 어차피 종교나 정수기 권유인 것 아니야?

"저랑 식사를요? 정말이신가요?"

"아, 역시 실례가 되겠죠. 죄송해요. 못 들은 거로 해주세요."

"아니요, 아니요. 마침 누군가에게 책에 대한 감상을 듣고 싶다고 생각하던 참이거든요."

마치 모기 편집자 같은 대사가 입에서 튀어나왔다.

"정말요? 고맙습니다! 그럼 장소와 시간은 문자로 연락드릴게요."

여대생은 정성껏 예를 표하고 전화를 끊었다.

'뭐야, 이게. 내 인생에 이런 행복이 있어도 좋은 걸까.'

귀에 남아 있던 여대생의 숨소리가 되살아나서 우시오는 자신도 모르게 미소를 지었다.

한밤중, 아르바이트를 마치고 집으로 돌아오고 나서도 흥분이 가라앉지 않았다.

누군가에게 자랑하고 싶어져서 친구들에게 전화를 걸어 댔다. 아무도 전화에 응답하지 않는 가운데 세 번째로 건 에노모토가 겨우 전화를 받았다.

"밤늦게까지 글 쓰는 중이야? 고생 많네. 고급 주택가의 공기는 맛있어?"

우시오가 캔 맥주를 목으로 흘려 넘기며 말했다.

"너와는 다르게 나는 내가 직접 글을 쓰니까. 이번에도 재미있는 책이 완성될 것 같아."

에노모토가 즐거운 듯 답했다. 순박한 남자다.

"어이, 에노모토. 너도 여대생 팬이 있어?"

"뭐?"

"나한테는 있거든. 그것도 귀여운 여대생. 사실 얼굴은 아직 모르지만."

우시오는 세 시간 정도 전에 걸려 온 전화 내용을 재현해서 들려주었다. 에노모토는 처음에는 "흐음"이라거나 "우와"라고 반응했지만, 도중부터는 어째선지 지장보살처럼 입을 다물었다.

"작가란 훌륭한 직업이네. 너도 힘내도록 해."

"우시오. 실은 말이야……. 아니, 이건 말 안 하는 게 좋으려나."

에노모토가 말끝을 흐렸다.

"뭔데. 어차피 종교 권유일 거라고 하고 싶은 거야?"

"그게 아니야. 음. 너는 그 여자가 누구인지 모르는 거지?"

에노모토가 확실히 하고 싶은 듯 물었다. 공교롭게도 실제로 마카 대학교 4학년이라는 것 말고는 아무것도 모른다. 우시오가 상상한 하루카는 어째선지 '마카후시기' 인형처럼 파란색 에이프런 드레스를 입고 있었다.

"여대생이라는 건 분명해. 나머지는 아무래도 좋잖아."

"편집자한테 들은 소문이 있어서 말이야. 추리작가를 노리는 이상한 여성 팬이 있다더라고."

이상한 여성 팬? 뭐야, 그게.

"알겠다. 나도 영화에서 봤거든. 작가를 감금하고 자신이 원하는 대로 글을 쓰게 하는 여자 말이지?"

"조금 달라. 그 여자는 팬인 척하면서 추리작가에게 접근해서 육체관계를 가지려 한다더라고. 미인계처럼 돈이 목적인 것도 아니고, 단순히 많은 작가와 잠자리를 하는 게 목적인 것 같지만."

"자유분방한 여자라는 거야?"

"글쎄. 나도 잘 모르겠어. 혹시 마사카 마사카네라고 들어봤어?"

"마사카 마사카네? 뭐야, 그게?"

"작가 이름이야. 물론 필명일 테지만 말이야. 데뷔작인《되살아나는 뇌수》가 영화로도 만들어졌는데, 그 사람이 표적이 되었다더라고. 그 작가, 완전히 홀려서는 아이도 있는데 이혼했다고 하더라."

성가신 여자다. 우시오도 같이 잔 연예인 수를 자랑하던 여자를 만난 적이 있는데, 그런 여자 같은 걸까.

"그 여자의 이름은?"

"나도 몰라. 소문으로 들은 것뿐이니까."

"도움이 안 되네. 그래도 걱정할 필요 없어. 나는 알거든. 하루카는 그런 여자가 아니라 진짜 팬이야!"

우시오는 자신에게 들려주듯 말하고는 빈 캔을 우그러뜨렸다.

4

그날 우시오는 잠을 제대로 자지 못했다.

뜬눈으로 아침을 맞이하고는 어울리지 않는 금발 머리를 검은색으로 다시 물들였다. 그리고 새로 산 파카와 치노 팬츠를 입고, 데오드란트 스프레이를 듬뿍 뿌린 후, 피가 나올 정도로 이를 닦고 나서 집을 나섰다.

하루카가 지정한 곳은 우시오가 사는 노미 시에서 20킬로미터 정도 떨어진 아니사키 역 근처의 상점가였다. 하루카가 사는 집과의 중간 지점이 그쯤이라고 했다. 우시오는 약속 시간 한 시간 전에 집을 나서서 고속도로를 달려 아니사키 시로 향했다.

사람이 다니지 않는 골목길에 중고 경차를 세웠다. 알아볼 수 있게끔 《분무도의 참극》을 손에 들고 약속 장소인 서점으로 향했다.

아니사키 역 앞은 사람으로 가득했다. 역에서 흘러나오는 인파가 상점가로 빨려든다. 서점 앞에 서 있는데 건너편 빵집에서 달콤한 향기가 풍겨 왔다. 젊은 여성이 지나갈 때마다 심장 박동이 빨라졌다.

"저기……."

스무 살쯤 되어 보이는 작은 체구의 여성이 다가왔다. 어깨에 닿을 정도의 검은 머리가 흔들거렸다. 고급스러워 보이는 다크 브라운의 체스터 코트를 입고, 키의 절반 정도 될 법한 배낭을 메고 있었다. 어린 티가 남아 있는 동그란 얼굴에 긴장한 듯한 미소가 서려 있었다.

"아, 안녕하세요."

우시오가 고개를 들자, 여성은 우시오의 옆에 있던 안경을 쓴 금발의 남자에게 말을 거는 중이었다. 뭐야, 이게. 미국의 청춘 드라마도 아니고.

마음이 불편해져서 서점을 돌아보는데, 계산대 앞의 매대에 《분무도의 참극》이 쌓여 있었다. 발매한 지 반년이 지났지만, 아직도 증쇄가 이어지고 있다. 나는 인기 작가다. 자신에게 그렇게 들려주자 조금은 마음이 가벼워졌다.

"실례지만 오마타 우주 선생님이신가요?"

돌아보자 방금 그 여자가 서 있었다. 고급스러운 향수의 향기가 났다. 금발에 안경을 쓴 남자는 다른 여자와 손을 잡고 건너편 빵집으로 들어서는 참이었다.

"네. 안녕하세요, 오마타입니다."

우시오는 딱딱하게 말하며 마른침을 삼켰다.

우시오와 하루카는 역 앞의 이탈리안 비스트로에 들어갔다. 그곳이 이탈리안 비스트로라는 것을 안 것은 살짝 어두운 가게 안 여기저기에 자주 가는 패밀리 레스토랑과 같은 국기가 걸려 있었기 때문이다.

하루카는 '푸알레 벨루테 소스를 곁들인 금눈돔'을 시켰지만, 우시오는 메뉴를 봐도 뭐라고 적힌 건지 하나도 모르겠기에 어쩔 수 없이 카레를 주문했다. 싸구려 술집에서 개구리 같은 것만 먹어 온 자신을 때리고 싶어졌다.

"오늘 만나주신 데 대한 선물이에요. 오마타 선생님의 작품을 떠올리며 골라봤어요."

하루카가 가방을 열고는 리본이 달린 상자를 꺼냈다. 드라마에서 보던 약혼반지 상자와 닮았다.

"고, 고마워."

리본을 풀고 뚜껑을 열자 손목시계가 들어 있었다. 숫자도, 모양도, 문자판을 덮은 커버도 따로 없었다. 시각을 나타내는 눈금과 짧은 바늘 하나가 있을 뿐이었다. 아이가 만든 장난감 시계처럼 보이지만, 부자일수록 심플한 옷을 입기도 하니까 이 손목시계도 분명 고급품일 것이다.

"저기, 뒤쪽도 봐주세요."

재촉하기에 문자판을 뒤집어 보았다. 뒤판에는 DEAR OMATA UJU라고 새겨져 있었다. 우시오도 이 정도의 알파벳은 읽을 수 있다.

"혹시 선생님, 왼손잡이이신 건 아니죠?"

하루카가 희한한 말을 했다. 어느 쪽이든 시계의 구조는 다르지 않을 터였다.

"오른손잡이인데, 왜?"

"그렇다면 괜찮겠네요. 죄송해요."

하루카가 깊게 고개를 숙였다. 머리의 가마가 귀여웠다.

"소중히 여길게."

우시오는 짧게 말하고는 상자에 손목시계를 넣었다. 하루카에게는 보이지 않도록 무릎 위에서 리본을 다시 묶었다. 우시오는 열 번에 한 번 정도밖에 끈을 제대로 묶지 못했다. 이번에도 완성된 것은 나비가 아니라 날개가 삐져나온 잠자리였다. 리본의 끝을 꾸깃꾸깃 모아서 주머니에 쑤셔 넣었다.

"목이 좀 마르네. 맥주를 마시고 싶어."

우시오가 와인만 적힌 메뉴에 욕지거리를 퍼붓고 있자니, 웨이터가 드디어 요리를 가지고 왔다.

이후 하루카는 긴장감이 감도는 목소리로《분무도의 참극》에 대한 감상을 늘어놓았다.《분무도의 참극》은 특수한 풍토를 트릭과 결합한 혁신적인 작품이라고 했다. 우시오로서는 의미를 잘 알 수 없었지만, 하루카는 진정으로《분무도의 참극》에 빠진 것처럼 보였다. 잠자리가 목적인 여자라고는 생각하기 어려웠다.

"왜 추리소설을 좋아해?"

말하고 나서 후회했다. 프로야구 선수가 소년에게 '왜 야구를 좋아해?'라고 묻는 건 이상하다. 의아한 표정을 짓지는 않을까 생각했지만, 하루카가 진지한 표정으로 입을 열었다.

"저, 추리소설의 구조를 좋아해요. 단서가 있고, 반드시 논리적으로 해결되니까요."

"그건 그렇지. 만들어진 이야기니까."

"저는 해명이 쉽지 않은 분야를 연구하고 있거든요. 물론 정답을 발견하려면 연구를 계속할 수밖에 없지만, 불안해질 때도 있어요. 그럴 때 추리소설을 읽으면 머리가 말끔해지고, 안심하게 돼요."

하루카는 천천히 말을 고르면서 대답했다. 꽤 고상한 이유로 책을 읽는 듯했다.

"어떤 연구를 하는데?"

"의식意識에 관한 연구예요. 저는 심리학과에서 의식에 대해 연구하고 있어요."

"의식?"

앵무새처럼 따라 물었다. 뭐야, 그게. 나팔꽃 관찰조차 제대로 못하는 우시오에게는 상상도 할 수 없는 테마였다.

"제가 중학생 때 어머니가 뇌졸중으로 돌아가셨거든요. 1년 정도 식물인간 상태로, 심장은 움직이는데 말은 하지 못했어요. 그때의 어머니에게 의식이 있었던 건지 의사나 학교 선생님께도 물어봤지만 다들 모른다고 하더라고요. 그래서 대학교에서 제가 직접 연구해보기로 한 거죠."

문득 스즈키 조의 얼굴이 머릿속에 떠올랐다. 그 남자도 만년에 뇌경색으로 의식에 장애가 생겼다고 들었다.

"식물인간 상태라는 건, 애초에 의식이 없는 상태를 말하는 게 아니었나?"

"정확하게는 대뇌의 대부분이 손상을 입은 상태를 말해요. 대뇌는 뇌의 많은 부분을 차지하는 부위로, 특히 전두엽이 사고나 감정을 관장하고 있죠. 이쯤일까요."

하루카는 이마 부분에서 손가락을 빙글빙글 돌렸다.

"나머지는 머리의 뒷부분 쪽에 시각 정보를 처리하는 후두엽, 좌우에 청각 정보를 처리하는 측두엽, 꼭대기에 시각이나 촉각의 정보를 통합하는 두정엽이 있어요. 이들로 구성된 대뇌가 괴사하면 의식도 없어진다고 하는데, 그렇지 않다는 사실을 보이는 실험 결과도 있거든요."

"식물인간 상태여도 무언가를 생각할 수 있다는 말이야?"

"네. 한 실험에서는 식물인간 상태의 환자에게 '테니스를 하고 있다', '집을 걸어 다니고 있다'라는 이미지를 떠올리도록 말을 걸었어요. 그러자 건강한 사람과 동일한 뇌의 부위가 활성화된 거죠. 이 환자는 의식이 있었고, 말의 의미를 이해하고 있었다고 생각할 수 있어요."

등골이 조금 으스스해졌다. 아무것도 생각하지 않는 것처럼 보여도, 실은 의식이 잠들어 있다는 것인가.

"그럼 하루카의 어머니도 줄곧 의식이 있었다는 말인가."

"아니요. 이 연구는 특수한 사례일지도 몰라요. 의식이 어디에서 태어나는지를 밝혀내지 않으면 근본적인 답은 알 수 없을 거예요."

"이 부근에서 태어나는 게 아니란 말이야?"

우시오가 하루카의 이마를 가리켰다.

"알 수 없어요. 물리현상에 불과한 뉴런의 신호 전달이 어째서 의식을 낳는 걸까. 구체적인 메커니즘은 해명되지 않았거든요. 의식은 우리의 착각에 불과하고, 사실은 존재하지 않는다는 의견도 있어요."

"의식이 존재하지 않는다고? 아니, 있잖아. 봐 봐."

우시오가 글라스를 손에 들고 포도가 썩은 듯한 액체를

단숨에 비웠다. 하루카가 미소 지었다.

"그렇네요. 그래도 이런 실험도 있거든요. 피험자에게 자유롭게 손가락을 움직이게 하고, 그 전후의 뇌의 변화를 기록해요. 피험자가 손가락을 움직이고자 정한 시각을 1, 뇌가 신호를 내보낸 시각을 2, 실제로 손가락이 움직인 시각을 3이라고 하면, 세 시각이 어떤 순서가 될 것 같으세요?"

"그거야 물론 1, 2, 3이겠지."

"보통은 그렇게 생각하시겠죠. 그런데 실제로 기록된 시각은 2, 1, 3의 순이었어요."

뭐야, 그게. 손가락을 움직이고자 정했을 때는 이미 뇌에서 신호가 나왔다는 말인가?

"의사가 정해지기 전에 뇌가 행동을 시작했다는 건가."

"맞아요. 오마타 선생님이 와인을 마시려고 정하기 전에, 뇌는 이미 와인을 마실 준비를 시작하죠. 이 연구 결과를 바탕으로 생각해보면 의식은 정해진 행동에 이유를 붙일 뿐, 자유로운 의사는 존재하지 않는다는 말이 되죠."

"설마."

우시오는 사기꾼에게 속은 듯한 기분이 들었다.

"그럼 아르바이트가 끝날 때 계산대의 잔금이 맞지 않는 것도 내가 아니라 뇌가 나쁘다는 말이야?"

"그럴지도 모르죠. 이런 이야기도 있거든요. 엔지니어가

컴퓨터로 아기의 몸을 재현해서 인간의 척수와 닮은 정보처리 회로를 프로그래밍했어요. 그러자 그 아기는 인간과 같은 식으로 엉금엉금 기었다고 해요."

"엉금엉금 기었다고? 이렇게?"

우시오가 양손을 번갈아가며 흔들었다.

"맞아요. 물론 프로그램에 그런 움직임은 포함되어 있지 않았죠. 동물의 행동은 몸과 환경에 따라 자동으로 정해지고, 의식은 그것을 따라갈 뿐일지도 몰라요."

"하루카는 그 이야기를 믿어?"

"모르겠어요. 저는 진실을 알고 싶을 뿐이에요."

하루카가 눈을 감았다. 따지듯 말한 것을 후회했다. 하루카도 본인이 어떤 답을 바라는 것인지 알지 못하리라.

"마음은 알겠어. 우리 아버지도 뇌경색으로 죽었거든. 자세한 건 모르겠지만, 뇌라는 건 일단 망가지면 원래대로 돌아가지는 못하지?"

"그렇다고 해요. 정확하게 말하면 뇌의 신경세포도 일부 영역에서는 재생이 돼요. 다만 손상된 뇌 안에서는 세포가 이동할 수 없기에, 상처를 입은 부분의 기능은 재생되지 않는 거죠."

"상처가 굳어서 딱지가 생기는 것처럼은 되지 않는다는 거네."

"뇌의 재생 연구가 진행되면 새로운 치료법을 발견할 가능성도 있지만요."

하루카는 창문 너머의 인파를 바라보며 말했다. 다들 생김새가 다르지만 그 안에는 똑같은 뇌가 들어 있을 뿐이다. 그렇게 생각하니 신기한 기분이 들었다.

그로부터 둘은 한 시간 정도 잡담을 나누었다. 하루카는 요즘 대학생들이 책을 읽지 않는다며 한탄했고, 우시오는 《분무도의 참극》이 문화인류학자에게 트집 잡힌 것에 대한 불평을 털어놓았다.

폐점에 맞춰서 가게를 나서자, 사람의 왕래가 완전히 끊긴 상태였다. 약속 장소였던 서점도 셔터가 내려져 있었다. 골목길에서 쉰이 넘은 남녀가 끌어안고 있는 모습이 보였다.

횡단보도에서 신호가 바뀌는 것을 기다리는데, 갑자기 하루카가 우시오의 손을 잡았다.

"오마타 선생님, 아침까지 함께 있어 주실래요?"

하루카의 손은 무척이나 차가웠다.

"그건 하루카의 의사? 아니면 뇌가 제멋대로 정한 것?"

신호가 파란색으로 바뀌었다.

"제 의사예요."

하루카가 차도 건너편을 바라보며 대답했다.

5

아니사키 역 앞의 상점가에서 경차로 주택가를 달리기를 30분.

내비게이션으로 찾은 '아니사키 스위트 호텔'은 침대나 비품이 전부 폐허에서 주워온 것 같은 물건이었고, 벽 여기저기가 갈색으로 오염되어 있었다. 방향제와 곰팡이가 뒤섞인 듯한 정신이 아득해질 것만 같은 냄새가 났다.

"너무 낡아빠졌네."

"저는 괜찮아요."

샤워를 마치고 나온 하루카가 벽의 스위치를 눌러 조명을 껐다.

원피스를 벗기고 가냘픈 몸에 달려들었다. 하루카의 몸은 이상할 정도로 차가워서 마치 리얼돌을 안고 있는 것만 같았다. 출장 마사지 여성과 비교해도 하루카와의 섹스는 기분 좋지 않았지만, 어린 생김새와 몸매가 어우러져 마치 소녀를 범하는 듯한 독특한 배덕감이 있었다. 우시오는 호텔에 놓여 있던 처음 보는 콘돔을 낀 채 하루카의 몸 안에서 사정했다.

붕 뜬 듯한 기분으로 알몸으로 침대에 걸터앉았다. 담배를 피우고 싶어져서 벗어 던졌던 바지 주머니에서 담배를 꺼내 들었다. 젖은 손으로 라이터의 레버를 눌렀다.

"우와! 눈 부셔."

하루카가 손으로 얼굴을 가렸다.

거울에 우시오의 얼굴이 비쳤다. 굳이 금발을 다시 검게 염색한 것이 떠올라 부끄러워졌다.

갑자기 어떤 의문이 떠올랐다.

서점 앞에서 만나기로 했을 때, 하루카는 우시오에게 말을 걸기 전에 금발 안경 남자에게 말을 걸었다.

처음으로 만나는 거니까 상대를 착각하는 것도 이상하지 않다. 하지만 우시오는 표식으로 《분무도의 참극》을 들고 있었다. 그런데 왜 하루카는 옆의 남자가 우시오라고 생각한 걸까.

하루카는 우연히 캠퍼스에서 명함을 주워서 우시오에게 전화를 걸었다고 했다. 그것은 거짓말이다. 하루카는 금발이 었던 무렵의 우시오를 본 적이 있다.

우시오가 탈색을 한 것은 아키야마 교수를 만나러 가기 전날 밤이었다. 그전에는 마카 대학교에 간 적이 없었다. 하루카가 금발 우시오를 볼 수 있었던 것은 아키야마 교수에게 불려간 그날뿐이었다.

그렇다면 하루카는 캠퍼스 어디에서 우시오를 본 걸까. 우시오가 경비원 대기실에서 명함을 떨어뜨리는 것을 본 걸까. 하지만 그때 근처에 있던 사람은 남자들뿐이었다.

그렇다고 하면 가능성은 하나밖에 없다. 아키야마 교수 연구실을 방문했을 때, 마스크를 쓴 젊은 여성이 우시오와 모기를 응접실로 안내했다. 그 여자가 하루카였던 것이다.

우시오는 꿀꺽 침을 삼켰다. 하루카는 우시오와 이미 한번 만났음에도 일부러 모르는 척을 하며 정체를 숨겼다는 말이 된다.

"팬인 척하면서 추리작가에게 접근해서 육체관계를 가지려 한다더라고."

에노모토의 말이 귀 안쪽에서 되살아났다.

우시오는 라이터의 불을 껐다. 방이 다시금 어둠에 둘러싸였다.

"너, 나랑 처음 만나는 거 아니지?"

시간이 멈춘 듯한 침묵.

"다 알아. 추리작가와 자고 싶어 하는 여자가 있다는 거.

너, 도대체 목적이 뭐야?"

이불이 스치는 소리에 이어서 하루카가 한숨을 내쉬는 소리가 들렸다.

"시치미 뗄 생각하지 마. 너, 아키야마 교수의 조수지?"

"아니에요. 전 그 사람의 조수가 아니에요."

머리카락이 흔들리는 소리.

"그 사람은 제 아버지예요."

"아버지?"

목소리가 뒤집혔다.

"네. 제 진짜 이름은 아키야마 하루카. 선생님, 제발 믿어주세요. 분명 여러 작가와 자기는 했지만, 오마타 선생님은 특별해요."

하루카의 차가운 손가락이 목에 닿았다.

"목적이 뭐야?"

"목적 따위 없어요. 그냥 전 저답게 살고 싶을 뿐이에요."

"시끄러워. 본인 스스로에게 취해 있는 거 아니야?"

우시오가 하루카의 어깨를 힘껏 밀쳤다.

숨을 삼키는 소리가 침대 건너편으로 떨어졌고, 맥주잔이 깨지는 듯한 파열음이 울려 퍼졌다. 동시에 침대가 위아래로 흔들린다.

10여 초간 침묵이 이어졌다.

"……괘, 괜찮아?"

우시오가 침대에서 내려서서 문 옆의 스위치를 켰다.

어두운 조명이 위를 향한 채 쓰러진 하루카를 비췄다.

벽의 거울이 깨져서 파편이 바닥에 흩어진 채였다. 그중 하나, 고드름처럼 뾰족한 파편이 하루카의 목을 찢듯이 깊숙이 박혀 있었다.

식은땀이 등을 타고 흘러내린다. 마비된 것처럼 몸이 움직이지 않았다.

"어이, 무슨 말이든 해봐."

어떻게든 말을 쥐어짜냈다.

"말 좀 해보라고."

"……응?"

하루카가 가늘게 눈을 뜨고 중얼거렸다. 상반신을 일으켜 머리카락에 붙은 유리 알갱이를 털어냈다. 목이 떨어져 내리는 것은 아닐까 걱정이 되었다.

"깨져버렸네. 변상해야 하려나?"

하루카가 붉은 거울 틀을 올려다보며 중얼거렸다. 틀에 남아 있던 어금니 같은 거울 조각에 하루카의 눈동자가 몇 개나 나란히 보였다.

"어이, 구급차 불러줄까?"

"구급차? 왜요?"

하루카가 희미하게 미소를 띤 채로 몸을 일으켰다. 목에는 유리가 박힌 채였다. 상처에서 흘러나온 고름 같은 액체가 쇄골을 넘어서 가슴으로 흘렀다.

"저기, 한 번 더 해요."

하루카가 목욕수건을 허리에 두른 채 말했다. 귀에 입김이 닿았다. 어떻게 멀쩡한 것인지 알 수가 없었다.

"너, 안 아파?"

"어디가요? 딱히 아무렇지도 않아요."

하루카는 목을 갸웃거리며 말했다. 보니까 엉덩이에도 유리 파편이 찔려 있었다. 목의 신경이 잘린 탓에 통각이 없어진 걸까. 거울을 보면 이변을 깨달을 수 있을 테지만, 공교롭게도 거울은 조각조각 깨져서 바닥에 흩어진 채였다.

그러고 보니 '베로베로'에서 술을 마실 때, 배가 갈라진 두꺼비가 혀를 내밀어 파리를 잡아먹었었다. 동물은 의외로 자신이 죽기 일보 직전에 있다는 사실을 깨닫지 못하는 듯하다.

우시오는 하루카에게 들키지 않도록 시트로 손바닥의 땀을 닦았다.

"너, 나랑 만나는 거, 누군가에게 말했어?"

"말할 리 없잖아요. 왜요?"

하루카가 크게 눈을 깜박였다. 거짓말을 하는 것처럼은 보이지 않았다. 이 녀석이 죽더라도 경찰이 우시오를 찾아낼

가능성은 크지 않을 것이다.

"급한 일이 생각났어. 이만 돌아갈게."

마른 목에서 목소리를 쥐어짜냈다. 하루카에게 등을 돌리고 바닥에 벗어 던졌던 옷을 주워 입었다.

"어, 가는 거예요? 아직 한 번밖에 안 했는데."

하루카가 아이처럼 손을 휘저었다. 우시오는 하루카의 가슴을 밀어서 침대에 넘어뜨렸다. 목이 힘없이 구부러지더니 고름 같은 액체가 뿜어져 나왔다. 우시오는 심장이 튀어나올 것만 같았다.

하루카의 몸을 내려다보는데 문득 위화감이 느껴졌다. 그녀의 하복부가 불룩 솟아 있었던 것이다. 임신부나 술을 좋아하는 중년처럼 보였다. 처음부터 이런 체형이었나?

"그렇게 보고 싶어요?"

하루카가 양발을 벌리고는 엉뚱한 말을 했다.

"저세상에서 어머니를 만난다면 의식이 있었는지 물어보도록 해."

우시오는 룸키를 놓아둔 채 방을 나섰다.

엘리베이터로 1층으로 내려가 서둘러 로비를 벗어났다. 요금은 선불이었고 옵션도 사용하지 않았으니 정산은 필요하지 않을 터였다.

현관 앞에서 미니밴에서 내리는 출장 마사지 여성을 마주쳤기에 얼굴을 숙인 채 옆을 지나쳤다. 경차에 몸을 싣고는 키를 꽂고 액셀을 밟았다.

주택가에는 밤의 장막이 드리워져 있었다. 낡아빠진 연립 창문에서 어두컴컴한 조명이 새어 나왔다. 주차장을 나서서 구불구불한 길을 나아가 편도 2차선의 국도로 빠져나왔다.

길을 달리다 보니 불안의 씨앗이 차례로 싹을 틔웠다. 손잡이나 조명 스위치에는 우시오의 지문이 남아 있을 테고, 쓰레기통에는 정액이 든 콘돔이 버려져 있다. 무언가를 계기로 경찰이 우시오를 의심한다면 변명이 통하지 않으리라.

애초에 하루카가 경찰을 부를 가능성도 있었다. 목이 크게 베인 하루카가 살아남을 것이라고는 생각하기 어렵지만, 구급차를 불러서 구급대원에게 우시오의 이름을 전할지도 모르는 일이었다.

추리작가가 여대생을 살해. 그런 주간지의 제목이 머릿속에 떠올랐다.

별안간 빨간불이 눈에 들어와 흰색 실선 직전에 브레이크를 밟았다. 불쾌한 얼굴의 중년 남성이 눈을 희번덕거리며 이쪽을 바라보았다. 하마터면 차로 칠 뻔했다.

우시오는 핸들에서 손을 떼고 천천히 심호흡을 했다. 어차피 인간은 죽는다. 하루카는 운이 없었을 뿐이다. 먼저 꾄 것도 그쪽이니 우시오를 책망할 이유도 없다. 계속 생각해봐도 소용없는 일이다.

국도를 5분 정도 나아가자 고속도로 진입로가 보였다. 드디어 아니사키 시에서 벗어날 수 있다. 우시오는 액셀을 밟았다.

요금소 부스에는 통통한 남자가 졸린 듯 꾸벅꾸벅 졸고 있었다. 심야 이용객은 많지 않을 것이다. 얼굴을 기억하지 못하도록 몸을 둥글게 말고 요금소 창문을 두드렸다.

"저기요. 노미 시까지 얼마인가요?"

중년 남자가 얼굴을 들었다.

바지 주머니에서 지갑을 꺼내려다가 핏기가 싹 가셨다.

지갑이 없었다. 좌석 밑을 들여다보아도 매트에 진흙이 달라붙어 있을 뿐이었다. 호텔 바닥에 떨어뜨리고 온 듯했다.

지갑에는 면허증도 들어 있다. 최악의 상황이었다.

"1400엔이에요. 저기, 고객님?"

남자가 수상한 듯 이쪽을 바라보았다.

"지갑을 깜빡 놓고 왔네요."

어깨를 둥글게 만 채 그렇게 말하고는 후진으로 요금소를 나왔다. 방금 올라섰던 길을 역주행해서 '아니사키 스위트 호텔'로 향했다. 연이어 서 있는 연립들이 우시오를 비웃는 것만 같았다.

입구에서 10미터 정도 거리의 길 위에 차를 세웠다. 종종 걸음으로 현관으로 향한 후 아무 말 없이 로비를 통과했다. 엘리베이터로 3층으로 올라가 309호실로 향했다.

복도를 돌아선 참에 젊은 남자와 맞닥뜨렸다. 얼굴색이 좋지 않은 뚱보로, 귀와 코에 대량의 피어싱을 했다. 마치 바늘꽂이처럼 보였다. 사이즈가 맞지 않는 에이프런을 입은 채, 양동이와 걸레를 담은 카트를 미는 중이었다.

"아, 죄송합니다."

남자가 얼굴을 숙이고 객실 문에 열쇠를 꽂으려 했다. 309호를 청소하려는 듯했다.

"잠깐만. 나, 그 방 손님이야."

"어라? 이 방 손님은 돌아갔을 텐데요. 다른 방이신 거 아닌가요?"

청소부가 카트에 매달린 바인더를 손에 들고 종이를 들여다보고 말했다.

"막차를 놓쳤거든. 역시 아침까지 머무를까 해서."

"일단 프런트에 말씀해주시겠어요?"

"왜 그래야 하는데? 숙박비는 이미 다 냈다고."

우시오가 목소리를 낮게 깔고 말하자, 청소부는 "죄송합니다"라고 고개를 숙이고는 우시오에게 열쇠를 건네주었다. 말귀를 잘 알아먹는 뚱보다.

청소부가 복도 건너편으로 사라지기를 기다린 후에 열쇠를 꽂고 방문을 열었다.

난방이 잘 된 건조한 공기. 방향제와 곰팡이가 뒤섞인 냄새. 문 옆 스위치를 눌러 조명을 켰다.

방에는 아무도 없었다. 침대에 쓰러져 있던 하루카는 모습을 감춘 채였다. 원피스와 속옷도 보이지 않았다. 바닥에는 거울 파편이 흩어져 있고, 시트에는 노란색 얼룩이 남아 있었다.

하루카는 어디로 간 걸까? 목이 반쯤 잘렸는데 자력으로 집에 돌아갔다고는 생각할 수 없었다. 하지만 구급차가 왔다면 청소부가 모를 리 없다. 그렇다면 누군가가 하루카의 시신을 옮기기라도 했단 말인가.

우시오는 망연자실하게 서서 시트에 묻은 얼룩을 바라볼 수밖에 없었다.

6

순식간에 일주일이 지났다.

여대생 팬이 생겼다는 기쁨은 바닥을 알 수 없는 불안과 후회로 변해 있었다. 아르바이트를 하러 갈 마음도, 출장 마사지를 부를 마음도 생기지 않아 자택과 '베로베로'를 왕복할 뿐인 나날이 이어졌다.

그날의 하늘은 낮은 구름에 뒤덮여 있었다. 베로베로에서 술을 마실 돈도 다 떨어져서 우시오는 편의점 앞 벤치에 앉아 캔 맥주를 홀짝이는 중이었다.

안주를 사려고 몸을 일으키는데, 건너편 빌딩에 사람들이 모여 있는 것을 깨달았다. 가난해 보이는 젊은 남자들로 가득했다. 공짜 술이라도 나눠주는 걸까.

그 무리의 뒤에서 빌딩을 들여다보자, 벽에 핑크색 포스터가 붙어 있었다. 지하에 소극장이 있는 듯했고, 남자들은 모두 그곳의 문이 열리기를 기다리는 중인 것 같았다. 아이돌 이벤트라도 열리는 걸까.

포스터에는 '극단 빌하르츠 기획—곤충 인간의 안면 꼬치쇼'라고 적혀 있었다. 제목 밑에는 얼굴에 검은 잉크를 바른 여자가 멍한 미소를 짓고 있다. 여자의 볼에는 꼬치구이의 꼬치 같은 가느다란 침이 꽂혀 있었다. 상당히 악취미인 쇼도 다 있다.

혹시 하루카도 목에 무언가가 찔린 채로도 아무렇지 않을 수 있는 특별한 훈련을 받은 걸까. 그런 바보 같은 공상이 머릿속을 맴돌았다.

메스꺼운 기분을 느끼며 편의점으로 돌아가는데 휴대전화 벨이 울렸다.

설마 하루카인가? 통화 버튼을 누른 순간…….

"오마타 선생님. 원고는 어떻게 되고 있나요?"

점잔 빼는 남자 목소리에 기대가 배신당했다. 모기의 건방진 얼굴이 뇌리에 떠올랐다.

"모기, 이제 작가는 그만뒀어. 편집장에게도 그렇게 전해줘."

"숙취가 심하신 것 같네요. 그렇게 말씀하셔도 마감은 못 늘려 드려요."

"그런 게 아니야. 나는 이제 끝이야. 지난 토요일에 말이야……."

말 대신에 마른기침이 새어 나왔다.

여대생의 목을 잘라 죽였을지도 몰라……. 그런 말을 하더라도 취한 사람의 망언으로밖에 들리지 않으리라. 결국 그 여대생이 홀연히 자취를 감춰버렸기 때문이다.

"……지독한 일을 당했다고. 전부 네 탓이야."

"그런가요. 혹시 진짜로 작가를 그만두실 때는 식사비를 15만 엔 정도 청구할 테니 기억해주세요. 그보다 오마타 선생님. 엄청난 일이 있었어요. 깜짝 놀라실 거예요."

모기가 어째서인지 목소리를 낮췄다. 어딘가 야외에 있는 듯 전화기에서는 소란스러운 잡음이 들렸다.

"뭔데? 곤충 인간이 침공하기라도 했어?"

"저, 북 디자이너 선생님이랑 미팅이 있어서 시라미 시에 왔거든요. 그런데 일을 보고 돌아가는 길에 교통사고 현장을 마주치고 말았어요."

시라미 시. 들어본 적 있는 지명이다.

"주택가에서 트럭이 폭주해서 사람을 치었는지, 경찰과 구급대원, 텔레비전 리포터로 길이 꽉 찬 거예요. 미스터리 편집자의 피가 끓어올랐죠. 그래서 현장을 들여다보는데 본 적 있는 노인이 나타났지 뭐예요."

"누구?"

"아키야마 아메 교수요."

깊게 주름이 팬 얼굴이 머릿속에 되살아났다.

"그 녀석이 트럭으로 폭주한 거야?"

"아니요. 죽은 피해자가 아키야마 교수의 딸이라는 것 같아요."

휴대전화를 떨어뜨릴 뻔했다. 입안에 쓴맛이 퍼졌다.

아키야마 교수의 딸…….

하루카란 말인가?

"……다, 다시 한 번 말해 봐."

"그러니까 아키야마 교수의 딸이 트럭에 치였어요. 기자들이 말하는 걸 들었는데, 트럭에 20미터 정도 끌려간 듯 배 아랫부분이 엉망진창이 되었다네요. 그래서는 살기 힘들겠죠?"

모기가 떠들어댔다.

분명 차에 치인 것은 하루카이리라. 하지만 아니사키 시의 러브호텔에서 중상을 입었던 그녀가 어째서 시라미 시의 길거리에 나타난 것인지 알 수 없었다.

"너도 현장을 봤어?"

"아니요. 지금은 출입 금지 테이프가 둘러 있고, 멀리 트럭이 보일 뿐이에요. 근데 이게 또 이상해요. 보닛이 움푹 우그러지긴 했는데, 피가 묻어 있지는 않고 대신 고름 같은 액체가 들러붙어 있거든요."

러브호텔의 침대 시트에 묻어 있던 노란색 얼룩이 겹쳐졌다. 역시 하루카다.

"또 하나 깜짝 놀란 게 있는데요. 사고가 일어나고 5분 동안 그녀의 비명이 일대에 울려 퍼졌다고 해요. 그때 그녀는 이렇게 외쳤대요. ……물을 줘, 라고."

배 속이 차가워졌다.

죽기 직전의 분무족 남자가 반복해서 말하던 것과 똑같은 대사다.

사람은 죽음을 앞에 두면 목이 마르는 걸까. 아니면 분무족을 집단 사망으로 몰고 간 것과 같은 무언가가 하루카를 덮친 걸까.

"우와. 뭐야 이게. 오마타 선생님, 현장에 지렁이 같은 곤충이 대량 발생했어요. 뭘까요, 이거. 오마타 선생님?"

우시오는 전화를 끊고 무작정 경차에 몸을 실었다.

소극장 입구에는 여전히 사람들이 잔뜩 모여 있었다. 클랙슨을 울려서 길을 트게 한 후에 무리하게 액셀을 밟았다.

집에 도착하기까지 5분도 걸리지 않았다. 극심한 두통과 구역질을 견디며 문을 열었다. 바닥을 기듯이 나아가 텔레비전의 전원을 켰다.

채널을 몇 개인가 바꾸자, 정장 차림의 리포터가 나타났다. 자막에는 '시라미 시에서 트럭 폭주. 여성 사망'이라고 적혀 있었다. 주택가에 쳐진 출입 금지 테이프 건너편에 수많은 조사원의 모습이 보였다.

"아키야마 하루카 씨는 교제 상대로부터 도망치기 위해 맨션에서 뛰쳐나왔고, 이곳 도로에서 트럭에 치였습니다."

리포터가 확실하게 그렇게 말했다.

"트럭을 운전한 사이토 유키야 용의자는 아키야마 씨를 치고 깜짝 놀라 머리가 새하얘졌다고 말했습니다. 또한 아키야마 씨의 교제 상대이자 아키야마 씨에 대한 폭행 혐의로 체포된 에노모토 도 용의자도 전면적으로 혐의를 인정했다고 합니다."

에노모토?

우시오는 귀를 의심했다.

"에노모토 용의자는 경찰 조사에서 남녀관계에 관한 갈등으로 인해 말싸움이 벌어졌고, 얼굴과 배를 때리는 폭행을 했다고 진술했습니다. 경찰에서는 계속하여 사고 상황을 자세히 조사 중입니다."

화면 오른쪽 아래로 본 적 있는 얼굴 사진이 나타났다. 에노모토 도가 교복을 입고 브이 사인을 하고 있는 사진이었다. 시설을 졸업할 때, 우시오와 함께 찍은 사진이다.

녀석도 추리작가니까 하루카와 육체관계를 가졌다 해도 이상하지는 않았다. 이상한 팬이 있다고 경고했던 것도 녀석이었다.

하지만 문제는 하루카다. 그녀는 일주일 전, 우시오에게 침대에서 떠밀려 목이 찢어지는 큰 상처를 입었다. 그 상태에서 일주일이나 살아 있을 수 있다고 생각하기는 어려웠다. 왜 에노모토에게 폭행을 당한 후 트럭에 치여 죽은 것으로 된 걸까.

기도하는 듯한 마음으로 에노모토에게 전화를 걸었다. 곧장 발신음이 끊겼다. "이 전화번호는 현재 사용되고 있지 않습니다. 번호를 다시 확인하신 후……."

우시오는 영문을 모른 채 텔레비전에서 흘러나오는 불쾌한 소리를 그저 듣고 있을 수밖에 없었다.

초대

2장

1

오마타 우주 님

아마키 아야메는 금번, 《물밑의 밀랍인형》으로 작가 데뷔 20년을 맞이하게 되었습니다.

제가 작품을 계속해서 발표해올 수 있었던 것은 동시대에 추리작가로서 건필을 휘둘러 온 여러분의 작품에서 많은 자극을 받은 덕분입니다.

이에 사소하지만, 동지라 할 수 있는 여러분께 은혜를 갚는 파티를 기획했습니다.

자세한 내용은 별지를 참고해주십시오.

8월 16일, 사나다 섬에서 기다리고 있겠으니, 참가해주시기를 간곡히 부탁드립니다.

아마키 아야메

(O) (O) (O)

우시오는 집 현관에 서서 졸린 눈을 비볐다.

우편함에서 흘러넘친 대량의 전단지가 바닥에 흩어져 있었다. 보고도 못 본 척할 수는 없었기에 주섬주섬 주워 모으다 보니, 마사지 전단지와 수도 수리 안내문에 섞여서 크림색의 세련된 봉투가 나왔다. 우체국 소인에는 한 달도 전의 날짜가 찍혀 있었다.

봉투를 뜯어보니 결혼식 초대장처럼 고급스러운 종이가 나왔다. 두 번 읽은 끝에 간신히 의미를 깨달았으나, 세 번 읽으니 다시 의미를 알 수가 없었다.

우시오는 10년 전에 《분무도의 참극》이라는 추리소설을 출판한 적이 있다. 지금에 와서는 추리소설 마니아조차도 기억하는 사람이 많지 않을 테고, 애초에 우시오가 쓴 것도 아니기에 깊은 감회 같은 것도 없었다. 하지만 이 편지를 보낸 사람은 자신을 작가라고 생각하는 듯했다. 어지간히 《분무도의 참극》이 마음에 들었던 걸까. 공교롭게도 아마키 아야메라는 이름은 알지 못했다.

봉투에 있던 또 한 장의 별지를 꺼내려던 참에 휴대전화의 벨이 울렸다.

"점장님, 시간 늦겠는데요."

아이리의 목소리였다. 손목시계를 보니 10시 반이 지나 있었다. 그러고 보니 이 시계도 9년 전에 팬을 자처하던 여자에게 받은 것이다.

"점장님, 듣고 있어요?"

애가 타는 목소리가 우시오를 현실로 데려왔다. 감상에 빠져 있을 때가 아니다. 오늘도 11시부터 예약이 들어와 있다.

"알았어. 지금 가니까 기다려."

우시오는 초대장을 주머니에 쑤셔 넣고, 대기실이 있는 맨션으로 향했다.

"점장님, 살 더 찌셨네요."

아이리가 조수석에 앉자마자 듣기 싫은 소리를 꺼냈다.

우시오의 체중은 85킬로를 넘겼고, 은퇴한 스모 선수처럼 살이 물렁물렁했다. 서른을 넘기고 나서부터 수입이 안정되어 제대로 된 밥을 먹게 된 탓에 절제하지 못하게 된 것이다.

"목숨을 걸고 일하니까 스트레스가 쌓인다고."

우시오가 뱃살을 바지에 밀어 넣으며 말했다.

"우리를 손님에게 데려다주는 것뿐이잖아요. 개똥같은 손님에게 욕을 먹는 건 오너고요. 목숨은 우리가 걸고 있거든요."

아이리가 쿠키를 입에 가득 넣으며 정나미 떨어지게 말했다. 손목의 팔찌가 흔들린다.

"조심해. 너도 방심하면 금방 뚱뚱해질 테니까."

"저요? 저는 괜찮아요. 점장님과는 다르니까."

아이리가 룸미러로 앞머리를 가다듬으며 말했다. 스타일이 좋고 얼굴 생김새도 아이돌처럼 귀엽다. 왼쪽 위쪽의 은색으로 빛나는 씌운 이가 천진난만함을 강조했고, 그것이 손님의 호색한 마음을 간지럽히는 듯했다. 다시 찾는 손님이 많고, 지명수 1위를 반년 가까이 유지 중인 간판 아가씨다.

"좋은 팔찌네. 잘 어울려. 단골손님한테 받은 거야?"

우시오가 분위기를 좋게 바꾸고자 비위를 맞추는 말을 건넸다.

"벌써 10년 가까이 하고 있는데요. 면접 때도 차고 있었고. 점장님은 정말로 사람을 제대로 보지 않으시네요."

아이리는 팔찌를 숨기려는 듯 오른손을 등 뒤로 돌렸다.

"10년 전이라면 초등학생 때 아니야? 첫사랑 상대에게 받은 거야?"

"저, 스물여섯인데요."

"호오. 그랬나. 생각보다 나이가 많네."

우시오는 목소리를 죽였다. 분위기를 되살릴 생각이었는데 오히려 무덤을 파고 있다. 이것 때문에 아이리가 출근하지 않게 되면 우시오는 오너인 다마시마에게 살해당할지도 모른다.

"스물여섯은 딱 좋아. 애교와 색기 모두를 갖추고 있으니까. 너, 마사지 일은 언제부터 했어?"

"여기가 처음이에요."

"늦게 꽃을 피운 건가. 왜 이 일을 하게 된 거야?"

"이제 와서 그런 거 묻는 거예요?"

아이리가 진심으로 넌더리난다는 듯이 말했다.

"이상하네. 오늘 정신머리를 이불에 놓고 와버렸나 봐."

"딱히 이유는 없어요. 굳이 말하자면 공부…… 아니, 취재랄까요."

아이리는 묘한 말을 한 후, 쿠키를 입에 밀어 넣었다.

아이리를 노미 시 교외의 러브호텔에 데려다준 후, 아이리의 일이 끝나기까지의 시간이 비어버렸다. 다음 예약도 들어와 있지 않았기에 사무소로 돌아가는 것도 마음이 내키지 않는다. 편의점 주차장에 미니밴을 세우고, 시트를 뒤로 젖힌 채 담배를 입에 물었다.

우시오는 완전히 지친 상태였다. 양발은 납처럼 무거웠고 목은 쉬고 눈도 부었다.

출장 마사지 '다마코로가시 학원'의 점장으로 취임한 지 벌써 3년. 직원 한 명과 함께 어떻게든 가게를 꾸려 왔지만,

2주 전에 상황이 크게 바뀌었다. 드라이버인 미키오가 누군가에게 습격당해 중상을 입은 것이다.

미키오는 다마코로가시 학원의 사무소와 대기실이 입주해 있는 맨션의 1층에서 피투성이가 된 채 쓰러져 있었다. 인기 아가씨인 미쓰하를 호텔에 데려다주고 사무소로 돌아오는 길에 습격을 당한 듯했다. 두개골과 목뼈뿐만 아니라 도합 열일곱 군데의 뼈가 부러졌다. 오른쪽 안구가 파열되었고, 간이 비스듬하게 틀어졌다. 상처에서 검출된 도료를 통해 범인은 양산품인 금속 배트로 미키오를 인정사정없이 때린 것으로 드러났다. 범인은 아직 체포되지 않았고, 미키오는 지금도 노미 시 종합병원에 입원 중이다. 다마코로가시 학원에서 일하기 전에는 사기꾼들 밑에서 접수 일을 했으니까, 그 일과 관련해 누군가의 원한을 산 것일지도 모른다.

제대로 된 직장이라면 영업을 할 만한 상황이 아니었지만, 오너인 다마시마는 다마코로가시 학원의 휴업을 인정하지 않았다. 단골손님이 떨어져 나가고 매출이 줄어드는 것을 피하고 싶었던 것이리라. 덕분에 최근 2주 동안 우시오는 전화 접수부터 운전, 면접까지 전부 혼자서 도맡게 되었다.

아침의 첫 손님을 받는 것이 오전 11시, 끝나는 것은 밤 12시 이후. 그 전후에도 홈페이지를 업데이트하거나 일하는 아가씨의 불평을 들어주거나 해야 하기에 쉴 틈이 전혀 없었다. 어깨의 힘을 뺄 수 있는 것은 배달 사이의 비는 시간 정도다.

우시오는 편의점에서 주간지를 사와서는 좌석에 쓰러지듯 기대어 목차를 들여다보았다. 연예인의 폭행 의혹이나 선거 입후보자의 스캔들 등 지금까지와 별반 다르지 않은 제목이 나열되어 있다. 방송에 자주 출연하는 유명한 의사가 크루징 도중 고래와 충돌해서 목뼈가 부러졌다고 한다. 고소한 일이다.

휙휙 페이지를 넘기다가 문득 본 적 있는 사람의 사진에 눈길이 멈췄다. 휠체어에 앉은 노인을 찍은 사진이었다. 제목에는 '아키야마 아메 교수가 추적하던 원주민 대량 사망의 수수께끼'라고 적혀 있었다.

그야말로 주간지다운 과장된 문장으로, 문화인류학자인 아키야마 아메가 작년 12월에 대장암으로 죽었다는 점, 딸이 죽고 나서 마치 달뜬 듯 분무족 대량 사망 조사에 전념했던 점, 죽기 전날까지 사건의 자료를 닥치는 대로 읽은 것으로 보인다는 점 등이 적혀 있었다.

마카 대학교 캠퍼스에서 얼굴을 마주했을 때의 꿰뚫어보는 듯한 안광이 머릿속에 되살아났다. 그로부터 2년 후에는 아키야마의 자택에 괴한이 침입했다는 뉴스가 보도되기도 했다. 범인은 지갑이나 통장에는 손을 대지 않았고, 무언가를 찾듯 서재나 창고를 어지럽혔다고 했다. 이때 방송국과 인터뷰를 하던 아키야마 교수는 이 사진보다 훨씬 정정했다. 하지만 주간지에 실린 만년의 모습은 머리카락이 빠지고 등이 굽어서 마치 요괴 같은 풍모였다.

기사에 따르면 분무족이 대량 사망한 사건의 진상은 아직껏 수수께끼에 휩싸여 있다고 한다. 내전설, 세포 감염설, 집단 패닉설과 같은 진지한 가설부터, 악령 강림설, 거대 생물 습격설 등의 질 나쁜 가설까지 다양한 억측이 난무하고 있다고 적혀 있었다. 아키야마 교수의 집에 괴한이 침입한 이후에는 모 대국의 정보기관이나 환경보호단체의 관여를 의심하는 음모설까지 나돌았다.

마치 고구마 줄기가 줄줄이 딸려 나오듯 9년 전의 기억이 차례로 되살아났다. 하루카를 폭행한 용의로 체포된 에노모토 도는 지금 어디에서 무엇을 하고 있을까. 분명 복역 기간은 이미 끝났을 테지만 감감무소식이다.

조용한 주택가에서 트럭이 폭주한 데다, 사고의 계기를 만든 것이 젊은 추리작가였던 점이 세간의 호기심을 부른 탓에 당시에는 충격적인 보도가 이어졌다. 에노모토가 운영하던 인터넷 고서점의 매출부터, 에노모토와 하루카가 출입하던 러브호텔의 객실 특징까지, 사건과 아무런 관계가 없는 것까지 마치 중대사인 것처럼 다루어졌다. 그 후의 재판에서도 두 명의 관계가 쟁점이 되었고, 적나라한 보도가 계속되었던 것이 기억났다.

그 무렵은 마치 일상이 악몽에 잡아먹힌 듯했다. 어느새 9년이 지나 우시오는 출장 마사지의 점장이 되어 빈둥빈둥 살아가고 있다. 스스로 생각해도 참 엉망진창인 인생이다.

감상적인 기분에 빠져 있다 보니 어느새 종료 시각이 다가오고 있었다. 주차장에서 미니밴을 꺼내 러브호텔 앞에 엔진을 멈췄다.

5분 정도 만에 출입문이 열렸다. 아이리가 마흔이 넘어 보이는 남자와 손을 잡은 채 걸어 나왔다. 남자는 선글라스를 쓰고 고급스러워 보이는 재킷을 몸에 걸쳤지만, 벗어지기 시작한 머리와 툭 튀어나온 배가 그것을 쓸모없게 만들었다. 이 일을 하다 보면 매일같이 보는 유형의 손님이다. 청바지의 사타구니 부근이 진한 색으로 오염되어 있었다.

아이리가 고개를 숙여 인사한 후 웃는 얼굴로 양손을 흔든다. 그만 가라는 신호였지만, 남자는 즐거운 듯 줄줄 말을 이어 간다. 둔감한 녀석이다. 아이리가 미니밴의 조수석에 올라탈 때까지 남자는 호텔 앞에서 움직이지 않았다.

"저 손님, 지린 거야?"

핸들을 돌리면서 물었다. 아이리는 문을 닫자마자 미소를 지우고는 먹다 남긴 쿠키를 씹기 시작했다.

"아니에요. 로션을 엎질렀어요."

"신규 손님이지? 성은 사토. 가명이겠네. 어땠어?"

"흐음. 저를 마음에 들어 한 것 같긴 한데, 이상한 사람이었어요."

"머리가 나빠 보이는 얼굴이던데."

"그것도 그런데요."

아이리는 혀를 씹은 듯한 표정을 지었다.

"무엇이 이상한지 말하긴 어렵지만, 뭔가 좀. 아, 전화기를 엄청 많이 갖고 있었어요."

"뭐야, 그게. 대포폰을 파는 놈인가?"

"몰라요. 아, 점장님. 편의점에 좀 가고 싶어요."

아이리가 간판을 가리키며 말했다. 10분 전까지 우시오가 있던 편의점이었다.

주차장에 미니밴을 세우자 아이리는 조수석에서 뛰어내려 가게로 달려 들어갔다.

일하는 아가씨가 일을 그만두지 않도록 제멋대로인 요청도 들어주어야 하는 것이 이 일의 철칙이다. 오너인 다마시마도 간판 아가씨인 아이리에게는 꼼짝도 못한다.

우시오도 신선한 공기를 쐬고 싶어져서 미니밴에서 내렸다. 편의점에서 달콤한 향기가 풍겨 온다. 햇빛이 눈부시다.

도로를 달리던 오토바이의 주행음이 갑자기 이쪽으로 다

가왔다.

아스팔트를 스치는 소리.

돌아보는 것과 동시에 안면에 격통이 일었다. 보닛에 허리를 부딪혔다. 시야가 흐릿해지더니 어느새 발밑으로 구토를 하고 있었다.

고개를 들자, 헬멧을 쓴 남자가 금속 배트를 들고 서 있었다. 바로 뒤에는 오토바이가 쓰러진 채였다.

우시오가 뒤로 홱 비켜서는 것과 동시에 금속 배트가 눈앞의 공기를 갈랐다. 유리가 깨지는 소리. 운전석 창문에 금이 갔다.

명백하게 우시오를 죽이려 했다. 미키오를 습격한 것도 이 남자가 분명하다.

"아프잖아. 우리 가게에 뭔가 원한이라도 있는 거야?"

"사토 씨?"

뒤에서 아이리의 목소리가 들렸다. 헬멧을 쓴 남자가 어깨를 움찔 떨었다.

돌아보자 편의점 앞에서 아이리가 입을 떡 벌린 채 서 있었다. 오른손에는 아이스크림과 껌이 든 봉지를 들었다.

"사토 씨, 뭐하는 거예요?"

아이리가 헬멧을 쓴 남자에게 외친다. 그러고 보니, 호텔 앞에서 아이리와 이야기를 하던 남자와 키와 몸집이 꽤 닮았다. 특히 툭 튀어나온 배가 똑같다. 청바지에는 오줌을 지린 듯한 흔적이 남아 있었다.

"……아, 그게."

남자의 목소리는 아이처럼 새된 목소리였다. 아이리가 야구의 투수 같은 자세로 팥 아이스크림을 던졌다. 헬멧에 부딪히자 그 안에서 비명이 새어 나왔다.

남자는 도망치듯 오토바이에 올라타고는 시동을 걸고 주차장을 나가버렸다.

뭐가 뭔지 영문을 알 수가 없었다. 우시오는 미니밴의 문을 열고 머리부터 뒷좌석에 몸을 뉘었다. 콧속에서 피가 솟구쳐 나왔다.

"너, 대단하네. 조금만 더 빨리 구해주지."

"죄송해요. 히로인은 원래 조금 늦게 등장하는 법이거든요."

아이리가 웬일로 익살맞은 말을 했다. 파우치에서 티슈를 꺼내 우시오의 얼굴에 가져다 댔다. 티슈가 순식간에 붉게 물들었다.

"금속 배트로 머리를 힘껏 갈겼다고. 너무 아파서 뇌가 터진 건 아닐까 할 정도로. 너, 저 녀석에게 내 뒷담화라도 한 거야?"

"그럴 리가요. 제 탓으로 만들 셈이세요?"

"그럼 저 녀석은 도대체 뭐야. 더워서 머리가 이상해지기라도 한 거야?"

"아니에요. 저 사람, 드라이버가 자기 얼굴을 기억하는 게 싫었던 거 아닐까요?"

아이리는 더러운 것을 만지는 듯한 손놀림으로 우시오의 양발을 좌석 안쪽으로 끌어당겼다.

"무슨 말이야. 손님이 출장 마사지의 드라이버 따위에 무슨 관심이 있다고."

"그래도 미키오 씨랑 점장님이 연이어 습격을 당한 이상, 사토 씨는 드라이버를 노리고 있다는 게 되잖아요."

"그런 짓을 해서 무슨 의미가 있는데?"

"힌트는 사토 씨가 신규 손님인 척을 했다는 점이에요. 사실은 미쓰하랑도 놀았는데, 오늘 처음으로 우리 가게를 이용한 척을 한 거니까요. 저 사람, 자신이 부른 아이에게 다른 아이와도 놀고 있다는 걸 들키는 게 싫었던 것 아닐까요. 그래서 휴대전화를 잔뜩 계약해서 다른 아이를 부를 때는 같은 번호로 연락하지 않으려 한 거죠.

그래도 드라이버가 얼굴을 기억한다면 번호를 바꾸더라도 동일인물인 게 들키고 말아요. 그러면 여러 아이와 놀고 있다는 것까지 들키게 될 테고요. 호텔에서 함께 나오지 않으면 되는 일이지만, 오늘은 제 플레이가 너무 기분이 좋아서 마지막까지 함께 있고 싶어진 게 문제였죠. 그래서 드라이버를 두드려 패는 수밖에 없게 된 거예요."

아이리가 유창하게 말하고는 뒷좌석 문을 닫았다. 듣고 보니 이치에 맞았다.

"너, 대단하네. 추리소설 마니아라도 돼?"

"미스터리는 좋아해요. 마니아까지는 아니지만요."

"팥 아이스크림도 엄청났어. 무슨 동아리였는지 맞춰볼게. 야구부지?"

"아깝네요. 소프트볼이에요."

아이리가 손목을 앞뒤로 비튼다. 팔찌가 흔들렸다.

"점장님, 코피가 멈추면 운전할 수 있겠어요?"

"어떻게 봐도 무리잖아. 풀스윙이었다고."

"알겠어요. 그럼 오너를 부르게 전화기 좀 빌려주세요."

아이리가 조수석에서 손을 뻗어서 우시오의 바지 주머니를 뒤졌다. 종이가 스치는 소리가 들린다.

"어?"

아이리가 묘한 소리를 냈다.

고개를 들어 올리자 아이리가 크림색 봉투를 손에 들고 있었다. 집 우편함에 도착한 그 초대장이다.

"점장님, 추리작가셨어요?"

아이리가 초대장을 꺼내 들고는 여우에 홀린 듯한 얼굴로 말한다. 들켰다.

"맞아. 대단하지?"

"오마타 우주…… . 어, 《분무도의 참극》을 쓴? 진짜로요?"

"진짜야. 어때, 존경심이 생겼어?"

아이리가 파우치를 열더니 바닥 쪽에서 크림색 봉투를 꺼내 들었다.

"사실은 저도 그렇거든요."

2

"이 자식이, 사람을 뭐로 보고!"

우시오가 천장의 센서를 향해 침을 튀겼다.

눈을 뜬 순간부터 대단치도 않은 하루가 될 것 같다는 예
감은 들었지만, 하필이면 호텔을 나서는 순간부터 발목을 잡
힐 줄이야. 우시오는 CCTV에 대고 가운뎃손가락을 세웠다.

보다 못한 호텔 종업원이 현관으로 뛰어왔다. 센서에 다가
가기도 하고 멀어지기도 하면서 몇 번이고 반복한 끝에 겨우
자동문이 열렸다.

바닷바람이 불어오고 눈앞에는 태평양이 드넓게 펼쳐진
다. 부두를 오가는 어부들에 뒤섞여 드문드문 외부에서 온
듯한 남녀의 모습이 보였다. 컨테이너 뒤에서는 아이리가 바
닷새들을 올려다보고 있었다.

손목시계는 6시 50분을 가리키고 있었다. 집합시각까지 앞으로 10분 남았다.

출발이 아침 일찍이라는 이유로, 초대장에는 전날 밤에 묵을 수 있는 호텔 티켓이 동봉되어 있었다. 부자는 역시 생각하는 것이 다르다.

다마코로가시 학원은 오늘부터 5일간 임시휴업에 들어갔다. 이 타이밍에 다마시마가 휴업을 결정한 것에는 복잡한 이유가 있었다. 우시오가 습격을 당한 후 다마시마는 사토를 잡아내지 못하면 체면이 서지 않는 상황에 몰렸지만, 정작 중요한 사토를 쫓을 방법이 없었다. 뒤를 봐주는 야쿠자를 움직이는 것도 손해가 만만찮았다. 그래서 다마시마는 '휴업처분을 받게 되었다'라는 가공의 피해를 만들기로 한 것이다. 그렇다고는 하지만 이미 일주일 뒤까지 차 있던 인기 아가씨의 예약을 취소하지는 못했기에, 우시오는 어젯밤 늦게까지 일을 할 수밖에 없었다.

"어이, 히로인. 오늘은 일찍 일어났네."

우시오가 손가락으로 등을 찌르자, 아이리가 펄쩍 뛰며 이어폰을 귀에서 빼냈다. 밤늦게까지 일을 한 것은 아이리도 마찬가지지만, 그녀는 평소보다도 혈색이 좋았다. 씹던 껌이 입 밖으로 튀어나오는 것이 보였다.

"변태가 덮치는 줄 알았잖아요."

아이리가 개똥이라도 밟은 듯한 표정을 지었다. 아이리는 우시오가 작가라는 것을 알고 난 뒤에도 개의치 않았다. 닮은 사람들끼리는 서로를 막 대해도 문제가 없으리라 생각하는 듯하다.

"나도 아이리랑 같이 바캉스를 떠나는 날이 올 줄은 꿈에도 몰랐어."

"잠깐만요. 저는 긴보게 사키라니까요. 절대 업계 이름으로 부르지 마세요."

아이리가 목소리를 낮추고 우시오를 노려보았다.

"촌스러운 필명이야. 할머니 같아."

"어쩔 수 없잖아요. 고등학생 때는 멋지다고 생각했으니까요."

아이리……가 아니라 긴보게 사키가 작가로 데뷔한 것은 지금부터 10년 전의 일이다. 데뷔작은 《하루미야 스즈코의 추리》. 다키시로 고등학교 2학년에 재학 중인 명탐정 하루미야 스즈코가 파트너이자 여자 소프트볼 국가대표인 아사노 루리와 함께 학교의 수수께끼를 풀어나간다는 이야기다. 데뷔 당시 사키는 열여섯 살로, 학교를 무대로 한 수수께끼 풀이가 호평을 받은 모양이다.

사키는 고등학교 졸업 후, 1년에 두세 권의 페이스로 다키시로 고등학교 시리즈를 간행해왔지만, 5년 차를 넘겼을 무렵부터 판매 부수가 늘어나지 않게 되었다. 그래서 작년, 약 1년간의 침묵을 깨고 간행한 것이 《출장 마사지 탐정의 회전》이다. 주인공인 가나메는 최고급 출장 마사지에서 톱을 달리는 아가씨로, 가글액으로 입을 헹구면 유례가 없는 추리력을 발휘하는 명탐정이다. 여고생 작가의 대담한 작풍 변화가 화제를 불러, 추리소설로서는 이례적인 수준의 베스트셀러가 되었다.

"다마코로가시 사키로 개명하지 그래. 작품과도 잘 어울릴 것 같은데."

"제가 왜 반짝 인기 작가의 충고를 들어야 하죠?"

아이리가 입을 벌리자 입술 끝으로 은니가 빛났다.

"저기요. 사나다 섬에 가시는 분들인가요?"

낯선 목소리에 뒤를 돌아보자, 괴물 같은 남자가 서 있었다. 우시오에게 지지 않는 거한으로, 얼굴 가득 금속 피어싱을 매달고 있다. 나이는 30대 중반쯤일까. 밤길에 만나면 자신도 모르게 도망치고 싶어지는 외모지만, 자세히 보니 소심한 어린아이 같은 표정을 짓고 있었다.

"엄청난 얼굴이네. SM 작가인 거야?"

우시오가 미움을 살 만한 말을 내뱉자, 아이리가 우시오의 부츠를 힘주어 밟았다.

"저는 긴보게 사키. 이쪽은 오마타 우주 씨. 저희도 사나다 섬에 가는 길이에요."

"긴보게 선생님과 오마타 선생님! 만나 뵙게 되어서 영광이에요. 저는 욘도 우동이라고 합니다."

괴물이 예의 바른 표정으로 과장되게 고개를 숙인다.

"웃긴 이름이네. 고향 집이 우동 가게라도 하는 거야?"

"아니요. 본가는 신발가게예요."

"욘도 선생님은 유머 미스터리의 귀재예요.《갤럭시 레드 헤링》은 제가 좋아하는 작품 역대 베스트 텐에 들어가는 작품이죠. 특수한 세계관을 살린 예상을 뒤엎는 추리가 강렬했어요."

아이리가 과장되게 아첨하는 말을 꺼냈다.

"고맙습니다. 저도 다키시로 고등학교 시리즈를 아주 좋아해요.《하루미야 스즈코의 졸업》에서 스즈코가 가짜 추리를 선보이는 모습에는 놀랐답니다. 그저 진상을 추구하는 게 아니라, 스즈코의 내면의 갈등을 그린 부분이 특히 좋았어요."

우동은 "진짜로 말이죠", "우후후" 하고 기분 나쁜 목소리를 섞어가며 말했다.

"당신 혹시 아마키 아야메와도 면식이 있나?"

"아니요. 설마요."

우동이 고개를 저었다.

"아마키 선생님은 아무도 정체를 모르는 진짜 복면 작가예요. 《물밑 일기》의 사나다 섬에 초대받았다니 꿈같아요."

"《물밑 일기》?"

"아마키 선생님의 하루하루의 삶을 그려 낸 에세이집이에요. 허구와 사실이 뒤섞여 있는 게 특징으로, 도쿄의 바에서 술을 잔뜩 마신 다음 날, 이국의 열대우림을 헤매기도 하죠. 해에 몇 번씩 사나다 섬으로 건너가는 묘사가 나오는데, 구체적인 장소와 목적도 나와 있지 않아서 팬 사이에서는 다양한 억측이 난무하고 있답니다. 읽어 보실래요?"

우동이 숄더백에서 책을 꺼내려고 하기에 우시오가 지퍼를 여는 손을 제지했다.

"필요 없어. 나는 하와이나 괌 같은 섬을 기대했는데, 사나다 섬이란 곳은 염세 작가가 좋아할 법한 섬인가 보지?"

"무인도예요. 니시노 섬에서 남서쪽으로 20킬로니까, 도락을 즐기며 사는 섬은 아니겠죠. 도쿄 만에서 지치 섬을 경유해서 28시간. 전세 선박을 타고 직행으로 가도 하루가 꼬박 걸려요."

"하루나 걸린다고?"

지금 당장 출발한다 해도 도착은 내일 아침이라는 말인가.

우시오가 짜증이 나서 담배를 피우는데, 부두를 서성이던 작은 덩치의 남자가 가까이 다가왔다. 모자, 목도리, 카디건, 바지, 슈트케이스 전부가 싸구려 같고 궁상맞다. 허세를 부리는 것처럼 군대 인식표가 달린 목걸이를 목에 걸고, 피우다 만 담배를 과장되게 입에 물고 있다. 나이가 어린 업소 손님 중에 자주 있는 유형이다.

"안녕하세요. 추리작가 여러분이시죠. 자살환상 작가인 아라라기 아바라라고 합니다. 잘 부탁드려요."

덩치가 작은 남자가 점잖 빼며 말하고는 세 명과 순서대로 악수를 나누었다. 우시오도 어쩔 수 없이 손바닥을 마주 잡았다.

"또 이상한 녀석이 나타났네. 자살환상? 뭐야, 그게."

"모르시나요? 심리학에서는 다른 의미가 있지만, 저는 자살 미수자가 생사를 헤맬 때 보는 환상을 자살환상이라고 부르고 있답니다. 새까만 터널에 들어가거나, 꽃밭을 걷는 등 다양한 패턴이 있지만 말이죠. 저는 자살 미수자를 취재해서 그들이 본 환상을 바탕으로 소설을 쓰고 있어요. 대표작을 선물하죠."

아바라가 슈트케이스에서 책을 꺼내려 한다. 이놈이고 저놈이고 쓸데없는 참견이다.

"필요 없어. 왜 추리작가가 아닌 녀석이 여기에 불려온 거야?"

"실은《최후의 식사》라는 추리작품이 있거든요. 왕따당하는 중학생이 본, 유리를 씹어 먹는 환상을 바탕으로 쓴 소설인데, 이게 미스터리로서 높은 평가를 받아서 추리작가조합상을 받았습니다."

"사실은 미스터리에는 관심이 없는 거 아니야?"

"그럴 리가요. 아주 좋아합니다. 그러니 이렇게 참가하게 됐죠."

아바라가 목소리를 높인다. 자랑을 시작하면 멈추지 않는 유형이다.

"앗. 마사카 마사카네 선생님."

우동이 호텔 출입구를 가리키며 말했다.

자동문 안쪽에서 사람 그림자가 가까이 다가왔다. 우시오와 달리 곧장 문이 열리고 정장 차림의 남자가 나타났다. 짧은 머리를 7대 3으로 가르마를 탔고, 두툼한 눈썹 밑으로는 맹금류 같은 안광이 번뜩였다. 나이는 마흔 정도 되었을까.

"너무나도 작가 선생 같은 얼굴이네."

"본업은 마취과 의사예요. 《되살아나는 뇌수》 안 읽었어요? 사체를 이용한 트릭이 최고인데."

아이리가 의기양양한 표정으로 우시오를 바라본다.

"다들 모였군. 나는 마사카 마사카네라고 하네. 오늘 여러분을 사나다 섬으로 안내하기로 되어 있지."

마사카네가 교장 선생님 같은 말투로 말하고는 마치 평가를 하는 것처럼 일동을 둘러보았다.

"아마키 선생님은 어디에?"

"이미 섬에서 기다리신다네. 얼른 출발하지."

마사카네가 컨테이너 뒤편에 계류된 크루저로 네 명을 안내했다.

크루저는 길이 20미터, 높이 5미터 정도로, 괴조怪鳥의 머리 같은 형태였다. 반들반들하게 광택이 났고, 구석구석 잘 손질이 된 것 같았다. 선체의 측면에는 PRINCESS HARUKA TOKYO라고 적혀 있었다.

"프린세스 하루카 도쿄. 뭐야, 이게."

"크루저의 이름일세."

마사카네가 선창에서 발을 멈추고 말한다. 도쿄 하루카 공주. 애인의 이름일까?

"나라면 타이타닉이라고 할 텐데 말이야."

우시오가 가볍게 농을 던지면서 크루저에 몸을 실었다.

3

오후 7시 15분. 태양이 수평선 너머로 지고 바다에 어둠이 찾아왔다.

우시오는 갑판 난간에 기대 담배를 입에 물었다. 풍로로 구운 꼬치구이의 기름진 냄새가 파카에 달라붙어 있다. 방금까지 선실에 모여서 저녁을 먹었는데, 아이리, 아바라, 우동 세 명이 역겨울 정도로 서로를 칭찬해대는 모습이 보기 지겨워서 바람을 쐬러 나온 것이었다.

매출 할당량을 강요당하던 개똥같던 하루하루에서 탈출할 수 있을지도 모른다는 기대를 품고 기묘한 여행에 참가했지만, 우시오는 벌써부터 후회하는 중이었다. 애초에 자신은 작가도 아니고 추리소설에 큰 관심도 없다. 10년 전에 어쩌다 손에 넣은 원고를 출판사에 보내서 생활비를 번 것뿐이다.

갑판에서 떨어지는 물방울을 바라보는데 선실 문이 열리는 소리가 들렸다.

"우와, 점장님이잖아."

아이리가 몸을 돌려 돌아가는 시늉을 했다.

"바다에 빠뜨려버린다? 지금의 너는 상품도 뭐도 아니니까."

"아하하. 농담이에요. 저도 지쳐서 나왔어요."

아이리는 난간에 몸을 걸친 채 바다에 껌을 뱉었다. 물보라가 원피스의 소매를 적셨다.

"난 옛날부터 여행 운이 없어. 초등학교 소풍날 아침에 엄마가 죽고, 중학교 수학여행 첫날에 형이 죽었지. 이번에도 최악의 바캉스가 될 것 같은 예감이 들어."

"불길한 소리 하지 마세요."

"적중할 테니까 기억해두는 게 좋을 거야. 그건 그렇고, 우리를 부른 아마키 아야메라는 사람이 그렇게 대단한 사람이야?"

"글쎄요. 거물이라기보다는 오컬트적인 팬이 많은 작가예요. 데뷔작인 《물밑의 밀랍인형》은 영화로도 만들어졌지만, 젊은 독자는 모를지도요. 최근에는 신작도 안 나오고 있거든요."

아이리는 조금 신난 듯 《물밑의 밀랍인형》의 줄거리를 떠

들어냈다.

1947년, 해난 사고로 딸을 잃은 외과 의사인 '나'는 초로의 사립탐정 나미카와 소이치의 저택을 방문한다. 탐정이 사는 지하실에는 사체를 본뜬 정교한 밀랍인형이 줄지어 서 있었다. 나미카와는 수많은 사건을 해결했지만, 깊은 죄악감에 사로잡혀 죽은 자의 납인형을 만들어 혼을 기리고 있었다.

태풍 때문에 그 저택에 머물게 된 '나'는 지하실에서 수조에 잠긴 밀랍인형을 발견하고 경악한다. 익사체를 본뜬 그 인형은 '나'의 딸과 쏙 빼닮았기 때문이었다.

"뭐, 가모가와쇼텐의 베스트셀러로 치자면《분무도의 참극》이 더 유명하지만요."

"잠깐만. 사체는 물에 뜨지 않나? 밀랍인형은 물에 가라앉을 테니, 익사체의 재현은 불가능하잖아?"

"어라, 그 부분을 지적하는 거예요? 환상 미스터리니까 세세한 부분은 아무래도 좋잖아요."

아이리가 웃음을 터트렸다.

"아무래도 좋을 리가 없잖아.《분무도의 참극》이 얼마나 비난을 받았는지 알아?"

"그건 트릭이 너무 형편없어서잖아요. 사람은 물에 빠지면 패닉 상태가 되다 보니, 물을 잔뜩 마셔서 체내의 공기가 배출된다고 들었어요. 익사체는 대부분 한 번 잠긴 후에 부패

가스가 가득차면 다시 떠오른다던데요. 밀랍인형으로 재현한 건 떠오르기 전의 사체였던 거 아닐까요?"

"익사체에 대해 자세히도 아네."

"저도 일단은 추리작가니까요."

아이리가 우시오의 주머니에서 담뱃갑을 꺼내 득의양양하게 담배를 입에 물었다.

"아마키 아야메가 고상한 듯한 소설을 쓴다는 건 잘 알겠어. 근데 나, 까다로운 아줌마는 질색인데."

"아줌마가 아닐지도 모르죠. 복면 작가니까, 실은 저 같은 어린애일지도요."

"데뷔 20주년이잖아. 그럴 리 없지. 꼬부랑 할머니일지도 몰라."

"아마키 선생님도 출장 마사지 점장과 직원이 올 거라고는 생각 안 할 거예요."

아이리가 하품을 하면서 웃었다.

우시오가 난간에서 몸을 일으켰다. 물방울이 얼굴을 노리고 날아왔다.

"즐거워 보이는군."

돌아보자 마사카네가 서 있었다. 조타실에서 나온 듯, 검은 장갑을 끼고 있었다. 아이리는 학교 선생님에게 들킨 것처럼 담배를 숨겼다.

"당신, 배 조종을 안 해도 괜찮은 거야? 어딘가의 유명 의사처럼 고래랑 충돌해서 바다에 가라앉는 것은 싫은데."

"이 주변에는 암초도 없으니까 자동조종 모드로도 문제없어. 10년간 매달 빠지지 않고 크루징을 해왔지만, 그런 일은 한 번도 없었네."

마사카네는 아무렇지도 않은 표정으로 우시오의 불쾌한 말을 받아넘겼다.

"아마키 선생님과는 아는 사이세요?"

"아니, 이번이 첫 대면이야. 크루저를 가지고 있기에 안내 역할을 자청한 것뿐. 그저 초대받는 것만으로는 죄송해서 말이야."

가난뱅이로서는 상상도 할 수 없는 말을 내뱉는다.

"사나다 섬은 멀었어?"

"이제 겨우 반쯤 왔을 뿐. 도착은 내일 아침이야. 나는 슬슬 잘까 싶은데 자네들도 그만 쉬게나."

마사카네가 점점 더 교장다운 말을 했다.

선실로 돌아가자 우동과 아바라가 조명을 켠 채로 숨소리를 내며 잠들어 있었다.

아이리가 코를 틀어막았다. 기름과 맥주 냄새에 섞여 토사물 같은 악취가 풍겼다.

"이 녀석들 토한 거 아니야? 술에 약해 빠져서는."

"아닌 거 같은데요. 환기구 쪽에서 나는 거 같아요."

아이리가 천장을 올려다보며 말했다. 그녀의 말대로 환기구에 얼굴을 가까이 대자 공중화장실의 변기 같은 악취가 코를 찔렀다. 배 속 깊은 곳에서 구역질이 올라왔다. 안에서 쥐가 죽기라도 한 걸까. 우시오가 공구함에서 덕트 테이프를 꺼내 환기구를 막았다.

"겉모습은 반짝반짝해도 안은 이런 식이군. 부자라는 건 겉만 번지르르하다니까."

"아니, 그보다 저희가 잘 곳이 없는데요."

아이리가 입을 삐쭉댔다. 선실 오른쪽에 2단 침대가 있지만, 위 칸은 아바라가, 아래 칸은 우동이 차지한 채였다. 칸막이나 매트리스도 없이 작은 판자 위에 얇은 이불을 깐 것뿐인 간소한 침대지만, 바닥에서 모포를 두르고 자는 것보다는 나아 보였다.

"어이, 뚱보. 비켜."

우시오가 우동의 배를 발로 찼다. 우동은 눈을 감은 채, 의치를 확인하듯 입을 우물거렸다.

"본인도 뚱보면서. 뭐, 어쩔 수 없죠. 불 좀 꺼주세요."

아이리는 밉상 맞은 말을 하더니, 방 안쪽에서 모포를 둘렀다.

하필이면 좁은 선실에서 같은 체형의 뚱보와 나란히 자게 될 줄이야. 역시 운이 없다. 우시오는 짜증을 내며 천장에서 뻗어 있는 줄을 당겼다.

선실은 먹물을 뿌린 듯 어둠에 잠겼다.

"아야!"

굵은 비명이 우시오를 꿈에서 현실로 되돌렸다.

놀라서 바닥에서 튀어 올라 조명 끈을 당겼다. 불이 들어왔지만 잠이 덜 깨 시야가 흐릿했다.

비명을 지른 사람은 우동이었다. 양 눈을 크게 뜨고, 천식 환자처럼 입을 뻐끔거렸다. 왼쪽 귀를 누른 손가락에서 붉은 피가 흘러내린다. 옆에서 자던 우시오의 팔에도 피가 묻어 있었다.

"무, 무슨 일이에요?"

아이리가 일어나 불안한 듯 우동의 얼굴을 들여다보았다. 아바라와 마사카네도 상반신을 일으킨 상태였다.

"죄, 죄송해요. 피어싱이……."

귀에서 손을 떼자, 바깥귀의 주름이 찢어진 것이 보였다. 바닥에는 피투성이의 금속 파편이 떨어져 있었다. 얼굴을 가득 채우듯 피어싱을 했으니, 이렇게 좁고 갑갑한 장소에서 자다 보면 하나 정도 떨어진다고 해도 이상하지 않다.

마사카네가 선실에서 뛰어나가 조타실에서 구급함을 가지고 왔다. 우동의 귀에 소독액을 뿌리고 거즈를 테이프로 고정했다. 출혈은 5분 정도 만에 그쳤다.

"곪지만 않으면 괜찮을 거야. 걱정되면 성형외과에서 진찰을 받아 보게."

마사카네가 의사다운 말을 했다.

"이제 괜찮아요. 소란 피워서 죄송합니다."

우동은 미안한 듯한 얼굴로 말하고는 침대 구석에서 몸을 웅크리고 모포를 뒤집어썼다.

"곧장 한 명 죽고 시작하나 했더니 아쉽네."

"쓸데없는 소리 좀 하지 마요."

우시오의 경박한 말을 아이리가 못마땅한 듯 타박했다.

손목시계를 보자, 시간은 아직 8시였다. 문자판에는 우동의 피가 묻어 있었다. 이미 응고하기 시작하여, 손가락으로 긁으면 플레이트에 상처가 생길 것만 같았다. 어쩔 수 없어서 벨트를 풀고 주머니에 넣었다.

따분한 꿈을 꾸는 듯한 기분으로 조명 끈을 당겼다.

선실은 다시금 어둠에 휩싸였다.

배 밑에서 둥, 하는 충격이 울렸다.

캔 맥주가 굴러서 벽에 부딪히는 소리. 몸이 벽에 빨려가는 감각. 바닥이 비스듬하게 기울어 있었다.

"우와아아아."

머리 위에서 비명이 들렸다. 곧이어 왼손에 날카로운 통증이 일었다. 2단 침대에서 아바라가 떨어진 듯했다. 흥분한 개처럼 거친 숨소리가 바로 옆에서 들려 왔다.

"이번엔 또 뭐⋯⋯."

아이리의 목소리가 경보음에 묻혔다. 최악의 예감이 든다.

갑자기 방이 밝아졌다. 마사카네가 조명 끈을 잡아당겨 불을 켰다. 우시오 옆에서는 아바라가 얼굴을 일그러뜨린 채 웅크리고 있었다. 너무 아파서 숨도 못 쉴 지경인 듯했다.

딸깍, 하는 소리를 내며 탁상시계가 11시 반을 가리켰다. 아이리가 어깨를 움찔거렸다.

"바깥 상황을 보고 오겠네."

선실을 뛰어나가는 마사카네를 쫓아서 우시오도 방을 나섰다. 아이리도 뒤를 쫓아왔다.

계단을 오르자 갑판이 비스듬하게 기울어 있었다. 해면이 눈앞으로 닥쳐오는 것처럼 보였다. 쿵, 쿵, 하고 배 밑에서 충격음이 울려 퍼졌다.

해면에 커다란 물보라가 일었다. 거대한 지느러미 같은 것이 보였다.

"고래다! 엄청 큰 놈이야!"

마사카네가 바닥에 손을 대고 외쳤다.

"그러니까 내가 아까 말했잖아! 어쩔 셈이야!"

"서둘러 경로를 바꾸겠네. 자네들은 물건을 던져서 저 녀석을 쫓아줘."

마사카네는 말도 안 되는 소리를 하고는 조타실로 뛰어들어갔다.

"물건으로 고래를 쫓으라고?"

우시오는 갑판에 굴러다니는 레저용품을 닥치는 대로 집어 던졌다. 낚싯대와 패들이 첨벙첨벙 소리를 내며 바다로 사라져 갔다.

"소프트볼 동아리 출신의 솜씨 좀 보여 달라고!"

"시끄러워요! 잠깐만 좀 있어 봐요!"

아이리가 선실에서 공구함을 가지고 와서는 수리용 긴 대못을 꺼내 들어 고래를 향해 던졌다. 고래 옆구리에 못이 박혔다. 우시오는 자신도 모르게 승리의 포즈를 지었다.

"엄청난데? 사실은 다트 동아리였던 거 아니야?"

"히로인은 할 때는 한다니까요."

아이리가 차례로 못을 던지자 그중 3분의 1 정도가 고래의 피부에 꽂혔다.

갑판에서 던질 물건이 다 떨어졌을 때쯤, 고래가 겨우 배의 뒤편으로 사라졌다.

"고래잡이 반대 단체에 살해당하겠네."

"배가 가라앉는 것보다는 낫잖아요."

마사카네가 비트적비트적 조타실에서 나왔다. 앞머리가 엉망진창이 되어 의사다운 위엄은 이미 자취를 감춘 채였다.

"다, 다친 사람은 괜찮은가?"

그제야 선실에서 웅크리고 있던 아바라가 떠올랐다.

마사카네가 계단을 내려가 선실 문을 열었다. 두 남자가 풍로와 캔 맥주, 모포에 뒤섞여 주저앉은 채였다. 우동은 넋이 나간 듯 보였지만, 아바라는 잔뜩 울어서 눈이 퉁퉁 부어 있었다. 침대에서 떨어져 왼팔이 부러진 듯했다. 외상은 없지만, 관절이 망가진 인형처럼 팔이 툭 늘어졌다.

마사카네가 아바라의 팔을 부목과 붕대로 고정하고, 그에게 진통제를 먹였다.

"절대로 붕대를 풀어선 안 돼. 뼈가 어긋나면 수술해야 하니까."

"뭔가요, 이거? 방송 촬영?"

우동이 얼빠진 소리를 했다.

"정말로 영상을 방송국에 팔면 돈을 벌 수 있을 것 같은데."

우시오가 휴대전화를 꺼내 들었지만, 버튼을 눌러도 화면이 켜지지 않았다. 물보라를 뒤집어쓴 탓에 고장난 듯했다.

"무슨 바보 같은 소리를 하는 거예요. 선생님, 이것 좀 주세요."

아이리가 구급함에서 반창고를 꺼내서 집게손가락에 감았다. 못을 던질 때 손가락을 베인 듯, 빨간 딱지가 생겨 있었다.

"이것 봐. 내 말대로 최악의 바캉스가 됐지?"

우시오가 비아냥거렸다.

"시끄러워요. 머리가 이상한 손님을 상대하는 것보다는 낫거든요."

아이리가 힘없는 목소리로 말했다.

탁상시계의 바늘은 11시 50분을 가리키고 있었다. 놀랍게도 평소라면 아직 일할 시간이었다. 우시오는 짜증 가득한 마음으로 조명 끈을 당겼다.

선실은 세 번째로 어둠에 휩싸였다.

4

크루저는 오후 2시가 되어서야 간신히 사나다 섬에 도착했다.

예정대로라면 아침 일찍 도착해야 했지만, 고래와 충돌한 탓에 엔진이 고장 나서 속도가 제대로 나지 않게 되었다. 아침 7시 무렵부터 갑판에 모여 있던 일행은 섬의 모습이 보이기 시작하자 보물이라도 발견한 것처럼 환성을 질렀다.

사나다 섬은 사방을 깎아 지르는 듯한 절벽에 뒤덮인, 형태가 망가진 푸딩 같은 형태였다. 한 곳만 스푼으로 떠낸 것처럼 절벽이 깎여 나갔고, 그곳을 통해 가느다란 개천이 바다와 이어졌다.

절벽 위에는 교회 같은 서양식 건물이 보였다. 바람에 실려 종소리가 들려 왔다.

"저게 아마키 아야메의 별장인가. 부자는 불편한 곳에서 살고 싶어 하는군."

"천성관이라는 이름이에요. 에세이에서 봤어요."

우동이 득의양양하게 말했다. 볼의 피어싱이 방울처럼 흔들렸다.

"이상하군. 아마키 선생님의 배가 어디에도 없어."

"누군가 사람을 써서 이곳까지 태워다 달라고 한 것 아니야? 부자들은 금방 택시를 잡아타니까."

우시오가 가볍게 말을 던져도 마사카네는 어두운 표정을 풀지 않았다.

"배가 없으면 곤란한 거야?"

"고래와 충돌한 탓에 엔진이 고장났네. 조종은 문제없지만, 연료가 빨리 다는 상태야. 이대로라면 돌아갈 연료가 부족해."

마사카네가 터무니없는 이야기를 꺼냈다.

"그런 거라면 빨리 말하라고. 우리, 이 섬에서 나갈 수 없다는 말이야?"

"아마키 선생님께 배를 빌려야겠다고 생각했거든. 그러니까 선생님의 배가 없으면 안 되는데."

"선생님을 이곳에 태워다준 사람을 부르면 되는 거 아닌가요?"

아바라가 밝은 목소리로 말하며 마사카네의 어깨를 두드렸다.

"그보다 빨리 섬에 가봐요."

선착장이 없었기에 마사카네는 하구에 면한 얕은 여울에 올라서듯 크루저를 세웠다. 앞뒤 갑판에서 닻을 내려서 선체를 고정했다. 사다리를 늘어뜨리고 한 명씩 바다로 내렸다.

모래에 발을 얹자 복사뼈까지 바닷물에 잠겼다. 부츠에 물이 들어가서 기분이 나빴지만, 폐자재나 금속 파편 등의 표착 쓰레기가 여기저기 굴러다녔기에 신발을 벗을 수는 없었다.

"마사카네 씨, 이것 좀 부탁드려요."

아바라가 슈트케이스를 마사카네에게 맡기고 오른손만으로 요령 좋게 사다리를 타고 내렸다. 자주 쓰는 손이 부러지지 않은 것이 불행 중 다행이었던 것 같다. 목걸이의 인식표가 카디건의 끝부분에 걸려 있었다.

마사카네는 슈트케이스를 벨트로 등에 메고는 달팽이 같은 모습으로 사다리를 내려왔다.

다섯 명이 모여서 철퍽철퍽 물을 튕기며 모래사장으로 향했다.

"섬의 주인은 저기에 있는 걸까요?"

아바라가 절벽 위의 건물을 가리키며 말했다. 때마침 종이 울렸다.

"어떻게 절벽을 오르면 되는 거지?"

"강 주변에 계단이 있지 않을까요."

"우와아!"

앞서가던 우동이 갑자기 뒤쪽으로 펄쩍 뛰었다. 등에 떠밀려 아바라가 넘어졌다. 우시오의 얼굴에도 바닷물이 날아들었다.

"시, 싫어!"

우동이 새파래진 얼굴로 외치고는 크루저로 돌아가려 했다. 우동이 서 있던 곳을 보자, 바위 표면에 붉은 해삼이 붙어 있었다.

"해삼이 어쨌는데? 먹고 싶어?"

"죄, 죄송해요. 저, 저, 못 보거든요."

"공포증인가 보군. 괜찮아. 진정하고 심호흡을 해보게나."

마사카네가 우동의 등을 쓰다듬으며 말했다. 우동은 식은 땀을 흘렸다. 해삼에게 부모라도 살해당한 걸까.

"내 뒤를 바짝 붙어서 따라오게. 해삼이 있으면 먼저 말해 줄 테니까 안심하고."

마사카네가 타이르듯 말하자, 우동이 과장되게 심호흡을 하고 끄덕였다. 두 명이 오리의 부모 자식처럼 나란히 걷기 시작한다. 그 뒤에서는 아바라가 아이리의 손을 잡고 몸을 일으켜, 홀딱 젖은 채 재채기를 했다.

"아, 뭔가 있네요."

모래사장에서 15미터 정도까지 다가섰을 때쯤 아이리가 절벽을 가리키며 말했다. 절벽을 바라보고 오른쪽, 5미터 정도의 높이에 통나무로 만들어진 오두막이 공중에 떠 있다. 잘 살펴보니 절벽에 달라붙은 형태로 통나무가 조립되어 있었다.

"망보는 집인가?"

다섯 명이 줄줄이 모래사장으로 올라서서, 푸른 하늘 아래 떠 있는 오두막을 올려다보았다. 오두막을 지탱하는 통나무는 망루처럼 촘촘히 짜여 있고, 절벽과의 틈새에는 좁은 공간이 있었다. 오두막의 지붕은 함석이지만, 벽면은 로그하우스처럼 통나무를 덧댄 상태였다. 바닥 판에는 네모난 구멍이 있었고, 모래사장과 오두막은 사다리로 연결되어 있었다.

"저기요, 누구 있나요?"

아바라가 위를 바라보고 외쳤다. 답은 없었다.

"올라가 볼까."

"저도 갈게요."

마사카네와 아이리가 자청하고 나섰다. 팔을 다친 사람과 뚱보 두 명은 아무 말도 하지 않았다.

우선 마사카네가 가로목에 손을 댔다. 통나무의 이음새가 끼익끼익 불안한 소리를 냈다. 마사카네는 양손으로 몸을 지지하며 천천히 사다리를 올랐다.

"뭐지 이곳은. 작업장인가? 선반에 도구가 잔뜩 있는걸."

마사카네가 구멍에 몸을 집어넣고 말했다.

마사카네의 뒤를 이어 아이리가 가벼운 몸놀림으로 순식간에 사다리를 올랐다.

"진짜네요. 커터칼, 조각도, 쇠망치, 손도끼, 송곳, 목도, 대못, 끈, 석고, 가짜 피. 황산이 든 병까지 있어요."

"과격파의 아지트 같군."

"잠깐만요. 착색 도중인 밀랍인형이 있어요. 아, 여기는 아틀리에인가 봐요."

"아아아!"

우동이 괴성을 질렀다.

"그 인형, 혹시 손발이 없거나 상처가 있지는 않나요?"

"정답이야. 가슴에 송곳이 박혀 있어."

"역시! 아마키 선생님은 본인 스스로도 밀랍인형으로 사체를 만들었던 거예요. 그러니 《물밑의 밀랍인형》 같은 치밀한 작품을 쓸 수 있었던 거죠."

우동이 눈을 반짝이며 마니아다운 말을 했다.

아이리에게 들은 설명에 따르면, 《물밑의 밀랍인형》에 등장하는 탐정은 사체의 납인형을 만들어 사건의 희생자를 기렸다고 한다. 이 탐정의 행동이 작자의 취미를 반영한 것인지 작중 인물에 촉발당해 작자도 같은 취미를 시작한 것인지는 알 수 없다. 손도끼와 송곳, 목도, 대못, 끈, 가짜 피, 황산 같은 도구는 생생한 사체를 재현하기 위한 재료이리라.

"얼굴이나 팔 형태의 석고 틀도 있어. 여기에 밀랍을 부어서 인형을 만든 거군."

"밀랍인형은 아무래도 좋아. 섬의 지도 같은 건 없어?"

"……음. 안 보이는군."

그 후에도 눈에 띄는 발견은 하지 못한 듯, 두 명은 사다리를 통해 모래사장으로 내려섰다.

"우선 강까지 가보죠."

아바라의 말에 다섯 명이 줄줄이 모래사장을 나아갔다.

5분 정도 걷자 하구에 닿았다. 절벽이 깎여 나가 완만한 경사면으로 되어 있다.

"역시 이곳이네요."

아바라가 득의양양하게 손가락을 튕겼다. 강과 나란히 돌계단이 이어져 있었다.

마사카네를 선두로 계단을 올랐다. 디딤판이 넓고, 나아가도 좀처럼 시야가 탁 트이지 않는다. 신발이 젖어 있는 탓에 돌 위에 다섯 명분의 발자국이 남았다.

15분 정도 만에 천성관이 보였다. 강은 저택 옆에서 ㄱ자로 꺾여 언덕 위로 이어졌다. 현관 정면에는 통나무로 만들어진 다리가 걸려 있었다.

천성관은 세 개의 건물로 구성되어 있었다. 중앙의 본관을 좌우에서 끼우듯 두 개의 건물이 연결되어 있었다. 다만 서양식 저택 같은 첨탑과 문을 갖춘 것은 본관뿐, 좌우의 건물은 시골 마을에서 흔히 볼 수 있는 단층 건물이었다. 본관도 진한 녹색의 현관 포치는 장엄하지만, 모르타르가 발린 벽에는 곰팡이가 피어 있고, 지붕 기왓장도 3분의 1 정도 벗겨진 채였다. 첨탑에 달린 종은 장난감처럼 저렴해보였다.

"이 저택, 조금 기울어져 있지 않나요?"

우동이 불안한 듯 말을 꺼냈다. 저택의 정면에 서서 바라보자 분명 바닥이 기울었다. 수평선과 바닥이 5도 정도 어긋나 보였다.

"땅이 조금 무너진 걸까. 우리는 폐허 투어에 불려온 거야?"

"은혜도 모르는 말은 하지 말게나. 초대해주신 아마키 선생님께 실례니까."

마사카네가 딱딱한 어투로 말했다.

"당신도 그 선생이란 사람을 만난 적 없잖아. 다들 속은 거 아니야?"

"말도 안 되는 소리 하지 말게."

마사카네가 현관 포치를 지나서 현관의 초인종을 눌렀다.

나머지 세 명은 지친 얼굴로 문을 바라보았다.

1분, 2분, 아무리 기다려도 답이 없었다.

마사카네가 주저주저 문으로 손을 뻗어 신중하게 손잡이를 돌렸다.

"열려 있어."

문은 맥없이도 열렸다. 마사카네가 아마키 아야메의 이름을 부르며 안으로 들어섰다. 나머지 네 명도 뒤를 따랐다.

현관 로비에는 칙칙한 스테인드글라스에서 빛이 쏟아져 들어왔다. 벽시계의 바늘은 3시 40분을 가리키고 있었다. 천장에서 내려온 원형 조명이 기울어져 보이는 것은 바닥이 기울어진 탓이리라. 마사카네가 벽의 스위치를 누르자 조명에 오렌지색 불이 들어왔다.

정면으로는 폭이 넓은 계단이 있었다. 그 계단을 사이에 두고 좌우로 복도가 하나씩 뻗어 있다.

"다행이다. 신발이 있어."

아바라가 오른쪽 벽 앞에 놓인 수납 선반을 가리키며 말했다. 문을 열자, 청소용 양동이와 물걸레, 마른걸레, 구둣주걱, 삽, 노끈 등이 잡다하게 가득 차 있었다. 선반 위에 산책용처럼 보이는 워킹 스니커가 다섯 개 있었다.

"바닥 면이 깨끗하네. 새것 같아."

우동이 신발을 손에 들고 기묘한 표정을 지었다. 고향 집이 신발가게를 한다는 말은 사실인 듯했다.

다섯 명은 바닷물로 젖은 신발을 바꿔 신었다. 우시오와 우동의 발에는 꽉 꼈지만 별 수 없다. 신발 끈을 전부 풀고 나서 발을 꽂아 넣고 잠자리매듭을 만들었다.

"우주 선생님, 끈 엄청 못 묶네요."

신발가게 아들이 쓴웃음을 지었다. 우시오는 여전히 열 번 중에 한 번 정도밖에 끈을 제대로 묶지 못했다.

"시끄러워. 그보다 아마키 아야메는 어디에 있는 거야?"

"모르겠군. 이 저택 안 어딘가겠지."

마사카네의 목소리에는 초조와 불안이 배어 있었다. 크루 저로 사나다 섬을 한 바퀴 돌았을 때도 그 밖에 다른 건물은 보이지 않았다. 야외를 어슬렁거리고 있을 것이라고도 생각 하기 어려웠다.

"어쨌든 찾아봐요."

다섯 명은 함께 천성관을 탐색하기로 했다.

정면의 계단을 오르자 5미터 정도 높이의 복도가 나왔고, 나무문이 두 개 있었다. 바닥이 기울어진 탓에 진자처럼 천 장에 매달린 조명에 머리를 부딪칠 것만 같았다.

오른쪽 문은 침실로, 왼쪽 문은 서재로 연결되어 있었다. 어느 쪽이건 호텔처럼 정돈되어 있고 생활하는 느낌은 들지 않았다.

서재 책장에는 빛바랜 서양 서적이 꽂혀 있었다. 10년 전에 변호사에게 받은 박스와 비슷한 냄새가 났다.

"이거 뭘까요."

아바라가 서재 안에서 중얼거렸다. 벽을 따라 가로 폭 10미터 정도의 공간이 뻥 뚫려 있었다. 양탄자도 없고, 마룻바닥이 그대로 드러나 있었다. 커다란 것을 들여놓기 위해 틈을 만들어둔 것 같았다.

"발자국이 있네요."

우동이 말했다.

그의 시선 끝을 보니 바닥의 색이 옅어진 부분이 신발 바닥 모양이었다. 발자국은 전부 열네 개. 어느 것이건 좌우가 쌍으로 되어 있고, 벽을 등지고 방의 중앙을 향했다.

"알겠군. 자작 밀랍인형을 전시해두었던 것 아닐까?"

마사카네가 바닥에 얼굴을 가까이 대고 말했다. 벽을 등지고 선 일곱 개의 밀랍인형의 모습이 머릿속에 떠올랐다.

"밀랍인형은 어디로 간 걸까요?"

"모르겠네. 다른 방으로 옮긴 걸까."

마사카네가 고개를 갸웃거리며 방을 나섰다.

복도에서 한 층 더 계단을 오르자, 종이 걸려 있는 첨탑이 나왔다.

발코니처럼 바닥 면이 바깥으로 튀어나와 있었고, 그곳에서는 섬이 한눈에 내려다보였다. 남쪽 언덕에서 북쪽 모래사장으로 강이 흐르는 것을 제외하고는 바위와 이끼, 초목에 덮였을 뿐인 볼품없는 경치가 펼쳐졌다. 천성관 말고 다른 건물은 보이지 않았다.

난간 너머로 섬을 바라보는데, 때마침 오후 4시의 종이 울렸다. 천장을 받치는 기둥에 절에서 보는 것과 같은 자동 당목이 붙어 있었다. 한 시간마다 종이 울리는 시스템 같았다.

계단을 내려가 1층 로비로 돌아왔다. 왼쪽 복도로 나아가자 숙박동으로 이어졌다. 복도를 끼고 좌우로 문이 네 개씩 있었다. 왼쪽 바로 앞이 탈의실과 욕실로, 나머지 일곱 개의 방은 객실이었다. 잠금장치가 없고 자유롭게 드나들 수 있는 구조였다. 어디에도 초대한 자의 모습은 보이지 않았다.

"너무 더러워."

우동이 욕실에서 신음소리를 내질렀다. 욕실에는 검은 곰팡이가 번식하고 있었고, 배수구에서는 시궁창 같은 냄새가 났다. 원래는 일반 객실이었던 곳을 욕실로 리뉴얼한 듯했다. 환풍기가 없고, 알루미늄 문에도 틈새가 없었다.

욕조는 오래된 가스 열탕기 방식으로, 바닥이 꽤 깊었다. 길을 헤매다 시골의 민가에 들어온 듯한 기분이 들었다. 창문을 열자 바로 앞으로 강이 흘렀다.

욕실과 비교하면 객실은 꽤 손질이 잘 된 상태였다. 침대와 화장대, 옷장 등이 설치되어 있고, 브러시나 전기 포트, 비상용 손전등 등의 비품도 갖추어져 있었다. 먼지나 곰팡이는 보이지 않았다. 방마다 화장실과 세면대가 있기에 호텔에 온 것 같은 기분이 들었다. 태평양 한가운데의 외딴섬이라는 점을 생각하면 잘 만들어진 공간이었다. 옷장을 열자, 환자복 같은 펑퍼짐한 룸웨어가 3일분 준비되어 있었다.

"역시 아마키 선생님은 안 계시네요."

아바라가 어째선지 즐거운 듯한 목소리로 말했다.

복도를 돌아가서 로비에서 오른쪽 복도로 나아가 보기로 했다. 이곳은 성당처럼 넓은 방과 연결되어 있었다. 식당으로 사용하는 공간인 듯, 방 한가운데에 테이블과 의자가 있었다. 손을 씻는 공간과 주방, 저장고 등이 딸려 있고, 일주일 정도라면 식사 걱정은 하지 않아도 될 것 같았다.

"저거, 뭔가요?"

우동이 다이닝 테이블의 중앙을 가리키며 말했다.

테이블보 위에 진흙 덩어리가 다섯 개 놓여 있었다. 표면에 꼬치로 찔린 듯한 구멍이 뚫려 있었다. 얼굴이 녹아내린 토용土俑 같은, 엉망으로 만들어진 진흙 인형이었다.

"인형이 다섯 개. 이건 다섯 명이 순서대로 살해당한다는 뭐 그런 거 아닌가요?"

아바라가 목소리를 뒤집으며 외쳤다.

"……자비 인형이군."

마사카네가 혼이 빠진 목소리로 말했다.

발밑에서 한기가 기어올랐다. 우시오도 이 인형을 본 적이 있다.

"그게 뭔가요."

우동이 물었다.

"미크로네시아의 분무족 주민이 의식에 사용하던 인형이야. 자비라는 말은 분무족에 재앙을 가져오는 악령을 뜻하고, 이 인형을 써서 남성에게 자비를 빙의시키지."

"왜 그런 걸 알고 계신가요?"

"옛 연인의 아버지가 분무족을 연구했거든. 나도 잘 보이고 싶어서 조금 공부한 적이 있지. 분무족을 무대로 한 추리 소설도 읽은 적이 있어. ……어라?"

마사카네가 여우에 홀린 듯한 표정으로 우시오를 바라보았다.

"오마타 우주 선생.《분무족의 참극》을 쓴 건 자네 아닌가? 이건 자네가 꾸민 장난인가?"

"아니야. 내가 자비 인형 따위 가지고 있을 리 없잖아."

"분무족을 취재하지 않고 그 소설을 썼을 리는 없잖은가."

"취재 따위 알 게 뭐야. 그보다 당신……."

우시오는 말을 잘랐다. 아바라, 우동, 아이리 세 명도 의아

124

하다는 표정을 지었다. 근거는 없지만 세 명도 같은 것을 생각하는 중이라는 것을 알았다.

"지금, 옛 연인의 아버지가 분무족을 연구했다고 말했어?"

"맞아. 그게 어쨌는데 그러지?"

"그 여자, 혹시……."

아키야마 하루카.

문화인류학자인 아키야마 아메의 딸.

설마 마사카네도 하루카와 관계를 맺었던 건가?

"나도 아는 여자 같아서 말이야. 아키야마……."

"하루카 맞죠?"

답을 한 것은 아이리였다. 나머지 세 명이 마치 짠 것처럼 동시에 눈을 크게 뜬다.

"왜, 왜 네가 하루카를 알고 있는 거야?"

"우리 사귀었거든요. 사인회에 와준 것을 계기로 알게 되어서. 죽을 때까지 연인이었어요. 이 팔찌도 하루카에게 받은 거예요."

아이리가 오른손의 팔찌를 소중한 듯 쓰다듬었다.

"무슨 바보 같은 소리를 하는 거야. 그 녀석은……."

"알아요. 하루카는 여러 남자와 잠을 잤죠. 그래도 정말로 서로 사랑했던 건 저뿐이에요."

"아니, 그건 아니에요."

아바라가 거칠게 항변했다.

"뭐요? 아바라 씨랑은 관계없잖아요."

"말도 안 돼요. 나는 지금도 하루카 씨를 마음속 깊이 사랑하고 있어요. 당신이나 마사카네 씨에게는 어차피 과거의 연인인 거죠? 이 9년간, 저는 한 번도 여자를 안지 않았어요. 물론 하루카 씨가 준 이 목걸이를 벗은 적도 없죠."

아바라가 자랑스러운 듯 가슴의 인식표를 들어 올렸다.

'이 자식도 나랑 구멍동서란 말인가?'

"잠깐만요."

우동이 차분한 목소리로 말했다.

"여러분은 속은 것뿐이에요. 아키야마 하루카 씨는 제 약혼자였으니까요."

"약혼?"

커다란 침방울이 튀었다.

"아무 말이나 해대지 마."

"진짜입니다. 하루카가 끼고 있던 반지는 제가 선물한 거예요."

"그런 것 본 적 있어?"

세 명이 다 고개를 저었다. 우동이 눈을 동그랗게 뜬다.

"거짓말."

"네가 받은 선물은 뭔데?"

"이겁니다."

우동이 볼의 피어싱을 가리켰다.

"애초에 제가 피어싱에 빠지게 된 것도 하루카가 추천해 줘서거든요."

"마사카네, 당신은?"

"가죽 지갑을 받았지. 가지고 다니지는 않네. 집의 금고에 보관해두었어."

"그렇군. 진상을 알겠어."

우시오가 마치 북을 치듯 인형의 머리를 두드렸다.

"하루카의 선물에는 상대에 대한 메시지가 담겨 있어. 사키의 팔찌는 '잘 보니까 할머니 같다', 아바라의 목걸이는 '정신이 아득해질 정도로 촌스럽다', 우동의 피어싱은 '애처로워서 바라볼 수 없다', 마사카네의 지갑은 '돈이 나오는 가죽 주머니'려나."

"설마 점장……, 아니 우주 씨도?"

"응. 그래도 나는 죽기 직전에 딱 한 번 한 것뿐이야. 설마 내가 진짜 상대였을 리는 없겠지."

"선물은요?"

"받았어. 이 손목시계야. 메시지는 '죽을 만큼 잘생겼다'."

우시오가 주머니에서 손목시계를 꺼내 DEAR OMATA UJU라고 새겨진 뒤판을 모두에게 보여주었다. 우동이 분한 듯 이를 악물었다.

메시지는 제쳐두고, 선물로 상대방을 함락하는 것이 하루 카의 상투적인 수법이었던 것은 분명한 듯했다. 우시오는 문 자판이 앞으로 오도록 손목시계를 뒤집어 왼손에 찼다.

"아, 알겠다!"

아바라가 얼빠진 목소리를 내며 양손으로 테이블을 두드 렸다. 자비 인형이 앞쪽으로 쓰러졌다.

"메시지 말이야?"

"아니에요. 이 섬에 저희가 모인 이유예요. 우리를 불러 모 은 건 하루카의 아버지, 아키야마 교수였던 거예요."

긴장감이 빠진 공기가 식당을 가득 채웠다.

"어째서 그렇게 되는 건데?"

"아키야마 교수는 이상한 성적 취향으로 하루카 씨를 괴 롭혔어요. 그렇다고는 해도 하루카 씨를 사랑했던 것도 사실 이에요. 그런 딸이 9년 전, 한 추리작가에게 폭행을 당한 끝 에 트럭에 치여서 죽고 말았죠. 이 사건을 계기로 교수는 딸 이 많은 작가와 육체관계를 맺었던 사실을 알고 몹시 놀랐 습니다. 그리고 9년의 세월에 걸쳐 딸의 교제 상대를 조사한 후, 사나다 섬으로 부른 거죠."

"여기에 불러서 뭐를 어쩌려고?"

"물론 죽이려고 부른 거겠죠. 그러기 위한 인형인 거 아닌가요."

아바라가 즐거운 듯 진흙 인형을 일으켜 세웠다.

"아키야마 교수가 아마키 아야메인 척을 하고 불렀단 건가."

"아, 그런 건 아니에요. '아키야마 아메'와 '아마키 아야메'는 애너그램(단어의 철자 순서를 바꾸어 연관된 다른 단어를 만드는 것-옮긴이)이에요. 복면 작가 아마키 아야메의 정체는 아키야마 아메 교수였던 거예요."

아바라가 무슨 말을 하는지 바로 이해가 되지 않았다.

문득 9년 전에 아키야마 아메 교수와 대면했을 때가 떠올랐다. 모기 편집자가 집필을 부탁하자 교수는 "자네들은 이미 내 원고를 가지고 있다네"라는 의미심장한 대사를 입에 담았다. 아키야마 아메로서 원고는 쓰지 않지만, 아마키 아야메로서는 이미 책을 낸 적이 있다. 그런 의미였다고 한다면 앞뒤가 맞는다. 《물밑의 밀랍인형》이 출판된 곳은 가모가와쇼텐이다.

"여기에 자비 인형이 있는 것도 두 명이 동일인물이라는 증거죠. 아키야마 교수라면 손에 넣는 것쯤 간단할 테니까요."

"잠깐만. 그건 좀 이상한데."

마사카네의 목소리에는 당혹감이 서려 있었다.

"무슨 말인가요?"

"아키야마 교수는 작년 12월에 죽었어. 아마키 아야메의 정체가 아키야마 교수라면, 당연히 아마키 아야메도 죽었어야만 해. 우리를 이곳에 부른 건 도대체 누구지?"

네 명이 숨을 들이켜는 소리가 겹쳐졌다.

우시오도 주간지에서 아키야마 교수의 죽음을 보도한 기사를 보았다. 초대장이 도착한 것은 올해 7월이니까, 초대한 자는 반년 이상 전에 죽었다는 말이 된다.

"누군가가 아마키 아야메인 척을 하며 우리를 불러 모았다. 그런 말이 되네요."

아바라가 흥분을 억누르려는 듯 가슴 부분을 눌렀다. 갑작스레 바람이 창문을 흔들었고, 쾅, 하는 소리를 내며 문이 닫혔다.

누군가가 죽은 자의 이름을 빌려 하루카와 관계를 맺었던 다섯 작가를 사나다 섬으로 불러 모았다. 누가, 무엇을 위해?

"누가 부른 건지는 모르지만, 왜 그 녀석은 이곳에 없죠?"

"우리 안에 초대한 사람이 있을 가능성도 있겠네요. 미스터리에서는 자주 있는 일이잖아요."

"잠깐만요. 우리가 속은 건 사실인 거죠? 그렇다면 이런 섬에 있을 필요는 없잖아요. 돌아가죠."

우동이 울 것 같은 표정으로 말하며 창문 바깥을 가리켰다. 창문 멀리 얕은 여울에 올라서듯 세워진 크루저가 보였다.

"불가능해. 남은 연료로는 지치 섬까지 도착하기 어려워."

"그럼 도와줄 사람을 부르죠."

우동이 주머니에서 휴대전화를 꺼내서 화면을 보고는 작게 비명을 질렀다. 버튼을 눌러도 화면에 아무것도 나오지 않았다. 고래와 충돌했을 때 고장이 난 걸까.

"망가지지 않았다고 해도 전파가 닿을 것이라고는 생각하기 어렵네요."

아바라도 휴대전화를 손에 들고 고개를 저었다. 우시오의 휴대전화도 고래를 내쫓을 때 물을 뒤집어쓰고 난 후 작동 불능이다.

"……그렇다면 저희, 이 섬에서 도망갈 수 없다는 말인가요?"

"누군가 도와주러 오는 걸 기다릴 수밖에 없겠네."

우동이 비명 같은 신음소리를 흘린다. 네 명에게 의심의 마음이 퍼지는 것을 손에 잡을 듯 알 수 있었다.

"다들 침착하게. 해가 지기 전에 섬 주변을 돌아보지 않겠나. 아틀리에 외에도 숨겨진 집이 있을지도 모르니까."

마사카네가 창밖을 보며 말했다. 태양이 바다에 가까워진 상태였다. 시곗바늘은 4시 50분을 가리키고 있었다.

"그 전에 하나 확인하고 싶은 것이 있는데."

우시오가 초등학생처럼 손을 들었다.

"이야기를 다시 되돌려서 미안하지만, 아까 아키야마 교수에게 이상한 성적 취향이 있다고 했잖아? 그건 무슨 말이야?"

"아, 모르셨나요?"

아바라가 우시오를 보고 딱한 듯한 표정을 지었다. 다른 사람들도 비슷한 표정을 지었다.

"공교롭게도 할배의 성적 취향에는 관심이 없어서 말이야."

"아키야마 교수는 특수한 사디스트였어요. 아니, 어떤 의미에서는 마조히스트인 건지도 모르죠."

"무슨 말이야?"

"그 사람은 전 세계로 딸을 데리고 다니며, 소수민족과 성행위를 시켰거든요."

5

오후 5시를 알리는 종소리를 들으며 우시오는 화장실로
뛰어 들어가 구토했다.

토해 내도 토해 내도, 배 속 깊은 곳에서 구역질이 밀려 올
라왔다. 목 안쪽이 불타는 것처럼 뜨거웠다.

"전 저답게 살고 싶을 뿐이에요."

9년 전, 하루카는 러브호텔에서 그런 말을 흘렸었다. 그때
하루카는 우시오에게 도움을 원했던 것일지도 모른다.

우시오의 아버지인 스즈키 조는 동남아시아나 오세아니
아 각지의 사창가에서 여자를 산 후 일본으로 데려와서 아이
를 낳게 한 쓰레기 같은 인간이었다. 현장 조사에서 만난 사
람을 성욕의 배출구로 삼은 최저의 발상은 스승인 아키야마
아메로부터 이어받게 된 것이리라.

"나와 스즈키는 정반대였지만, 어떤 의미로는 너무 닮은 것일지도 모르겠네."

마카 대학교에서 대면했을 때, 아키야마 교수는 그런 말을 했었다. 분명 이 두 명의 지저분한 행동은 정반대지만 상당히 닮았다.

하루카는 우시오와 마찬가지로 부친에 의해 인생이 엉망진창이 된 피해자였다. 그런데도 우시오는 하루카를 도울 수 없었다. 그렇기는커녕 그녀를 매도하고 침대에서 떨어뜨려 중상을 입혔다.

"점장님, 아직이에요?"

방 바깥에서 아이리의 목소리가 들려왔다. 숙박동의 각 방에 짐을 풀고 모두 함께 섬을 둘러보기로 한 상태였다.

"시끄러워! 지금 화장실이라고."

우시오는 고함을 질렀다. 레버를 당겨도 물이 내려가지 않았다. 토사물로 변기가 막혀버린 모양이다. 바닥에도 토사물이 잔뜩 흩뿌려졌고, 건물이 기울어진 탓에 벽 쪽에 토사물이 고이고 말았다. 하지만 청소를 할 시간은 없었다.

우시오는 크게 심호흡을 한 후, 수건으로 입가를 훔치고 화장실을 나섰다.

오후 5시 10분.

사나다 섬을 산책하기 위해 마사카네를 선두로 천성관을 나섰다.

저택 뒤편의 낭떠러지를 타고 파도 소리가 뻗어 올라왔다. 모르타르 벽에 금이 간 것은 염해 탓이리라. 숙박동의 지붕을 둘러싸듯 설치된 U자형의 빗물받이에 거미줄이 축 늘어져 있었다. 지붕으로 오르는 부착형 사다리가 바람에 흔들려서 달그락달그락 소리를 냈다.

숙박동과 강 사이를 나아가자 작은 광장이 나왔다. 부푼 방수포 밑으로 타이어가 보였다. 들춰 보자 목제 짐수레가 있었다. 천성관과 아틀리에 사이의 물건을 나를 때 사용하는 것처럼 보였다. 돌계단은 디딤판의 폭이 넓었기에 짐수레를 끌어도 굴러 떨어질 염려는 없을 것 같았다.

"생각보다 작은 섬이네요."

우동이 절벽 바로 앞에서 바다를 내다보며 말했다. 우시오도 그 뒤에서 절벽 아래를 내려다보았다. 오른쪽으로 아틀리에의 지붕이 보였고, 그 너머로는 하구가 있었다.

"이런 섬에 사는 녀석의 정신 상태가 알고 싶어."

"저는 아마키 선생님과 함께 이 경치를 보고 싶었어요."

우동이 태양을 손으로 가리며 말했다.

다섯 명은 천성관 정면으로 돌아가서 모래사장을 한 바퀴 돌아보기로 했다. 만약 숨겨진 집이 있다고 치면 첨탑에서 사각인 절벽 뒤편밖에 없기 때문이었다. 자신들의 발자국을 더듬으며 돌계단을 내려가서 모래사장을 시계방향으로 나아갔다.

"천성관을 탐색하고 나서 신경 쓰인 게 있어. 서재에서 철거된 밀랍인형은 어디로 간 걸까?"

선두의 마사카네가 네 명을 돌아보며 의미심장한 질문을 던졌다.

"알 게 뭐야. 기분이 나빠져서 내다버린 거 아니야?"

"아닐 거야. 아마키 선생님이 《물밑의 밀랍인형》에서 묘사한 사체 밀랍인형을 만든 것이라면, 작품 일부에는 나이프나 둔기가 사용되었을 가능성이 있어. 우리를 초대한 사람은 천성관에서 무기가 될 만한 것을 제거하고 싶었던 게 아닐까?"

그럴싸한 의견이었다. 앞으로 일행에게 위해를 가할 생각이라면, 저항을 받지 않도록 흉기를 숨겨둘 것이다.

"너무 오버하시는 거 아니에요?"

아이리가 무뚝뚝하게 말했다.

"그럴지도 모르지만, 준비해둔다고 해서 과할 건 없지. 서로의 정체를 확인해두지 않겠나. 내 본명은 마사카 요시오. 마사카네는 필명이야. 그 밖에도 필명을 쓰는 사람이 있나?"

"우주가 본명일 리 없잖아. 난 우시오야."

"저도 필명이에요"라는 우동.

"저도 필명이요"라는 아이리.

"전 본명입니다"라는 아바라.

"아라라기 아바라가 본명이라고? 거짓말 아니야?"

"진짜예요. 보세요."

아바라가 지갑에서 면허증을 꺼냈다. 분명 얼굴 사진 왼쪽 위에 '성명 아라라기 아바라'라고 적혀 있었다.

"또 하나 질문이 있어. 어디까지나 사실을 확인하기 위해서지만, 자네들은 정말로 아키야마 하루카와 육체관계를 맺었나?"

마사카네가 진지한 얼굴로 성병 검사의 문진 같은 질문을 했다.

"그거야 그렇겠지. 초등학생도 아니고."

우시오가 표류 쓰레기의 금속 파편을 발로 걷어찼다.

"저는 그런 거는 없었어요. 둘 다 여자였고."

아이리가 거짓말처럼 들리는 말을 했다.

"저는 노코멘트예요."

아바라가 대답을 거부하더니 이렇게 덧붙였다.

"마사카네 씨에게 프라이버시를 밝힐 필요는 없을 것 같은데요."

"그도 그렇군. 쓸데없는 탐색은 그만두기로 하지."

마사카네는 깔끔하게도 창끝을 거두었다.

이후에도 가벼운 농담을 나누며 모래사장을 걸었지만, 사람이 숨을 수 있을 만한 오두막이나 동굴은 찾을 수 없었다. 남측 해안선을 나아가는 도중에 모래사장이 좁아졌고, 서쪽 끝에 닿기 전에 낭떠러지로 바뀌었다.

"역시 섬에는 우리 다섯 명밖에 없는 것 같군."

마사카네는 모래사장을 돌아보며 말했다.

"날도 저물기 시작했고, 천성관으로 돌아가요."

아바라가 입술에 손가락을 대고 말했다. 담배를 피우고 싶어진 듯했다.

"나도 오줌 싸고 싶어졌어. 돌아가자."

"우주 씨, 아까도 방의 화장실에 오래 있지 않았어요?"

아이리가 밉상 맞은 소리를 꺼냈다.

"그건 오줌이 아니었다고. 변기가 막혀서 물이 안 내려가는데 누가 화장실 좀 빌려줘."

"숙박동의 빈방이나 식당 화장실을 쓰는 건 어떤가."

마사카네가 고지식하게 대꾸했다.

다섯 명이 천성관에 돌아온 순간, 갑작스레 비가 우레같이 쏟아지기 시작했다.

오후 7시. 각자가 룸웨어로 갈아입고 식당에 모여 하루 만에 식사를 했다. 이탈리안 레스토랑에서 아르바이트를 한다는 아바라가 만든 핫 샌드위치와 콩소메 수프는 유명 패밀리 레스토랑과 다르지 않을 정도로 맛있었다.

"맛있어요. 아바라 씨, 정말 맛있네요."

아이리가 핫 샌드위치를 입안 가득 집어넣고 말했다. 두 뚱보를 제쳐두고 음식 대부분을 비운 것은 아이리였다. 일을 하는 도중에도 매번 과자를 먹을 정도였으니, 오늘은 분명 배가 고팠을 것이다.

"이 건물, 정말로 기울어졌네요."

우동이 테이블에 컵을 놓으며 말했다. 테이블이 기울어진 탓에 오렌지 주스의 수면이 기울어져 보였다.

"해삼 스테이크가 없는 게 안타깝네."

우시오가 우동을 골리려는 찰나……

"오늘은 이만 쉬도록 하지. 다만 각자 안전에 신경 쓰는 게 좋을 것 같군. 우리를 이 섬에 부른 인물이 무슨 일을 꾸미고 있는지 알 수 없으니 말이야."

마사카네가 목소리를 겹치며 진지한 이야기를 꺼냈다. 다이닝 테이블 중앙에 있는 자비 인형과 불현듯 눈이 맞았다.

"신경을 쓰라니, 어떻게 하라는 거야. 방문에 열쇠도 없는데."

"화장대 전기 코드를 뽑아서 손잡이에 고정해두면 되지 않을까? 그렇게 해두면 문을 열 수 없을 거야."

"어쩐지 불안하네요. 우리를 부른 사람이 정말로 위해를 가할 생각이라면 문을 부수는 것쯤은 간단할 테니까요."

아바라가 마사카네에게 따지듯 말했다. 아이리가 귀찮은 듯 머리를 긁적였다.

"그럼 아바라 씨는 어떻게 하는 게 좋을 것 같은데요?"

"제 생각으로는 이 섬에서 가장 안전한 곳은 아틀리에예요. 거기에 가려면 사다리를 오를 수밖에 없으니까요. 어떤 흉악범이든 중력은 이기지 못하잖아요. 범인이 사다리를 올라오면 발로 차서 떨어뜨리면 됩니다."

"분명 농성을 하기에는 좋은 공간일지 모르겠네. 무기가 될 만한 공구도 잔뜩 있었으니까."

마사카네가 진지한 얼굴로 답했다. 아바라가 기쁜 듯 고개를 끄덕였다.

"그럼 너희들만 가. 이렇게 비가 쏟아지는데 폐가에 틀어박힐 바라면, 난 그냥 살인귀에게 살해당할래."

"우주 씨, 뭔가 사건이 일어난다면 그러겠다는 이야기예요."

"오케이. 그때는 네가 살인귀를 차서 떨어뜨리는 모습을 내가 똑똑히 봐줄게."

우시오가 비아냥거리고는 의자에서 몸을 일으켰다.

현관 로비에는 오렌지색 조명이 밝혀져 있었다. 양탄자를 가로질러 복도를 빠져나가 숙박동으로 향했다.

어두컴컴한 복도를 걷는데 조금씩 기분이 나빠졌다. 어렸을 때 차에서 멀미를 했을 때의 감각과 비슷했다. 배가 가득 찬 상태로 기울어진 복도를 걸은 탓에 반고리관의 상태가 나빠진 듯했다. 방의 변기가 가득 차 있다는 것이 떠올라 눈앞이 캄캄해졌다.

"우주 씨, 괜찮으세요?"

"똥이 마려워서 그래. 저리 비켜."

뒤에서 걸어오던 네 명을 밀치고 복도를 돌아가서 식당 화장실로 뛰어들었다. 땀에 젖은 손가락으로 슬라이드 자물쇠를 잠갔다. 변기를 앞에 둔 순간 배 속에서 구역질이 올라와 저녁으로 먹은 것을 전부 토해 내고 말았다.

얼굴을 씻고 화장실을 나섰다. 머릿속이 텅 빈 채, 조금 전에 걸었던 복도를 빠른 걸음으로 빠져나갔다. 다른 사람들은 이미 방으로 돌아간 듯했다.

우시오도 방으로 돌아가서 문을 닫고 침대 다리와 손잡이를 전기 코드로 묶었다. 이것으로 수상한 자가 자신을 덮치고 싶어도 방으로 들어오지 못할 테다.

커튼을 열자 붙박이창이 있었고, 바깥은 깎아지르는 듯한 낭떠러지였다. 영화의 스턴트맨이라도 이 창문으로 침입하는 것은 불가능하다.

조명을 끄려다가 침대 옆의 옷장에 눈길이 머물렀다. 높이가 2미터 정도로 사람이 숨기에 딱 좋아 보였다. 조심스레 미닫이문을 열어보았지만, 안에는 아무도 없었다.

지친 탓인지 마음이 약해진 듯했다. 화장대 옆의 손전등을 머리맡에 놓고 나서 조명을 끄고 신발도 벗지 않고 침대로 쓰러졌다.

빗소리가 시끄러웠다. 모든 소리가 삼켜질 것만 같았다.

아이리, 스즈키 조, 아키야마 아메 그리고 하루카. 몇 명의 얼굴이 머릿속에 떠올랐다가 사라졌다.

하루카에게는 다른 비밀이 있는 걸까? 우시오 일행을 이 섬에 불러 모은 이유도 그 비밀과 무관하지 않을 것이다.

외딴 섬에 모인 다섯 명의 작가. 식당에 있던 다섯 개의 인형. 추리소설을 읽지 않는 우시오조차도 불길한 예감이 든다. 역시 이 섬에 오지 않았어야 했다.

우시오는 불안감을 떨쳐내듯 눈을 감았다.

삐걱.

깜짝 놀라 눈을 떴다.

악몽을 꾼 듯, 온몸이 흠뻑 젖을 정도로 식은땀을 흘렸다.

발소리를 들은 것 같은 기분이 들어서 상반신을 일으켰다. 방은 여전히 빗소리로 덮여 있었다. 잘못 들은 걸까.

머리맡에 손을 뻗어 손전등의 스위치를 켰다. 벽시계가 11시 반을 가리키고 있었다.

삐걱.

소리가 난 쪽으로 불빛을 향했다.

괴물이 서 있었다.

얼굴을 가득 채운 대량의 안구. 자비 마스크였다. 우시오 일행과 똑같은 룸웨어를 입고 있는 것이 언밸런스해서 기분 나빴다.

침대에서 뛰어내리려다가 발이 엉켰다. 넘어지며 머리를 화장대 거울에 처박았다.

공기를 가르는 소리가 들리고 정수리에 격통이 일었다.

세상이 뒤집히며 콧등이 바닥에 부딪혔다.

목을 들어 올리자 스니커가 보였다. 발끝에 썩은 치즈 같은 고형물이 붙어 있었다.

'뭐야, 이 녀석은.'

비명을 지르고자 숨을 들이마셨지만 결국 우시오는 아무 소리도 내지 못했다.

(O) (O) (O)

우시오는 지금 어둠 속에 있다.

경치도, 소리도, 냄새도 없다. 그저 아무것도 없는 세계만이 끝없이 펼쳐져 있다.

이것이 사후 세계라면 너무나도 공허하다. 아바라가 말하던 삶과 죽음 사이의 틈새인 걸까.

별안간 몸속에서 모든 세포가 동시에 파열한 것 같은 충격이 일었다.

세계가 낱낱이 무너져 내린다. 몸이 안쪽에서부터 터져버릴 것만 같다.

그때, 무서운 것을 보았다.

입에서 천천히 곤충처럼 딱딱한 팔이 돋아난 것이다.

자신이 망가져 간다. 두 번 다시 원래 모습으로는 돌아갈 수 없다.

어머니의 자궁에서 나온 후 31년간, 단 한 번도 맛본 적 없는 공포를 느꼈다.

오마타 우시오는 죽었다.

3장

참극

(1)

처음에는 파도 소리가 들렸다.

온몸을 진흙 같은 권태감이 뒤덮었다.

몸이 움직이지 않는다. 목소리도 나오지 않는다. 자신이 어디에 있는지도 알 수 없다. 그저 파도가 절벽에 부딪혀 부서지는 소리만이 울려 퍼질 뿐이다.

바닷가에서 꿈이라도 꾸고 있는 걸까. 그렇다고 보기에는 머리는 확실히 깨어 있다. 전신마취인 채 의식만이 되살아난 것 같은 감각이다.

스르르르르륵.

쥐가 지붕 밑을 빠져나가는 것 같은 소리가 들렸다. 풍덩, 하고 무언가 바다에 빠지는 소리가 이어진다. 누군가가 물건을 바다에 떨어뜨린 걸까.

멍한 세계에서 기억을 파내어 본다. 우시오는 안구가 잔뜩 달린 괴물에 습격당했다. 정수리에 격통이 일었고, 그리고……

목 안쪽에서 비명이 흘러나온다.

갑작스레 세계가 되살아났다.

어젯밤의 장대비와는 정반대로 뜨거운 햇살이 침대를 비췄다.

우시오는 방바닥 위에 엎드린 채 쓰러져 있었다. 사무소에서 맞이한 아침처럼 온몸의 근육이 딱딱했다. 꿈에서 깨어났다기보다 단숨에 자신과 세계가 이어진 것 같은 감각이었다.

양손을 뻗고 천천히 몸을 일으켰다. 룸웨어의 소매가 피부에 찰싹 달라붙어 있었다. 녹슨 철 같은 냄새가 났다. 시야가 흔들리는 것은 현기증 탓일까, 아니면 바닥이 기울어진 탓일까.

창문이 깨져서 바깥에서 열풍이 불어 들어왔다. 그 괴인이 깬 걸까. 비가 들어온 탓인지 커튼 끝이 젖어 있었다.

손목시계를 본다. 문자판이 피로 얼룩졌고, 바늘도 움직이지 않았다. 벽의 시계는 11시 반을 가리키고 있었다. 어젯밤부터 반나절 동안 의식을 잃고 있었던 것 같다. 평소라면 이미 아침을 먹고 아가씨를 실어나를 시간이었다.

시선을 떨구자 바닥에 자비 인형이 쓰러져 있었다. 침대 밑에서 기어 나오는 것처럼 상반신이 이쪽을 바라보고 있다. 다섯 개 있던 구멍의 정중앙을 꿰뚫듯 새로운 구멍이 생겨 있었다. 이것도 우시오를 덮친 범인이 꾸민 짓일까.

심호흡을 하려다 입안에 무언가 들어 있는 것을 깨달았다. 창문에 가까이 다가가 깨진 틈으로 고개를 내밀어 그것을 뱉어냈다. 피와 토사물이 섞여 응고된 것 같은 정체를 알 수 없는 덩어리가 바다로 떨어졌다.

눈을 뜨기 직전 첨벙, 하고 물이 튕기는 소리를 들은 것이 떠올랐다. 그 바로 전에는 쥐가 달리는 듯한 소리가 들렸다. 누군가 근처에 있는 걸까.

문 쪽을 돌아보고 비명을 지를 뻔했다.

방 한가운데 쓰러진 의자의 등판과 좌면에 엄청난 양의 피가 묻어 있었다. 의자를 감싸듯 바닥에도 피 웅덩이가 생겨 있었다. 철 냄새가 비강을 꿰뚫었다. 이렇게 대량의 피를 본 것은 드라이버 미키오가 금속 배트로 엉망진창 얻어맞은 날 이후 처음이다.

아무리 추리소설 마니아라도 이렇게 품을 들인 장난을 치는 놈은 없다. 우시오는 이 의자에서 실제로 폭행을 당한 것이다. 한 번 실신한 후에 의자에서 바닥으로 떨어진 순간 의식이 되살아난 것이리라. 몸이 아프지 않은 것은 뇌가 마비

된 탓일까.

흐느적거리는 양발을 채찍질하여 화장대의 거울을 들여다보았다. 거울은 거미줄처럼 금이 가 있었다.

우시오의 몸은 머리에서 스니커 끝까지 피투성이였다. 머리에서 흐른 피가 룸웨어를 새빨갛게 물들였다.

"어?"

깨진 창문에서 바람이 불어 들어 우시오의 앞머리를 걷어 올렸다.

미간 위로 쥐색 돌기가 튀어나와 있었다.

주뼛주뼛 후두부를 쓰다듬자, 손끝에 차가운 금속이 닿았다. 만화에 나오는 프랑켄슈타인처럼 후두부 쪽으로 두꺼운 대못이 박혀 있다. 이마로 나와 있는 것은 대못의 끝부분이다. 대못과 피부가 닿는 부분에는 새까만 딱지가 생겨 있었다.

발밑의 자비 인형과 똑같다. 우시오의 머리에는 구멍이 뚫려 있다.

룸웨어의 옷깃에 손을 넣고 왼쪽 가슴을 만져보았다.

맥박이 뛰지 않는다.

심장이 멈춰 있다. 피부에도 전혀 혈색이 없다.

어떻게 생각해도 우시오는 죽었다. 살아 있는데 죽어 있다. 뭐가 뭔지 알 수가 없다.

문득 머릿속으로 '아니사키 스위트 호텔'의 바닥에 쓰러진 하루카의 모습이 되살아났다. 하루카는 목에 유리 파편이 찔렸는데도 아무렇지도 않아 보였다. 지금의 우시오는 그때의 하루카와 상당히 닮았다. 몸에 똑같은 이변이 일어난 것이다.

"침착해. 괜찮으니까."

갈라진 목소리가 새어 나왔다. 거울 속 남자가 당혹감을 숨기려는 듯 굳은 미소를 띠었다.

자비 마스크를 쓴 범인이 이 방에 침입하여 우시오의 머리에 대못을 박아 넣어 죽였다. 범인은 피를 흘리는 사체를 의자에 앉히고 자비 인형을 남긴 채 현장을 떠났다. 여기까지는 어딘가에서 본 듯한 전개다.

하지만 분명 죽었던 우시오가 어쩐 일인지 반나절 만에 살아 돌아온 것이다.

범인은 당연히 우시오를 죽였다고 생각하고 있으리라. 이 방에 자비 인형을 놓아둔 것은 남은 생존자를 겁주기 위한 연출이다. 인형은 네 개 더 남았으니, 참극은 이것으로 끝이 아니라고 생존자를 겁주려는 것이다. 피해자가 특이 체질이어서 머리에 못이 꽂혀도 되살아날 것이라고는 도저히 생각하지 못했을 것이다.

우시오가 할 수 있는 것은 나머지 일행들에게 위기를 알리는 것이다. 이 섬 어디에도 자신들을 초대한 사람의 모습이 없었던 이상, 범인은 네 명의 작가 중에 있다. 모두의 행

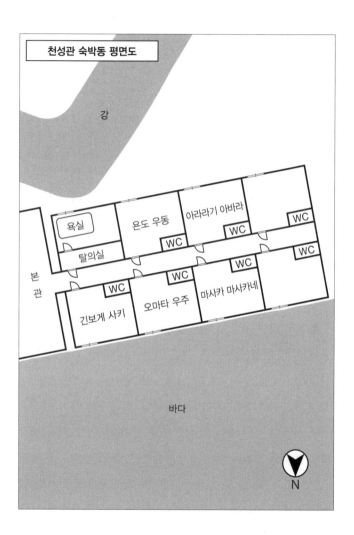

천성관 숙박동 평면도

강

욕실

탈의실

요도 우동

아라라기 아바라

WC

WC

WC

본
관

WC

긴보게 사키

WC

오마타 우주

WC

마사카 마사카네

WC

바다

N

동을 짜 맞춰보면 생각보다 쉽게 범인을 찾아낼 수 있을지도 모른다.

우시오는 반쯤 열린 문을 밀어 열었다. 손잡이에 둘둘 말아두었던 전기 코드는 바닥을 굴러다녔다.

복도에는 아무도 없었다. 다른 객실에서도 사람의 기척이 느껴지지 않았다. 아침은 이미 먹었을 시간이지만, 식당에서 섬을 탈출할 작전이라도 짜고 있는 걸까.

숙박동에서 나가려는 참에 탈의실 문이 열려 있는 것을 깨달았다. 욕실 문도 열려 있었고, 안쪽의 욕조에 무언가가 떠 있는 것이 보였다.

"……."

탈의실에 들어가기 위해 스니커를 벗으려는데 신발 끈에서 위화감이 느껴졌다. 평소에는 잠자리의 사체처럼 묶여 있던 끈이 신발가게의 전단지 속 사진처럼 깔끔하게 묶여 있었다. 범인이 신발 끈을 다시 묶은 듯했다. 그다지 힘이 세지는 않았던 듯 매듭 부분의 끈이 느슨했다.

우시오는 스니커의 뒤꿈치를 바닥에 누르며 발을 빼내려고 했다. 그런데 끈이 느슨한데도 어째선지 스니커가 벗겨지지 않았다. 아교를 흘려 넣은 것처럼 발바닥과 신발 바닥이 딱 붙어 있었다. 범인이 무언가 세공을 해둔 걸까.

우시오는 혀를 찬 후에 스니커를 신은 채 탈의실로 들어섰다. 거울은 깨져 있었고, 고무호스가 바닥을 뒹굴었다. 우시오는 등을 쭉 펴서 욕실을 들여다보았다. 깨진 창문으로는 ㄱ자로 꺾인 강이 보였다.

곧장 이상한 점을 깨달았다. 세면장 타일에 흐물흐물하게 녹은 자비 인형이 놓여 있었다. 핑크색 욕조에 가득 찬 물이 흙탕물처럼 검고 탁했다. 수면이 기울어져 보이는 것은 바닥이 기울어진 탓이다.

"……!"

우시오는 발이 미끄러져 엉덩방아를 찧었다. 후두부의 대못이 세면대에 부딪혀서 통, 하는 경박한 소리를 냈다. 욕조 끝으로 물방울이 흘러넘쳤다.

주뼛거리며 목을 내밀어 욕조를 들여다보았다.

"끄악!"

물에 떠 있는 것은 엎드린 자세의 인간이었다.

몸통과 엉덩이가 수면 위로 동동 떠 있고, 풍채가 좋고, 더욱이 피부가 부어 있는 탓에 몸이 수면을 가득 채우고 있었다. 후두부의 머리카락에는 진흙 덩어리가 얽혀 있었다.

순간적으로 등 뒤를 돌아본다. 복도에 사람의 흔적은 없다.

우시오는 심호흡을 하고 욕조 쪽을 다시 향한 후, 탁한 물에 팔을 넣어 사체의 머리를 좌우로 잡고 들어 올렸다. 미지근한 물이 팔을 적셨다. 진흙 덩어리가 미끄러져 욕조로 떨어졌다.

사체의 얼굴을 보니 여기저기에 눈에 익은 피어싱이 매달려 있었다. 얼굴은 몸통처럼 피부가 부어 있지는 않아 본모습이 남아 있었다. 움푹 팬 눈에 두툼한 입술. 우동이다. 잇몸 안쪽에서 실리콘으로 된 피어싱 잠금볼이 떨어져 퐁, 하는 소리를 냈다.

우시오는 자신도 모르게 우동에게서 손을 뗐다. 머리가 주르르 물속으로 잠겼다. 비명을 억누르고 기어가듯 욕실을 빠져나왔다.

범인은 하룻밤에 두 명을 죽인 것이 된다. 한 명씩 천천히 죽일 마음 따위는 털끝만큼도 없는 듯했다. 서두르지 않으면 나머지 두 명의 목숨도 위험하다.

우시오는 복도에서 현관 로비를 빠져나가 식당으로 달음박질쳤다. 식당에는 아무도 없었다. 누군가가 아침을 먹은 흔적도 없었다. 모두 어딘가로 도망친 걸까. 다이닝 테이블에 놓여 있던 다섯 개의 자비 인형이 남김없이 자취를 감춘 채였다.

문득 귀 안쪽으로 첨벙, 하고 물이 튀는 소리가 되살아났다. 그때 범인이 무언가를 바다에 떨어뜨린 것일지도 모른다. 그 경우, 살인극은 지금도 이어지고 있다는 말이 된다.

우시오는 어젯밤 저녁 식사 후의 대화를 떠올렸다. 만약 살인귀가 나타난다면 아바라는 아틀리에에서 농성하겠다고 주장했었다. 그곳이라면 무기도 있고, 살인귀가 사다리를 올라오는 것도 발로 차서 떨어뜨릴 수 있다. 아바라가 살아남아 있다면 아틀리에에 숨어 있을 가능성이 높다.

우시오는 주방으로 들어가서 유리 선반을 열어 과도를 꺼냈다. 칼날 길이가 10센티미터 정도의 작은 칼이지만, 칼끝이 뾰족해서 호신용으로 사용할 수 있을 것 같았다. 행주를 날에 감고는 주머니에 찔러 넣었다.

문득 식기 선반의 문에 눈길이 향했다. 유리창에 비친 우시오의 모습은 피해자의 피를 뒤집어쓴 살인귀처럼 보였다.

"뭐야, 도대체."

움츠러든 심장에 채찍질을 가하고 식당을 나섰다. 귀를 쫑긋 세우고 발소리를 죽이며 천천히 복도를 통과했다.

현관 로비로 나서자 스테인드글라스에서 들어온 빛이 양탄자를 비췄다. 구체 조명이 진자처럼 움직이는 건 건물 전체가 바닷바람에 흔들리는 탓이리라.

오렌지색 조명은 꺼진 채였다.

바깥으로 나가려다가 문득 발 밑에서 위화감이 느껴졌다. 페르시아 양탄자에 검붉은 얼룩이 생겨 있다. 얼룩은 이미 바짝 마른 듯, 신발로 비벼 봐도 형태가 달라지지 않았다. 누군가가 코피라도 흘린 걸까.

머리 위에서 판자가 삐걱대는 듯한 소리가 들렸다.

우시오는 곧장 천장을 올려다보았다.

"끄악!"

2층 복도 난간으로 인간의 목이 튀어나와 있었다.

윤기 있는 검은 머리카락, 툭 튀어나온 광대뼈, 우뚝 솟은 콧날. 마사카네다.

처음에는 숨어서 우시오를 감시하고 있는 것인가 생각했지만, 그런 것 치고는 상태가 이상했다. 하품을 하듯 입을 벌린 채 조금도 움직이지 않는 것이다. 얼굴에는 화재 현장에서 도망쳐 온 것처럼 검은 때가 달라붙어 있었다. 자세히 살펴보자 이마의 살이 찢겨 있고, 앞니가 비스듬하게 휘어 있다. 이마에서 턱으로 피가 흐른 흔적이 남아 있었다.

현관 로비의 안쪽으로 돌아가 2층 복도를 올려다보았다. 마사카네는 엎드린 채 쓰러져 난간 사이로 얼굴을 내밀고 있었다. 취한 것처럼 얼굴이 붉게 변색된 채였다. 명백히 죽은 상태였다.

우시오, 우동, 마사카네. 범인은 하룻밤에 세 명을 죽인 것이 된다. 진심으로 작가들을 전부 죽일 셈이다.

이대로 혼자 연속 살인귀에게 습격당한다면 승산이 없다. 생존자가 있는 틈에 서둘러 합류해야 한다.

우시오는 도망치듯 문을 열고 천성관 바깥으로 뛰어나왔

다. 눌어붙는 듯한 햇살이 피부를 찔렀다. 첨탑에서 울리는 종소리가 경박해서 화가 치솟았다.

돌계단 위에서 사나다 섬을 둘러보았다. 어젯밤 내린 비로 강의 수위가 꽤 높아진 듯, 강가가 온통 흙투성이였다. 둑의 풀들이 뿌리째 휩쓸려 나갔다.

우시오는 주머니 속의 나이프를 확인하고 돌계단을 달려 내려갔다. 캉캉, 하고 경쾌한 소리가 울려 퍼졌다. 바닷새가 머리 위를 빙글빙글 돌았다.

돌계단을 반쯤 내려갔을 때 갑자기 주유소 같은 냄새가 코를 찔렀다. 바람이 부는 쪽을 향해 눈을 돌렸다.

"……!"

모래사장에 정박한 크루저를 둘러싸듯 빨간 침전물이 퍼져 있었다. 크루저의 연료가 샌 것일까. 사고에 의한 손상 탓인지, 범인이 고의로 새게 한 것인지는 알 수 없었다.

코를 누른 채 모래사장으로 내려간 후 낭떠러지를 따라 반시계방향으로 해안가를 나아갔다. 바닷바람이 뺨을 때렸다.

아틀리에로 오르는 사다리가 보임과 동시에 끼끼, 하는 날카로운 새소리가 들렸다. 바닷새가 머리를 흔들면서 사다리 주변의 모래를 파헤치는 중이었다. 마치 쓰레기장의 까마귀 같다. 몸통 깃털이 듬성듬성 빠졌고, 좁쌀 같은 두드러기가 보였다.

눈을 가늘게 뜨고 바라보니, 바닷새의 주둥이가 휘저은 모래 안쪽에 살점 같은 것이 묻혀 있었다. 고양이의 사체라도 찾은 걸까. 불길한 예감이 든다.

"비켜, 멍청한 새."

우시오가 경찰봉처럼 나이프를 휘둘러서 바닷새를 쫓아냈다. 두더지 집처럼 지면이 불쑥 솟아 있었다. 나이프를 주머니에 집어넣고 양손으로 모래를 파서 살점을 잡아당겼다.

"뭐야, 이거."

지렁이 같은 색을 한 평평한 살점이었다. 해삼의 사체인 걸까. 귓속에서 우동의 비명이 메아리쳤다.

문득 발밑을 보니 작은 종잇조각이 모래에 파묻혀 있었다. 젖어서 쭈글쭈글해진 작은 메모지에 형편없는 글씨체로 무언가 적혀 있다. 우시오는 살점을 주머니에 넣고 종잇조각을 주워들었다.

'하루카에 관해 이야기하고 싶다. 오전 1시, 아틀리에에서.'

밤늦게 누군가가 아틀리에에서 밀회를 한 듯하다. 아니, 범인이 누군가를 불러내기 위한 함정인 걸까.

우시오가 멍하니 서 있자 바닷새가 다시금 머리 위를 선회하기 시작했다. 살점 말고도 원하는 것이 있는 듯했다. 바닷새는 낭떠러지 위까지 날아오르더니 아틀리에를 지지하는 기둥을 향해 급강하했다. 가로세로로 짜인 통나무에 머리를 꽂아 넣고, 날개를 엄청나게 흔들었다. 기둥 건너편에 무언가가 있는 듯했다.

우시오는 살점을 주머니에 쑤셔 넣고 통나무 건너편의 어두운 부분을 들여다보았다.

"끄악!"

바위에 기댄 형태로 인간이 위를 보고 쓰러져 있었다. 하반신은 청바지를 입었지만, 상반신은 나체였다. 황산을 들이부은 듯 불에 탄 사체처럼 피부가 문드러진 채였다. 얼굴은 기둥 그늘에 숨겨져 보이지 않았지만, 불룩 튀어나온 가슴을 보건대 남자는 아니었다.

벌어진 입속에 은니가 빛났다. 오른손 집게손가락에는 반창고가 감겨 있다. 눈앞에 쓰러져 있는 것은 아이리였다.

바로 옆에는 자비 인형이 놓여 있었다. 이것도 물에 떨어뜨린 것처럼 표면이 녹아 있었다.

바닷새는 끼끼, 서글픈 듯 울면서 목을 내리고 바다로 날아갔다. 통나무는 몇 겹이나 겹쳐져 있기에 안쪽으로 들어갈 틈이 없었다. 아이리는 한 번 아틀리에에 올라간 후, 나무틀 사이로 떨어진 듯했다. 물론 범인이 밀어서 떨어뜨린 것이다.

우시오, 우동, 마사카네, 아이리. 하룻밤 사이에 네 명이 살해당했다. 범인은 나머지 한 명밖에 없다. 아바라다. 자살환상 작가라고 자칭하는 그 남자가 자신들을 죽인 것이다.

우시오는 고개를 들고 아틀리에 입구를 올려다보았다. 실내의 상태가 사각 구멍 안쪽으로 엿보였다. 사람의 모습은 보이지 않았지만, 사각지대에 아바라가 숨어 있을 가능성도 배제할 수 없었다.

"누구 있어?"

답은 없었다. 갈라진 목소리가 파도 소리에 흡수된다.

여기까지 와서 되돌아갈 수도 없다. 우시오는 사다리에 손을 올렸다.

그다지 생각하고 싶지는 않지만, 만약 아바라와 마주친다고 하더라도 지금의 우시오에게는 이미 죽었다는 강점이 있다. 그 남자가 제아무리 미친 살인귀라도 어차피 살아 있는 인간이다. 시체가 되살아난 것을 보면 분명 놀라 자빠질 것이다.

우시오는 양손에 힘을 주고 천천히 사다리를 올랐다. 바닥의 구멍에서 목을 집어넣어 아틀리에를 둘러보았다.

"끄악!"

거대한 납덩어리가 벽 앞에 놓여 있었다.

어깨의 힘이 빠질 것 같아서 황급히 사다리에 달라붙었다.

밀랍인형이 녹아서 산사태가 난 것처럼 무언가를 덮고 있었다. 바닥에 굴러다니는 송곳은 어제까지 밀랍인형의 가슴에 꽂혀 있던 것이리라.

밀랍의 표면을 잘 살펴보자 인간의 얼굴이 떠올라 있었다. 밀랍 아래로는 손바닥이 튀어나와 있었다. 엄지손가락의 손톱이 두 개로 쪼개져서 틈새에서 피가 흘렀다. 바닥에도 희미하게 혈흔이 묻어 있었다. 누군가 억지로 붙들고 녹은 밀랍을 끼얹은 것 같았다.

우시오는 쓰러지듯 바닥에 주저앉았다. 밀랍에 떠 있는 얼굴은 아바라와 닮았다. 코와 입도 막혀 있기에 호흡이 불가능할 테다. 표면을 찔러 보자 통, 하는 맑은소리가 울렸다.

옆에는 또 하나의 작은 밀랍덩어리가 있었다. 자비 인형에 밀랍을 부은 것 같았다. 범인은 여기에서도 자비 인형으로 사체를 재현한 것이다.

우시오, 우동, 마사카네, 아이리 그리고 아바라. 사나다 섬에는 다섯 명밖에 없는데 하룻밤 사이에 모두가 목숨을 잃고 말았다. 역시 이 섬에는 자신들이 모르는 숨을 공간이 있는 걸까.

우시오는 눈을 감고 마음을 가라앉혔다. 눈앞에 사체가 앉아 있는 것이 기분 나쁘지만, 일단 여기에 숨어 있으면 안전할 것이다. 바닥에는 송곳이 떨어져 있고, 벽 선반에는 쇠망

손목시계

치와 조각도가 있으니까 누군가가 사다리를 타고 올라와도 응전할 수 있다.

벽시계는 12시 40분을 가리키고 있었다. 습격당하기 직전에 본 시계는 11시 반을 가리켰으니까, 죽고 나서 약 열세 시간이 지난 셈이 된다.

새삼 손목시계를 바라보자 역시 범인에게 습격당했을 때 고장이 난 듯, 살아 돌아온 후 바늘의 위치가 움직이지 않았다. 문자판은 피로 붉게 오염되었고, 균열도 생겨 있었다.

얼굴을 가까이 대고 바라보자, 균열 안에는 피가 들어가지 않은 상태였다. 균열이 생기고 나서 피가 묻은 것이 아니라, 피가 마른 후에 균열이 생겼다는 말이 된다. 범인이 우시오의 머리에 대못을 박은 후, 의자에 앉히려다가 손목시계를 부딪친 걸까. 문자판에는 바늘이 피를 문지른 것 같은 동심원 형태의 흔적이 남아 있었다.

생각해도 알 수 없는 것이 너무 많다. 우시오는 심호흡을 하고 다시 한 번 아틀리에를 둘러보았다.

실내는 깔끔하게 정리되어 있었다. 우시오의 집보다 조금 넓은 정도의 방으로, 키가 큰 선반에 그림 도구와 스프레이 잉크, 가짜 피, 공구, 노트, 석고, 냄비, 휴대용 버너, 거울 등이 놓여 있었다. 작업대 주변에는 룸웨어와 레인 파카, 가죽 파우치, 손전등, 라이터가 흩어져 있었다.

선반에 놓인 빨간 노트를 펼쳐보자, 밀랍인형 제작에 관한 메모가 가득했다. 여성의 사체를 그린 스케치도 많았다. 역시 이 방의 도구는 사체를 충실하게 재현하기 위해 갖춰진 듯했다.

아이리는 어제 황산 병이 있다고 말했지만, 그렇다 할 용기는 보이지 않았다. 범인이 아이리에게 황산을 뿌린 후, 병을 가지고 떠난 듯했다.

"……."

범인의 행동을 상상해보는데 문득 이상한 점이 떠올랐다.

우시오는 잠자리에 들기 전에 문의 손잡이와 침대 다리를 전기 코드로 묶었었다. 하지만 우시오가 되살아났을 때, 코드는 풀려 있었고 문은 반쯤 열린 상태였다. 창문이 깨져 있었다고는 하지만, 바깥은 깎아지르는 듯한 낭떠러지다. 범인은 어떻게 그 방에 침입한 걸까.

기억 속의 광경이 머릿속을 달린다. 의식을 잃기 직전에 본 범인 같은 인물의 발끝. 그 스니커에는 썩은 치즈 같은 고형물이 붙어 있었다.

어제, 우시오는 산책을 하러 나가기 전에 화장실에서 구토를 했다. 변기에 들어간 토사물은 반 정도로, 나머지 반은 바닥에 흩날렸다. 범인의 스니커에 붙어 있던 것은 우시오의 토사물이었다.

저녁 식사 후, 우시오는 기분이 나빠져서 식당의 화장실에서 구토를 한 후에 방으로 돌아갔다. 범인은 그사이에 우시오의 방에 들어가 화장실에 몸을 숨기고 있던 것이다. 우시오에게 들키지 않고자 화장실의 조명을 꺼두었기에 토사물을 밟은 것을 깨닫지 못했으리라. 우시오를 확실히 죽이기 위해 잠을 자는 숨소리가 들려오기를 기다린 후, 우시오를 덮친 것이다.

"······."

뭔가 이상하다.

범인은 우시오가 문의 손잡이를 고정할 것을 예측하고 우시오의 방에 침입해 있었다. 여기까지는 이해할 수 있다. 문을 열게 한 후에 덮치는 것보다도 안에 숨어 있는 편이 죽이기 쉬우니까.

문제는 잠복 장소다. 범인은 왜 화장실에 숨어 있었을까.

방에는 사람이 들어갈 수 있는 옷장이 놓여 있었다. 우시오가 언제 용무를 보러 올지 알 수 없는 화장실보다 옷장에 숨는 편이 안전했을 것이다.

그렇다면 왜 화장실에 몸을 숨겼던 것일까. 범인은 우시오 방의 변기가 망가졌기에, 우시오가 용무를 보러 오지 않을 것이라는 점을 알았던 것이다.

"변기가 막혀서 물이 안 내려가는데 누가 화장실 좀 빌려 줘."

어제, 우시오가 네 명을 향해 말한 대사다.

범인은 이 말을 들은 것이 분명했다.

하지만 이 이야기를 한 것은 다섯 명이 바닷가를 산책할 때였다. 천성관 안이라면 몰라도 야외에 도청기를 설치해두었으리라고는 생각하기 어렵다. 범인은 직접 우시오의 이야기를 들었을 것이다. 우시오를 죽인 범인은 역시 네 작가 중 한 명이다.

우시오는 침을 꿀꺽 삼켰다. 범인은 피에 굶주린 괴물 같은 자가 아니다. 자신도 초대받은 척을 해서 방심하게 한 후 확실한 방법으로 상대를 죽이는 교활한 살인범이다.

문득 고개를 드니 밀랍덩어리와 눈이 맞았다. 표면에 어렴풋이 얼굴이 떠올라 있다.

　우동, 마사카네, 아이리, 아바라. 우시오는 네 명의 죽은 모습을 발견했다. 범인이 이 중 누군가라고 한다면, 그 녀석은 이미 죽었다는 말이 된다. 살해당한 것처럼 꾸며서 스스로 목숨을 끊은 것이다. 사체 옆에 자비 인형을 놓아둔 것은 자신 또한 연속 살인의 희생자로 꾸미기 위해서였을 것이다.

　그렇다면 범인은 누구인가. 우시오는 눈을 뜨기 직전에 두 종류의 소리를 들었다. 쥐가 달려나가는 듯한 소리와 무언가가 바다에 빠지는 물소리다. 범인이 증거품을 버린 것일지도 모르고, 죄를 고백하는 편지를 넣은 병을 던진 것일지도 모른다. 어느 쪽이든, 그 시점에서 범인은 아직 살아 있었다는 말이 된다.

　우시오가 살아 돌아온 것은 11시 반이었다. 이후 사체를 발견하기까지의 사이에 자살할 수 있는 사람이 있었을까.

　우시오가 되살아나서 처음으로 본 것은 우동의 사체였다. 소리를 듣고 나서 사체를 발견하기까지 걸린 것은 길어 봐야 10분 정도다. 독극물을 마시고 욕조에 몸을 담근다 해도, 아무리 그래도 시간이 맞지 않았다. 사체의 피부는 수포처럼 부풀어 있어, 사후 몇 시간은 지난 것처럼 보였다.

　그렇다면 마사카네는 어떨까. 마사카네는 얼굴이 손상되

었고 난간 사이로 고개를 찔러 넣은 채 쓰러져 있었다. 우시 오가 욕실이나 식당에 간 사이에 2층 복도로 올라가서 죽었 다고 하면, 시간상으로는 충분히 가능하다. 애초에 계단을 올라서 실제로 그가 죽었는지를 확인한 것도 아니니까, 몰래 숨을 쉬고 있었다고 해도 깨닫지 못했을 것이다.

하지만 신경 쓰이는 것은 혈흔이다. 현관 로비의 페르시 아 양탄자에 피가 떨어진 듯한 얼룩이 남아 있었다. 이미 바 싹 말라 있었기에 부착된 지 몇십 분은 지났을 터였다. 우시 오가 되살아난 것을 보고 당황해서 자살을 했거나 죽은 척을 한 것이라면 역시 시간이 맞지 않는다.

사망 시각을 위장하기 위해 마사카네가 일부러 양탄자에 얼룩을 묻혔을 가능성도 있지만, 역시 이것도 무리가 있어 보였다. 범인은 우시오가 되살아날 것이라고는 생각지도 못 했을 것이다. 아무도 살아남지 않았는데, 누군가에게 보이는 것을 전제로 트릭을 준비할 이유는 없다.

그렇다면 범인은 아이리였던 걸까. 이것도 이해가 되지 않 는다. 아이리는 황산이 뿌려져 온몸의 피부가 엉망진창이 된 상태였다. 하지만 아틀리에 밑의 모래사장에는 황산을 담았 던 병이 보이지 않았다. 아틀리에에서 황산을 뿌리고 나서 지면으로 뛰어내렸을 가능성도 있지만, 그 경우라면 아틀리 에에 병이 없는 것은 이상하다. 역시 아이리는 범인에 의해

지면으로 밀려 떨어졌고 황산이 뿌려진 것이다.

그렇다면 아바라는 어떨까. 이 녀석은 논외이리라. 우시오가 아틀리에에 찾아온 시점에 밀랍은 딱딱하게 굳어 있었다. 우시오가 되살아나기 전에 죽었다는 것은 명백했다. 애초에 스스로 밀랍을 뒤집어쓰고 굳을 때까지 가만히 있는 것도 불가능할 터였다.

"……."

우시오는 천장을 올려다보았다. 함석지붕 틈으로 거미가 둥지를 틀었다.

네 명의 작가 안에 범인이 있는 것은 분명하다. 그렇지만 전원이 살해당한 것처럼 보인다. 이것은 모순이다. 자신은 지금 범인의 함정에 걸린 것이다.

잠깐만. 우시오가 천천히 몸을 일으켰다.

다섯 명이 살해당했고 범인이 따로 있는 것이라고 한다면 이 섬에는 여섯 명의 인간이 있지 않으면 이상하다. 하지만 사체 안에 가짜가 하나 뒤섞여 있다고 하면 계산이 맞는다.

범인은 미리 자신을 대신할 사체를 준비해둔 것이 아닐까.

네 명의 얼굴이 차례로 머릿속에 떠오른다. 욕실에 떠 있던 남자에게는 우동의 얼굴이 확실히 남아 있었다. 난간에서 튀어나온 남자의 얼굴이 마사카네였던 것은 두말할 필요도 없다. 아틀리에 밑의 여성은 전신이 질척하게 녹아 있었지만, 아이리와 같은 손가락에 반창고가 감겨 있었고, 입안에는 본 적 있는 은니가 있었다.

우시오는 크게 심호흡을 하고 나서 벽에 기대진 밀랍덩어리를 바라보았다. 이 안의 사체가 아바라라는 근거는 밀랍의 표면에 희미하게 떠올라 있는 얼굴뿐이다. 전혀 모르는 사람이 안에 들어 있다고 해도 이상하지 않다.

아바라는 자살환상 작가다. 일상적으로 자살 지원자를 접하던 그 남자라면 대신할 사체를 손에 넣는 것도 간단하리라. 가지고 온 슈트케이스 안에 사체가 들어 있었다고 하면 모든 것이 설명된다.

범인은 아바라다. 증거는 눈앞의 밀랍 속에 들어 있다.

우시오는 선반에서 쇠망치를 주워 들고 밀랍덩어리로 향했다. 희미하게 떠올라 있는 코와 눈구멍의 조금 위, 정수리 부근을 향해 기세 좋게 쇠망치를 휘둘렀다. 둔한 감촉이 느껴졌고, 굵은 설탕 같은 하얀 알갱이가 사방으로 흩날렸다.

두 번, 세 번 쇠망치를 내리쳤다. 밀랍 표면에 삶은 달걀 같은 금이 생겼다. 힘을 주고 쇠망치를 내리치자, 밀랍이 주르륵 벗겨져서 바닥으로 떨어졌다.

"어?"

짧게 자른 머리, 좁은 이마, 납작한 코.

밀랍 안에서 나타난 것은 아바라였다.

동창凍瘡이 생긴 것처럼 피부가 붉게 부어 있지만, 아바라 본인인 것은 틀림없다. 머뭇대며 만져 보자, 피부는 도자기처럼 차가웠다.

아바라가 죽어 있다. 이것은 어떻게 된 일인가.

가짜 사체와 바꿀 수 있는 것은 아바라밖에 없다. 이 남자가 정말로 죽은 것이라면 자신들을 살해한 인물이 없어지고 만다.

첨탑에서 종소리가 들렸다. 돌풍이 불어와서 발밑이 크게 흔들렸다. 우시오가 통나무에 달라붙은, 바로 그때.

"우와아아아아아아아!"

눈앞에서 비명이 울려 퍼졌다.

고개를 들자 밀랍투성이의 아바라가 양쪽 눈을 희번덕거린 채 비명을 질렀다.

(0) (0) (0)

비가 세차게 지붕을 두드린다.

아라라기 아바라가 용무를 마치고 화장실을 나서자, 복도로 나서는 문 아래 틈새로 메모지가 들어와 있었다.

'하루카에 관해 이야기하고 싶다. 오전 1시, 아틀리에에서.'

"뭐야, 이게?"

종이를 뒤집어 봐도 누가 보냈는지 적혀 있지 않았다. 아바라를 아틀리에로 부르는 속셈이 뻔히 들여다보였다. 아바라를 어지간히 얼빠진 놈이라고 생각하는 듯했다.

"하하. 수상한 사람에게서 편지가 왔네."

옆방의 마사카네를 부르러 가려고 문의 손잡이에 손을 댔다가 문득 숨을 멈췄다.

그 의사는 아무래도 수상하다. 초대받은 사람인 척하고 있지만, 실은 그가 일행을 이 섬으로 모은 장본인일 가능성도 있다. 이런 얼빠진 편지를 써서 보낼 만한 사람은, 자신 말고는 전부 바보라고 생각하는 의사나 교사 정도다.

아바라는 손잡이에서 손을 떼고 종잇조각을 다시 바라보았다.

상대는 아바라를 얕보고 있다. 이것은 기회다.

아바라는 단순한 작가가 아니다. 자살환상 작가다. 고등학교 1학년 여름에 '기분 나쁜 책만 읽는다'라는 이유로 여자친구에게 차인 후 스스로의 죽음을 마주 보았던 이후, 아바라는 죽음의 정체를 계속해서 쫓아왔다. 평일 점심에는 레스토랑 주방에서 일하지만, 이것은 물론 가짜 모습에 지나지 않는다.

아바라는 셀 수 없을 정도로 자살 미수자를 취재했다. 몸을 팔아 돈을 바치던 호스트에게 버림받은 여자. 야쿠자에게 가족을 살해당한 경찰관. 손주를 자동차로 치어 죽인 노인 그리고 부친에게 소수민족과의 성행위를 강요당한 여대생······.

그들의 목소리를 듣기 위해 아바라는 몇 번이고 수라장을 건넜다. 격분한 취재 상대에게 나이프로 찔린 적도 있고, 무언가를 오해한 야쿠자가 비둘기 사체를 보낸 적도 있다. 커피를 한 손에 들고 우아하게 원고를 써온 놈들과는 걸어온 인생이 다르다. 자신은 진짜 죽음을 알고 있다.

"한바탕 날뛰어 볼까."

아바라는 종잇조각을 주머니에 쑤셔 넣고, 슈트케이스에서 꺼낸 파우치에 호신용 잭나이프와 손전등을 담고 룸웨어 위에 레인 파카를 걸친 채 방을 나섰다.

오렌지색 조명이 밝혀진 현관 로비를 넘어 밖으로 나왔다. 비는 점점 더 거세게 몰아쳤다. 후드를 뒤집어써도 걷는 것만으로 눈과 코로 물이 흘러들어 왔다. 기세를 높인 강이 둔중하게 신음소리를 냈다.

신중하게 돌계단을 내려서서 모래사장을 나아가 아틀리에 밑에 도착했다. 지상 5미터 정도의 높이에 통나무 오두막이 떠 있다.

시간은 0시 45분. 약속한 1시까지 아직 15분이나 남았다.

근처 모래사장에 사람의 인기척은 없었다.

아바라는 오른손으로 얼굴 높이의 사다리를 잡고, 가장 밑의 가로목에 발을 올렸다. 흘러 떨어지는 빗물에 손이 미끄러질 것만 같았다. 왼손이 부러진 상태였기에 오른손을 떼어내면 모래사장에 곤두박질치게 된다. 떨어져도 죽지는 않을 테지만, 다치지 않으리란 보장도 없다. 통나무를 끌어안는 듯한 자세로 한 칸씩 사다리를 올랐다.

바닥의 구멍을 통해 오두막에 머리를 집어넣었다. 인기척은 없었다. 아바라는 오두막에 들어서서 천장의 끈을 잡아당겨 불을 켰다.

"히익!"

깜짝 놀라고 말았다.

눈앞에 괴물이 서 있었다. 형태는 젊은 여자지만 가슴에 송곳이 찔린 채였다. 착색 도중의 밀랍인형이었다.

"아, 깜짝 놀랐잖아."

아바라는 크게 숨을 내쉬고 바닥에 쭈그려 앉아 담배를 물었다. 곧장 손이 닿을 만한 곳에 나이프가 든 파우치를 놓아두는 것도 잊지 않았다. 일대일 승부를 앞두고 정신을 차리기 위한 한 모금이다.

누가 자신들을 사나다 섬으로 불러모은 것인지는 알 수 없다. 하지만 그 녀석은 틀림없이 자신만만한 사람으로, 선

입견도 강하고 편집적인 성격일 것이다. 자신만이 하루카와 특별한 관계였다고 믿고, 다른 작가들에게 도리어 원한을 품은 것이리라.

아바라는 목에 건 인식표를 꽉 쥐었다. 분명 하루카는 많은 추리작가와 관계를 맺었다. 하지만 진짜로 마음을 연 상대는 자신뿐이다.

인간에게는 지옥에서 살아남은 사람이 아니면 알 수 없는 감정이 있다. 평온해 보이는 세계라도 얇은 막을 한 꺼풀 벗겨 보면 상상을 뛰어넘는 폭력이 있으며, 거기에서는 죽음의 냄새가 감돈다. 진정한 공포와 절망은 죽음과 이웃해서 살아온 적이 있는 사람밖에 알지 못하는 것이다. 아바라는 하루카가 맛본 공포를 알고 있었고, 하루카도 아바라의 절망을 이해했다.

다른 작가들과의 관계는 어차피 가짜다. 누가 착각을 하는 것인지는 모르지만, 자신이 현실을 보여주고 뜨거운 맛을 보여줄 수밖에 없다.

아바라가 라이터의 레버를 누른 그 순간.

"어?"

둥, 하는 소리가 울렸다.

밀랍인형의 상반신이 바닥에 떨어지며, 거울에 부딪혀 마른 소리를 냈다.

몸이 바닥에 내동댕이쳐졌다.

빠직, 하고 손톱이 깨지는 소리.

순간적으로 파우치로 손을 뻗은 순간, 정수리에 강한 충격이 일었다.

시야가 반전된다. 천장이 뒤틀려 보인다.

주마등은 찾아오지 않는다. 꽃밭도 터널도 없다.

이것이 죽음인 걸까. 의기양양하게 쫓아오던 죽음의 정체는 이런 것이었던가.

아니다. 무언가가 자신을 보고 있다. 사신인가, 악마인가, 뭐지, 이것은……

의식을 잃기 직전 아바라는 괴물을 보았다.

수많은 안구로 뒤덮인 이형의 괴물을.

4장

참극
(2)

우시오는 주머니에서 과도를 꺼내 왼손에는 쇠망치, 오른손에는 과도를 들었다.

죽었다고 생각한 아바라가 비명을 질러댔다. 죽은 척을 하고 있던 건가. 하지만 방금 만졌을 때 차가운 피부는 분명 사체의 감촉이었다. 뭐가 어찌 돌아가는 것인지 알 수 없었다.

"이 자식! 시끄러워!"

우시오가 갈라진 목소리를 냈다.

아바라는 머리를 부들부들 경련하며 미친 사람처럼 새된 소리를 높게 내질렀다. 둥, 둥, 둥, 하고 후두부가 벽에 부딪혀서 둔중한 소리를 냈다. 콧물인지 침인지 알 수 없는 노란 액체가 여기저기 흩날린다.

역시 이 남자는 죽은 척을 한 것이다. 나머지 세 명이 모두 죽은 이상, 범인은 이 남자밖에 없다. 이 녀석이 우리를 죽인 거다.

"시끄럽다고 했잖아!"

우시오가 각오를 다진 채 말했다.

살아남기 위해서는 이 녀석을 죽일 수밖에 없다.

"죽어!"

우시오는 아바라의 정수리를 향해 쇠망치를 휘둘렀다. 아바라가 눈을 크게 떴다.

발이 주르륵 미끄러지고 세상이 뒤집혔다. 뼈를 내리찍는 느낌 대신 후두부에 둔한 충격이 달렸다. 천장으로 은색 분말이 날렸다.

"부, 부, 부탁드려요. 죽이지 말아 주세요."

아바라의 목소리가 들렸다.

고개를 들자, 아바라 주변에 물웅덩이가 퍼져 있었다.

우시오는 이 액체에 발이 미끄러진 듯했다. 숨을 들이마시자 썩은 사과 같은 냄새가 났다. 오줌이다. 아바라가 오줌을 지린 것이다.

후두부를 쓰다듬자 피부가 찌부러져 평평해졌다. 되살아났을 때보다도 대못의 머리가 더 깊숙이 박혀버렸다.

문득 고개를 옆으로 향하자, 금이 간 거울에 자신의 상반신이 비쳤다. 피투성이의 룸웨어를 입은 남자가 엉덩방아를 찔렀다. 이런 남자가 무기를 들고 있으면 아바라가 비명을 지르고 싶어지는 것도 당연하리라.

"뭐, 뭐든지 할게요. 죽이지만 말아 주세요."

아바라가 콧물을 들이켰다.

"난 너 따위 안 죽여."

"조금 전에 '죽어'라고 말했잖아요."

"그랬던가?"

우시오는 말문이 막혔다.

"잘못 들은 거야."

"진짜로요? 그래도 저를 습격한 건 우주 씨 맞죠?"

아바라가 눈을 희번덕거렸다. 우시오가 범인이라고 착각하는 듯했다.

"잘 떠올려 봐. 너를 습격한 녀석은 이상한 가면을 쓰고 있지 않았어?"

"가면? 아, 눈이 몇 개나 되는 거 말이죠."

"그건 내가 아니야. 나도 너랑 마찬가지로 피해자야. 자, 여기 봐."

우시오는 앞머리를 들쳐 올려서 이마에서 튀어나온 대못을 보여줬다.

"우와. 진짜로 꽂힌 것처럼 보이네요."

"진짜로 꽂힌 게 맞으니까."

수 초간의 침묵. 아바라는 입을 반쯤 벌린 채, 고개를 숙여 자신의 몸을 내려다보았다. 아바라는 영문을 모르겠다는 표정이었다.

"이건 뭐죠?"

"범인이 너한테 밀랍을 끼얹은 거야. 내가 머리 주변을 깨줬어."

"아니, 무슨 말씀이세요. 얼굴에 밀랍이 끼얹어지면 숨을 못 쉬어서 죽을 텐데요."

"나도 그렇게 생각해. 너는 이미 죽었어."

아바라는 눈동자만이 얼굴이 된 것 같은 표정을 지었다.

"여기는 천국인가요?"

"그렇지는 않은 것 같은데."

"저기, 도대체 뭐가 뭔지 모르겠는데요."

"내 이야기를 들려주지. 나는 머리에 못이 박힌 채 죽었어. 지금도 심장은 움직이지 않아. 하지만 어쩐 일인지 반나절 만에 의식이 되살아났어. 너한테도 같은 일이 벌어진 것 같아."

"진짜인가요? 믿기 어려운데요."

아바라가 얼빠진 목소리를 냈다.

눈앞의 남자가 시치미를 떼는 것처럼은 보이지 않는다. 이 남자도 누군가에게 살해당한 것이다.

"부탁이 있는데, 이 하얀 것 좀 벗겨 주실래요."

밀랍 안에서 끼익끼익 삐걱대는 소리가 났다. 팔다리를 움직이고 싶은 것 같았다.

"스스로 못 깨는 거야?"

"네. 팬티가 젖어서 기분이 나빠요."

아바라가 거북이처럼 목을 움츠렸다.

우시오는 과도를 집어넣고 쇠망치로 밀랍을 이리저리 두드렸다. 술에 취한 화석 발굴 대원이 된 것 같은 기분이 들었다. 아바라는 아픔을 견디려는 듯 눈을 꽉 감았지만, 금방 통각이 없다는 것을 깨달은 듯 어이가 없다는 표정으로 자신의 몸을 내려다보았다.

밀랍 안에서 나타난 아바라는 하반신이 오줌으로 질척질척했다. 룸웨어의 천도 완전히 하얗게 변해 있었다.

"고맙습니다. 이 은혜는 잊지 않을게요. 죽었다고 생각했는데 꿈만 같네요."

아바라는 무릎을 세우고 팔다리에 붙어 있는 밀랍을 털어냈다. 팔의 붕대에는 빨간 혈흔이 배어 있었다. 선실 침대에서 떨어졌을 때는 외상이 없었으니까, 범인에게 습격당하던 순간 뼈가 피부를 뚫고 튀어나온 것일지도 모른다.

"팔, 아파 보이네."

"아니요. 전혀요. 우주 씨 머리 쪽이 더 아파 보이는데요?"

아바라는 벽 옆에 담배가 떨어져 있는 것을 발견하고는 먼지를 털어내고 기쁜 듯 입에 물었다.

"괜찮겠어? 폐가 썩어 있어서 니코틴을 들이마시면 죽어 버릴지도 모르는데."

"우주 씨답지 않네요. 담배를 못 피우게 된다면 되살아난다고 해도 아무 의미 없어요."

아바라가 작업대 밑에서 라이터를 주워서 담배 끝에 불을 붙였다. 대범한 녀석이다.

"이 주변에 떨어져 있는 건 네가 가지고 온 거야?"

"음. 레인 파카와 파우치, 손전등은 제 거네요. 룸웨어는 아니고요."

룸웨어는 아이리가 입고 있던 것을 범인이 벗긴 것이리라. 아바라가 파우치를 열자 안에는 잭나이프가 들어 있었다.

"그런데 우주 씨는 왜 아틀리에에 있는 건가요?"

아바라가 고개를 갸웃거리자 밀랍 조각이 비듬처럼 바닥에 떨어졌다.

"살인귀를 만나고 싶지 않아서야. 괴물이 나타나면 이 아틀리에에서 농성하겠다고 너도 말했잖아."

"아, 그렇군요."

아바라가 손가락을 튕겼다.

"너야말로 왜 아틀리에에 온 거야?"

"그게, 한밤중에 오줌을 싸고 나왔더니 편지가 있었어요. 심야 1시에 아틀리에로 오라고."

"이거 말이지? 아래 모래사장에 떨어져 있었어."

우시오는 주머니에서 종잇조각을 꺼냈다.

"아, 맞아요. 그래서 수상하다고 생각하면서도 아틀리에에 왔는데, 아무도 없더라고요. 담배를 피우려는데 갑자기 습격당했어요. 밀랍인형 뒤에 범인이 숨어 있었던 것 같아요. 아, 진짜 아팠어요."

아바라가 아틀리에의 구석을 돌아보았다. 밀랍인형은 송곳만을 남기고 자취를 감춘 채였다.

"습격당하고 나서의 기억은 없어?"

"전혀요. 의식이 돌아오지 않아서 오히려 다행이네요."

아바라가 부어오른 팔을 들여다보더니 얼굴을 찡그렸다.

범인은 아바라를 습격해 정신을 잃게 한 후, 밀랍을 녹여서 아바라에게 끼웠었다. 밀랍인형을 깨서 냄비에 넣고 휴대용 버너로 불을 붙여 녹인 것이리라.

"……그건 그렇고, 다른 사람들은 어디에 있나요?"

"다들 죽었어. 되살아난 건 나랑 너뿐이고."

아바라가 동정하는 표정을 지었다. 우시오는 방에서 범인에게 습격당하고서 되살아난 후에 아틀리에까지 올 때까지의 경위를 설명했다.

"대단하네요. 그야말로《그리고 아무도 없었다》같아요!"

아바라는 어째선지 눈을 반짝거렸다.

"뭐야, 그게."

"소설이에요. 우주 씨, 정말로 추리작가 맞나요?"

"시끄러워."

"사키 씨는 모래사장에 쓰러져 있다는 거군요. 어딘가요?"

"네 바로 밑이야. 발아래를 내려다보면 보일 거야."

아바라가 바닥의 구멍을 통해 아래를 내려다보고는 황홀한 듯한 미소를 머금었다. 지금 당장이라도 춤을 추고 싶은 듯 보였다.

"역시 네놈이 범인인 거 아니야?"

"설마요. 모처럼 작가가 되었는데, 사람을 죽여서는 의미가 없잖아요."

"이론적으로 생각하면 범인은 너밖에 없단 말이지."

우시오는 아바라를 밀어서 떨어뜨리고 싶다는 마음을 억누르고 가짜 사체와 바꿔치기할 수 있는 것은 아바라뿐이라는 점을 설명했다.

"그렇군요. 우주 씨, 생각보다 어설프시네요. 제가 범인이 아니라는 건 저를 밀랍 안에서 꺼내 보지 않아도 명백하잖아요."

"어설프다고? 날 얕보는 거야?"

우시오가 아바라의 멱살을 붙잡았다.

"화내지 마세요. 우주 씨의 추리대로라면 저는 가짜 사체를 아틀리에까지 옮겨서 직접 밀랍을 부은 게 되잖아요. 안타깝지만 그건 불가능해요. 저한테는 사체를 나를 방법이 없으니까요."

아바라는 그렇게 말하고는 왼팔을 이쪽으로 향했다. 붕대에 피가 번져 있었다. 뼈가 부러졌으니 사체를 들어 옮기는 것 같은 힘을 쓰는 일은 할 수 없다고 말하고 싶은 듯했다.

"네 뇌는 아직도 죽은 채인 거야? 오른손을 쓰면 되잖아."

"그저 슈트케이스를 끄는 것만이라면 가능하겠죠. 그래도 어떻게 사다리를 오를 수 있겠어요? 한 손으로 사다리를 오르는 건 엄청 어려워요. 거기다 슈트케이스를 가지고 오르는 건 더더욱 불가능하죠."

"마사카네처럼 벨트로 등에 고정하면 되잖아. 그것도 안 된다면 슈트케이스에 끈을 묶어 두고 아틀리에에 오른 후에 끌어 올려도 되고."

"참 끈질기시네요. 그렇다면 조금 더 알기 쉬운 증거를 보여드릴게요. 이거예요."

아바라는 오른손의 엄지손가락을 내밀었다. 손톱이 가운데에서 깨져 있다.

"제 오른손 손바닥에는 밀랍이 거의 붙어 있지 않아요. 우주 씨도 보시다시피, 여기만 밀랍덩어리에서 튀어나와 있었죠. 그리고 깨진 엄지손가락에서 나온 피가 바닥에 혈흔을 남겼어요."

아바라는 손목을 비틀어서 엄지손가락을 아래로 향했다. 바닥에 솔로 문지른 듯한 혈흔이 남아 있었다.

"그게 어쨌는데?"

"모르시겠어요? 저는 일의 특성상 많은 사체를 봐왔어요. 사후에는 혈액 순환이 멈추고, 체온도 없어지니까 체내의 혈액은 천천히 응고하게 되죠. 밀랍 안에 들어 있던 게 섬 바깥에서 가지고 온 사체라면 손톱이 깨져도 피는 나오지 않을 거예요."

아바라가 득의양양한 미소를 보였다. 아니꼬운 말투지만 이치에 맞다.

"그렇게까지 말한다면 네 추리를 말해봐. 우리를 죽인 게 누군데?"

"저도 잘 모르지만, 나머지 세 명 중 누군가겠죠. 저와 우주 씨는 범인이 아닌 것 같으니까요."

아바라가 긴장감 없는 목소리로 말했다. 우동, 마사카네, 아이리가 죽은 모습이 머릿속에 떠올랐다.

"나는 세 명의 죽은 모습을 봤어. 다들 가짜처럼은 보이지 않았다고."

"그렇다면 세 명 모두 본인이겠죠. 누군가가 죽은 척을 하고 있던 거 아닌가요? 욕조에 잠긴 우동 씨가 실은 숨을 멈추고 잠수해 있었다거나."

아바라가 새초롬한 얼굴로 말했다. 우시오는 반론하고자 입을 열었다가 곧장 말을 삼켰다. 우동의 몸은 피부가 부어 있었고, 사후 몇 시간은 지난 것처럼 보였다. 하지만 그 모습을 본 것은 우시오뿐이기에 여기서 목소리를 높여 말하더라도 의미가 없다.

"나는 세 명 모두 진짜 죽었다고 생각해."

"그렇다면 다시 한 번 보러 가보죠."

아바라가 즐거운 듯 바닥의 구멍을 내려다보았다. 바닷바람이 앞머리를 들어올렸다.

"살인귀가 어슬렁거리고 있을지도 모르는데?"

"괜찮아요. 저희는 이미 죽었으니까요."

아바라가 만면에 미소를 띤 채 말했다.

아이리의 사체는 아틀리에를 지탱하는 나무 골조와 낭떠러지의 틈새에 떨어져 있었다.

사다리를 내려간 곳은 격자 바깥쪽이므로, 사체에 다가설 수 없다. 사체를 바로 옆에서 관찰하려면 통나무를 타고 넘어서 격자 안쪽으로 내려가야만 했다. 한쪽 팔이 부러진 아바라에게는 너무 위험하기에 우시오가 사체 옆으로 내려가 보기로 했다.

바닥 구멍을 통해 사다리 뒤편으로 넘어가서 격자 상태로 짜인 통나무에 발을 걸쳤다. 거대한 정글짐을 내려가는 것만 같았다.

아틀리에 밑에서 올려다보니 바닥 판의 두께는 10센티미터 정도로, 생각한 것보다도 얇았다. 얇고 긴 합판을 연결한 상태로, 이음새에서 희미하게 빛이 새어 나왔다. 거기에 바닥 판과 기둥을 연결하는 두툼한 목재가, 직각삼각형의 형태로 바닥 판 밑쪽에 붙어 있었다. 목재 안쪽의 사각지대에 고양이의 사체 정도는 숨길 수 있을 것 같았지만, 인간이 몸을 숨기는 것은 불가능했다.

통나무를 넘어서 모래사장으로 내려서자, 멀리서 종소리가 들렸다. 아이리에게서 토사물을 바짝 조린 것 같은 악취가 풍겼다. 엉겁결에 코를 강하게 눌렀다.

아이리는 상반신을 바위에 기댄 채 입을 크게 벌리고 하늘을 올려다보는 자세였다. 9년 전에 아키야마 아메 교수가 보여준 분무족 남자의 백골 사체가 떠올랐다. 그 사체도 얼굴에 말뚝이 박힌 채 입을 크게 벌리고 있었다.

황산이 전신 가득 뿌려져 있었다. 피부는 문드러지고 안구는 부풀고 코는 땅에 쓸린 것처럼 휘었다. 청바지도 피와 오줌이 뒤섞인 듯한 액체로 더러워진 채였다. 옆구리에서 흘러나온 피가 등 쪽으로 똑바로 흘렀다.

"네가 보기에는 이 녀석이 살아 있는 것 같아?"

우시오가 사체를 가리키며 투덜거렸다.

"흐음. 의사가 아니니까 모르겠네요. 손목을 만져봐주세요."

사다리로 모래사장으로 내려온 아바라가 통나무에 얼굴을 가져다 댄 채 천연덕스러운 목소리로 말했다. 사다리 너머로 보이는 아바라는 감옥에 유폐된 것처럼 보였지만, 공교롭게도 갇혀 있는 건 우시오 쪽이었다.

우시오는 숨을 멈춘 채 아이리의 손목 중 문드러지지 않은 부분을 만졌다. 한여름의 열기에 노출되어 있던 탓인지 피부는 따뜻했다. 맥박은 없었다.

"죽었어."

"그렇다면 다른 사람의 사체이거나 하지는 않나요?"

"아니야. 손가락에 반창고를 감고 있어. 그리고 봐, 은니가 있잖아."

우시오는 신발 바닥으로 측두부를 밀어서 아이리의 얼굴을 아바라에게 보여주었다.

"진짜네요. 그 은니, 귀여웠거든요."

아바라가 달뜬 목소리를 냈다. 우시오는 아이리의 얼굴을 원래 자리로 되돌리고, 입안을 들여다보았다.

문득 한기가 등줄기를 타고 달렸다. 목이 눌린 것처럼 목소리가 나오지 않았다.

"왜 그러세요?"

아바라가 쾌활한 목소리를 냈다.

"텅 비었어."

쥐어짜 낸 목소리가 제대로 나오지 않았다.

상하로 줄지은 치아 건너편에 뻐끔히 빨간 구멍이 생겨 있었다. 아이리의 입에는 혀가 없었다. 축 늘어진 목젖과 동굴 같은 어둠이 있을 뿐이었다.

우시오는 최악의 사실을 깨달았다. 주머니에 손을 넣어 사다리 밑에서 주웠던 그것을 꺼냈다.

검붉고 부드러운 살점. 혀였다.

"그게 뭔가요? 고기?"

"사키의 혀야."

아바라가 아이처럼 비명을 질렀다.

호흡을 정돈하고 다시금 입을 들여다보았다. 아랫니 바로 안쪽에 상처가 남아 있었다. 엄청난 출혈이 있었던 듯, 잇몸 뒤편에 응고된 피가 차 있었다. 우시오가 되살아났을 때도 입안에 걸쭉한 것이 차 있었지만, 이 피의 양은 차원이 달랐다.

"그거, 어디에서 주운 건가요?"

아바라가 혀를 가리키며 말했다.

"바로 지금, 네가 서 있는 곳 주변이야."

"히익! 사, 사체 근처에 혀를 자른 가위 같은 게 있지는 않나요?"

아바라가 두리번두리번 주변을 둘러보았다.

아바라의 말에 주변을 둘러보았다. 모래사장은 평평했고, 범인과 몸싸움을 한 것 같은 흔적은 없었다. 가위나 병도 보이지 않았다. 있는 거라곤 문드러진 자비 인형뿐이었다.

"없어. 범인이 가지고 갔겠지."

"그럼 사체의 손톱에 모래가 끼어 있거나 하지는 않나요?"

"모래?"

우시오는 허리를 굽혀서 아이리의 손끝을 살펴보았다. 손톱에는 가재 같은 색의 매니큐어가 발라져 있다. 손톱 뒤는 더럽지 않았다.

"아무것도 없는데."

"그런가요. 흐음. 그 밖에 신경 쓰이는 부분은 없나요?"

아바라가 거들먹거리며 말했다. 완전히 탐정 시늉이다.

짜증을 참으며 아이리의 사체를 들여다보는데, 머리 뒤쪽 바위에 금속 파편이 떨어져 있는 것이 보였다. 아바라에게 은니를 보여주려고 머리를 움직였을 때, 아래에서 튀어나온 듯했다.

허리를 굽혀 손에 들어 보니, 밀랍이 붙은 인식표였다. 아바라가 자랑스레 목에 걸고 있던 바로 그것이다.

"아, 그거 제 거예요. 저 주세요."

아바라가 목을 쭉 빼고 말했다.

"그거야 보면 알아. 왜 네 목걸이가 사키의 머리 아래에 있는 거지?"

"저도 몰라요. 범인이 제 얼굴에 밀랍을 부을 때, 목에서 벗겨져서 떨어진 거 아닐까요?"

"사실은 네가 죽인 거 아니야?"

"그럴 리가요. 저는 피해자예요. 실제로도 한 번 살해당했고요."

아바라가 머리를 긁적이며 쓴웃음을 지었다. 머리카락에 엉킨 밀랍이 후드득거리며 떨어졌다.

"범인이 신경 써준 것일지도 모르겠네. 이런 촌스러운 목걸이를 한 채 죽으면 저세상의 주인이 싫어할 테니까."

그때 우시오의 정수리로 차가운 것이 떨어졌다.

조심스레 머리 위를 올려다보았다. 아틀리에를 지탱하는 가로목에서 물방울이 한 방울 아이리의 배 위로 떨어졌다. 공중화장실 같은 냄새가 났다. 아바라가 싼 오줌이리라.

"아하하. 짓궂은 말을 하니까 그렇잖아요!"

아바라가 유쾌한 듯 웃었다.

우시오는 혀를 차면서 격자 너머로 목걸이를 던져주었다.

태양이 이글이글 피부를 태운다. 땀이 한 방울도 나지 않는 것이 불쾌했다.

천성관의 현관 포치에서 바다를 둘러보자, 빨간 침전물이 더욱 넓게 퍼져 있었다. 사나다 섬이 피를 흘리는 것처럼 보였다.

"적조 현상인가요?"

"크루저의 연료가 새어 나온 것 같아."

"아, 그렇군요. 진정한 피해자는 이 섬일지도 모르겠네요."

곧바로 인식표를 목에 건 아바라가 언짢은 듯 말했다. 우시오는 아바라를 무시하고 현관 포치를 넘어섰다. 아바라도 뒤를 쫓아왔다.

"어라. 방수포가 벗겨져 있네요."

아바라가 천성관 왼쪽 공터를 바라보며 말했다. 짐수레를 덮었던 방수포가 벗겨져, 숙박동 벽 앞에 떨어져 있었다.

"비바람 때문에 벗겨진 거 아니야?"

"아닌 것 같은데요."

아바라가 허리를 굽히고 짐수레 안쪽을 들여다보았다.

"짐받이 아래 흙이 젖어 있어요. 짐수레가 계속 같은 곳에 있었다면, 흙은 말라 있을 테죠. 범인이 짐수레를 사용한 거예요."

아바라를 따라서 짐받이 아래쪽을 들여다보았다. 축축한
흙에 군데군데 물웅덩이가 있었다.

"무엇 때문에?"

"모르죠. 일단 사체를 조사해봐요."

아바라는 곧장 몸을 돌려 현관으로 향했다. 우시오도 그
등 뒤를 쫓았다. 첨탑에서 종소리가 들렸다.

문을 열자, 눈앞의 페르시아 양탄자에 혈흔이 달라붙어 있
었다.

"봐, 어떻게 봐도 죽은 거 맞지?"

우시오가 2층의 복도에서 튀어나온 마사카네의 머리를 올
려다보았다. 울혈이 생긴 얼굴에서 혀가 축 늘어져 있었다.
피부에 눌어붙어 있는 것은 진흙인 걸까.

"우후후. 대단하네요."

아바라가 입술을 씹으며 웃음을 억눌렀다.

"너, 역시 살인범 맞지?"

"아니라니까요. 이건 조사예요, 조사. 조금 더 가까이 가봐
요."

아바라가 현관 로비를 가로질러 정면 계단을 올랐다. 끼익
끼익, 하는 발소리에 맞춰서 천장에 걸린 조명이 살짝 흔들
렸다.

복도를 돌자, 레인 파카를 입은 마사카네가 엎드린 채 쓰러져 있었다. 목만이 난간에서 튀어나온 자세는 단두대를 연상시켰다. 발끝 부근에 팔이 잡아 뜯긴 듯한 자비 인형이 쓰러져 있었다.

아바라가 허리를 굽혀 사체의 손목을 만졌다. 마사카네의 손바닥에는 진흙이 잔뜩 붙어 있었다.

"역시 죽은 게 맞네요."

"그러니까 내가 그랬잖아. 평범한 사람은 머리가 깨지면 죽으니까."

난간 위에서 1층을 내려다보자, 마사카네의 얼굴에서 일직선으로 떨어진 곳에 혈흔이 보였다.

"어라?"

아바라는 자비 인형을 바라보더니 의아한 듯 말했다. 자비 인형에서 팔이 떨어져서 진흙이 양탄자에 흩뿌려져 있었다. 인형 안은 토용처럼 텅 비어 있었다.

"왜 그래?"

"왜냐면 마사카네 씨의 팔은 떨어져 있지 않은데, 인형만 팔이 떨어져 있잖아요."

아바라가 인형과 마사카네를 차례로 쳐다보며 말했다. 분명 범인은 다른 현장에서 자비 인형으로 사체를 재현했다. 범인이 마사카네의 팔을 자르는 것을 잊어버린 걸까.

"뭔지 잘 모르겠네요. 일단 우동 씨를 보러 가죠."

두 명은 차례로 계단을 내려왔다. 현관 로비에서 복도를 빠져나와 욕실로 향했다.

탈의실 문은 여전히 열린 채였다. 사체를 하나 발견하고 허둥대던 것이 먼 옛날처럼 느껴졌다.

"이 녀석이 살아 있는 것처럼 보여?"

우시오가 욕조를 가리키며 말하고는 아바라의 엉덩이를 찰싹 때렸다.

아바라가 욕조를 들여다본다. 우동의 몸은 그새 더 부풀어서 해파리처럼 변했다. 욕조의 수위는 3분의 2 정도. 흙탕물처럼 탁한 수면 위로 머리, 등과 엉덩이가 떠 있었다. 세면장에 쓰러진 자비 인형은 흐물흐물 녹아서 어느 쪽을 향하고 있는지조차 알 수 없었다.

"흐음. 죽은 척을 하고 있다고는 보기 어렵네요."

아바라는 오른손을 욕조에 담가 우동의 머리를 수면 위로 들어 올렸다. 머리에서 뚝뚝, 하고 물방울이 흩날렸다. 코에, 귀에, 입술에, 눈꺼풀에 대량의 피어싱이 매달려 있다.

"응?"

아바라가 우동의 얼굴을 들여다보며 말했다. 깨진 창문에서 바람이 불어 들어와 수면이 흔들렸다.

"왜 그래?"

"이것 좀 보세요. 여기 피어싱이 없어요."

아바라는 우동의 볼을 가리켰다. 좌우로 하나씩, 폭 1밀리미터 정도의 구멍이 뚫려 있었다. 하루카에게 받았다는 볼의 피어싱이 사라진 채였다.

"빠진 거겠지. 여기 봐."

욕조에는 실리콘으로 된 잠금볼이 물에 떠 있었다. 우시오가 우동의 머리를 들어 올릴 때 입에서 떨어진 바로 그것이다. 피어싱의 본체는 바닥에 잠겨 있으리라.

"어째서 빠진 걸까요."

"물에 집어넣을 때 그 충격으로 잠금볼이 풀린 거 아니야?"

"흐음. 그렇게 간단히 풀릴까요."

아바라는 잠시 우동과 눈싸움을 한 후, 이윽고 포기한 듯 머리에서 손을 뗐다. 풍덩, 하는 소리를 내며 머리가 잠겼다.

"내가 말한 대로지? 죽은 척하고 있는 녀석은 없어. 우리는 다 살해당했다고."

"분명 그렇네요. 그래도 하나 생각난 게 있어요. 우주 씨가 살해당한 현장을 가보죠."

아바라가 가볍게 말하며 욕실에서 떠났다.

자신이 살해당한 현장을 조사하는 것은 묘한 기분이었다.

방 한가운데에 피투성이 의자가 쓰러져 있다. 머리에 구멍이 뚫린 자비 인형은 외로운 듯 천장을 올려다보고 있었다.

"구토를 한 곳이 여기인 거죠?"

아바라는 화장실을 보더니 코를 잡고 곧장 문을 닫았다.

"굳이 내가 구토를 한 걸 구경하러 온 거야?"

"아니요. 제가 신경 쓰이는 건 이쪽이에요."

아바라가 방바닥을 바라보았다. 창문에서 불어 들어오는 바람이 커튼을 흔들었다.

"뭔가 있어?"

"아마도요. 우주 씨가 되살아났을 때 의자에 앉은 상태였다고 했죠? 그런데 머리에 못을 박기에는 의자 위는 너무 불안정해요. 범인은 우주 씨를 바닥에 눕힌 채 머리에 못을 박고 나서, 사체를 의자에 앉혔을 거예요."

우시오는 손목시계를 바라보았다. 문자판에 피가 묻어 있지만, 균열 안에는 피가 들어가지 않았다. 범인이 우시오에게 못을 박고 나서 사체를 움직였다는 추리는 이 손목시계에서 도출해 낸 상황과도 일치한다.

"그런데 우주 씨의 머리에 박힌 못은 머리를 관통해서 이마로 튀어나왔어요. 그렇다면 바닥에도 흔적이 있을 거거든요."

아바라는 무릎을 굽힌 채 바닥을 찬찬히 바라보았다. 피가 여기저기 튀었지만, 유류물은 딱히 눈에 띄지 않았다.

"아, 이거예요. 구멍이 두 개 있네요."

아바라가 강아지처럼 코를 바닥에 들이댔다.

우시오는 아바라의 어깨너머로 바닥을 내려다보았다. 혈흔에 숨듯 동그란 흔적이 두 개 나란히 있었다. 집 기둥에 생긴 나무좀의 소굴과 닮았다. 1밀리미터도 되지 않는 작은 구멍이지만, 창문에 가까운 쪽이 조금 더 커 보였다.

"셜록 홈스 같네. 그럼 범인은 흰개미인 거야?"

"이것 좀 보세요. 커다란 구멍에만 피가 들어가 있어요."

아바라가 말한 대로 바닥의 상처를 들여다보았다. 분명 커다란 쪽의 구멍 안은 피로 붉게 물들어 있지만, 작은 쪽의 구멍에는 진흙만 살짝 묻어 있을 뿐이었다.

"그게 어쨌는데?"

"우후후. 우주 씨. 저, 누가 범인인지 알았어요."

아바라가 고개를 들더니, 눈을 가늘게 뜨고 기쁜 듯 웃었다.

"폐쇄 공간에서 집단이 차례차례 살해당하고, 마지막에는 전부 다 죽죠. 그래도 범인은 어디에도 없습니다. 그렇다면 폐쇄 공간에서 도대체 무슨 일이 벌어진 걸까요? 이 강렬한 수수께끼가 《그리고 아무도 없었다》식 미스터리의 묘미예요. 저와 우주 씨가 휘말린 건 그야말로 이 유형의 사건이죠. 피해자가 되살아나버렸다는 것이 까다로운 부분이지만요."

아바라가 과장되게 큰 소리를 냈다. 숨에서 담배 냄새가
났다.

"빨리 결론부터 말해. 범인은 누구야?"

"아, 진정하세요. 우주 씨에게 우리 다섯 명이 살해당했
다고 듣고, 어떤 의문을 품게 되었어요. 범인은 우리를 죽일
때, 안구가 가득한 기묘한 가면을 쓰고 있었죠. 거기에는 무
슨 의미가 있었던 걸까요?"

"자비 마스크 말이야? 그거야 우리를 깜짝 놀라게 하려던
것 아니야?"

"그런 걸 얼굴에 뒤집어쓰고 사람을 습격하는 건 보통 일
이 아니에요. 그저 우리를 놀라게 하려고 쓴 거라고는 생각
하기 어려워요."

"얼굴을 보이고 싶지 않았던 거겠지. 은행강도가 복면으로
얼굴을 가리는 것과 마찬가지로."

"반은 정답입니다."

아바라가 득의양양하게 고개를 끄덕였다.

"모두의 방에 펑퍼짐한 룸웨어를 준비해둔 것도 옷이나
체형을 통해 정체가 들키는 걸 막기 위해서겠죠. 다만 그렇
다면 묘한 점이 있어요."

"묘한 점?"

"범인은 저희를 모조리 죽였거든요. 다 죽일 생각이라면

강도도 얼굴을 가리거나 하지 않을 거예요. 정체를 들킨다
해도 어차피 다 죽일 거니까요."

"흠. 꼭 그렇지만은 않은 거 아니야? 하룻밤에 이만큼의
사람을 죽이는 건 쉽지 않잖아. 진짜 계획대로 풀릴지 범인
으로서도 알 수 없었을 거야. 반격을 당해서 옆구리를 찔리
게 될지도 모르고, 현장에서 나오는 모습을 들키게 될 수도
있어. 그럴 때를 대비해서 얼굴을 숨기는 건 이상하지 않잖
아?"

우시오가 팔짱을 끼고 고개를 갸웃거렸다.

"우주 씨의 경우는 그럴지도 모르죠. 저는 아틀리에에 불
려가서 살해당했어요. 팔이 부러진 상대에게 반격당할 거라
고는 생각하기 어렵고, 새벽 1시에 아틀리에 앞을 누군가 우
연히 지나갈 리도 없고요."

아바라가 과장되게 왼손을 휘휘 저었다. 아바라가 말하는
대로 시야가 좁은 가면을 쓰고 사람을 죽이기는 쉽지 않다.
자신이 압도적으로 우위에 설 수 있는 상대 앞에서 범인은
왜 얼굴을 가린 걸까.

"범인 놈은 무슨 생각을 한 거지?"

"답은 간단해요. 범인이 살해 시에 얼굴을 보였다면 어떻
게 되었을지를 생각해보면 돼요. 우리도 이렇게 현장을 조사
하며 돌아다니거나 하지 않겠죠. 그도 그럴 것이 범인이 누

군지 아니까요."

"그거야 우리가 되살아났기 때문이잖아?"

"네. 그게 답이에요. 범인은 죽인 상대가 몇 시간이 지난 뒤에 되살아날지도 모른다는 사실을 알고 있었어요. 그랬기에 확실히 마무리를 짓기까지 얼굴을 보이고 싶지 않았던 거죠."

범인이 이 괴현상을 예상했다고?

우시오가 팔짱을 낀 채로 아바라의 말을 반추했다. 그런 일이 있을 수 있는 걸까.

"무슨 말인지 잘 모르겠어. 범인은 삼도천의 뱃사람인 거야?"

"사정은 모르지만 범인은 우리 몸에 이변이 일어날 걸 예측했어요. 그래서 범인은 자신이 살인귀라는 사실을 들키지 않기 위해 선수를 친 거죠."

"우리 몸으로 인체 실험을 했단 말이야? 그렇다면 범인은 의사인 마사카네인가?"

"그건 성급한 결론이에요. 이 섬에는 다섯 명의 사체가 있었죠. 모두가 살해당했음에도 불구하고 범인은 어디에도 없어요. 이것은 불가사의하죠. 그래도 우리는 다섯 명이 살해당하는 장면을 실제로 보지는 않았어요. 살해당했다고 단언할 수 있는 건 본인 스스로뿐이에요. 다섯 명 중에 자살한 사체가 섞여 있다고 치면, 이 기묘한 상황을 설명할 수 있습니다."

"그건 나도 생각했어. 나는 되살아난 직후에 범인이 바다에 물건을 떨어뜨리는 소리를 들었어. 그 시점에 범인이 살아 있었던 건 분명해. 다만 그때부터 사체를 발견할 동안에 자살할 수 있던 사람은 없었어."

"그래서 트릭을 쓴 거예요! 범인은 자신이 살해당한 것처럼 보이는 트릭을 준비한 거죠."

아바라가 황홀한 표정으로 담뱃갑을 내밀었다.

"너, 어쩐지 즐거워 보인다?"

"여기서 중요한 건 다섯 명이 죽은 순서예요. 한 번 죽으면 되살아날 때까지 사람을 죽일 수 없어요. 필연적으로 가장 마지막까지 살아 있던 사람이 나머지 네 명을 죽인 범인이 됩니다. 여기에서 단서가 되는 게 자비 인형이에요."

"자비 인형? 무슨 말이야?"

우시오가 침대에서 고개를 내민 인형을 내려다보았다.

"이 인형들은 사체와 닮은 방법으로 훼손되어 있었어요. 그래도 각각의 인형을 보다 보면 닮은 정도가 조금씩 다르죠. 제 옆에 있던 밀랍이 부어진 인형이나 사키 씨 옆에 있던 황산이 끼얹어진 인형은 문자 그대로 사체와 같은 방법으로 훼손되어 있었죠. 그런데 마사카네 씨 옆에 있는 자비 인형은 상태가 다릅니다. 마사카네 씨가 얼굴을 다친 채 2층 난간 사이로 얼굴을 내밀고 있는 것에 비해, 자비 인형은 팔이 떼어진 채 복도 벽 쪽에 놓여 있었죠."

"범인은 세세한 걸 신경 쓰지 않는 성격인 거 아니야?"

"아니에요. 마사카네 씨의 손바닥에는 진흙이 잔뜩 묻어 있었어요. 이건 마사카네 씨가 자비 인형을 잡으려고 했던 증거예요. 마사카네 씨의 목이 난간으로 밀어 넣어졌을 때, 손이 닿는 곳에 자비 인형이 있었던 거죠."

"그럼 마사카네는 인형의 팔을 왜 떼어낸 건데?"

"팔이 떨어진 건 결과에 지나지 않아요. 마사카네 씨는 이때 깨진 이마에서 피를 흘리고 있었죠. 이대로 의식을 잃으면 과다 출혈로 죽을지도 모른다고 생각한 마사카네 씨는 자비 인형의 진흙을 얼굴에 발라서 출혈을 멈추려고 한 거예요. 위생 면에서는 문제투성이지만 급한 불을 어떻게든 꺼야 겠다고 생각한 거 아닐까요? 엎드린 채 쓰러진 자세에서는 옷을 벗을 수도 없었을 테니까요. 마사카네 씨가 필사적으로 진흙을 쥐어뜯은 결과, 자비 인형의 팔이 떨어지게 된 겁니다."

우시오는 꿀꺽 침을 삼켰다. 분명 마사카네의 얼굴은 진흙을 덕지덕지 칠한 것처럼 검게 오염되어 있었다.

"그래도 우리가 마사카네의 사체를 관찰했을 때, 인형은 그 녀석의 발끝 부근에 놓여 있었는데?"

"그렇죠. 그래서는 마사카네 씨가 인형을 잡을 수 없죠. 마사카네 씨가 죽은 후, 누군가가 인형을 가엽게 여기고 난간 옆에서 복도 안쪽으로 옮겨 놓은 거예요. 사체를 옮기는 건 어렵더라도 인형을 들어 옮기는 건 간단하니까요.

이를 통해 알 수 있는 건 마사카네 씨가 죽은 뒤에도 범인 외에 다른 생존자가 있었다는 말이 되죠. 마사카네 씨는 마지막 한 명은 아닙니다."

"즉 우리를 죽인 범인이 아니라는 거군."

"맞아요."

우시오는 문득 아키야마 아메 교수가 불러서 마카 대학교에 갔을 때, 서류 밑에 깔려 있던 '마카후시기' 인형을 도와주었던 사실을 떠올렸다. 아무리 인형이라도 가여운 일을 당한 것을 못 본 척하지 못하는 마음은 이해할 수 있다. 네 명안에도 인형을 가여워하는 착한 사람이 있던 것이다.

"우동 씨도 같아요. 우동 씨 옆에 있던 자비 인형은 욕조 안이 아니라 세면장 바닥에 떨어져 있었죠. 욕조가 흙탕물처럼 탁한 건 자비 인형이 욕조에 한 번 잠겼기 때문이에요. 우동 씨의 사체를 발견한 누군가가 자비 인형을 물속에서 꺼낸 거죠. 따라서 우동 씨도 마지막 한 명은 아닙니다."

"즉 우동도 범인이 아니라는 말인가. 그래도 사체와 인형

중에 상태가 달랐던 건 이 둘 뿐이잖아? 용의자는 아직 세 명이나 있다고."

"아니요. 같은 이론은 우주 씨에게도 적용됩니다."

"나? 무슨 말이야?"

우시오가 어깨를 움츠렸다.

"우주 씨는 머리에 못이 박힌 채였지만, 자비 인형의 머리에서는 못이 빠져 있었어요. 우주 씨의 사체를 발견한 누군가가 인형의 머리에서 못을 빼낸 거죠."

우시오는 맥이 빠져서 어깨를 떨궜다. 꽤나 난폭한 추리다.

"그건 그냥 네 상상이잖아? 범인이 자비 인형에 못을 박은 후에 같은 못을 빼내서 내 머리에 찔러 넣은 것뿐이라든가?"

"아니에요. 증거는 이겁니다."

아바라가 탭댄스를 추듯 발뒤꿈치로 바닥을 두드렸다. 바닥에는 동그란 구멍이 두 개 나란히 생겨 있다.

"흰개미가 어쨌는데?"

"이것은 범인이 못을 박았을 때 생긴 상처예요. 커다란 쪽이 우주 선생님의 머리에 못을 박았을 때 이마에서 튀어나온 못 끝부분이 바닥에 찍혀 생긴 상처. 작은 쪽이 인형의 머리에 못을 박았을 때 생긴 상처죠. 커다란 못은 인간의 머리를 관통했으니까, 구멍 안에도 끈적하게 피가 묻어 있죠. 반대로 작은 못은 진흙 인형을 관통했기에 구멍 안에는 진흙만 묻어 있어요. 범인이 같은 못을 돌려썼다면 두 상처는 같은 크기가 되겠죠. 상처의 크기가 다른 건 못의 굵기가 다르기 때문이에요. 그런데 이 자비 인형에는 지금 못이 꽂혀 있지 않죠. 우주 씨가 죽은 후, 누군가가 인형에서 빼냈다는 말이 됩니다."

"그럼 그 못은 어디로 간 건데? 그 한가한 사람이 굳이 가지고 갔다는 거야?"

"아니요. 못에는 진흙이 묻어 있기도 하고, 굳이 가지고 갈 이유도 없겠죠. 못을 빼낸 누군가는 그 못을 이 방에 남겨 두고 갔을 거예요."

"그러니까 어디에 있다는 건데?"

"제 상상으로는 거기에 꽂혀 있을 것 같네요."

아바라가 상스러운 미소를 띤 채 우시오의 스니커를 가리켰다. 안 좋은 예감이 든다. 발을 굽혀서 신발 바닥을 보자 진흙투성이의 고무에 못이 꽂혀 있었다.

"뭐야, 이게."

"우주 씨가 되살아나서 의자에서 떨어졌을 때, 신발 바닥에 꽂힌 거 아닐까요."

"거짓말이지? 전혀 아프지 않았는데?"

"우주 씨, 지금 머리에 못이 꽂혀 있다는 사실을 잊으셨나요?"

목에서 밟힌 개구리 같은 목소리가 흘러나왔다. 돌아다니는 와중에 완전히 잊고 있었지만, 우시오의 통각은 그야말로 작동하지 않는 중이었다.

살아난 직후에 탈의실에 들어가려 했을 때 어째선지 발바닥과 신발 바닥이 딱 달라붙어 떨어지지 않았던 것이 떠올랐다. 못은 신발 바닥을 관통해서 우시오의 발에 꽂혀 있던 것이다. 돌계단을 내려갈 때 캉캉, 하고 경쾌한 소리가 났던 것도 못과 돌이 부딪힌 탓이리라.

"너, 잘도 눈치챘네."

"뭐, 작가니까요라는 건 농담입니다. 아틀리에에서 우주 씨가 뒤로 넘겨졌을 때 신발 바닥이 보였거든요."

"내가 언제 넘겨졌는데?"

"저를 때리려다가 제 오줌을 밟고 넘겨졌잖아요."

아바라가 양손을 들고 넘어지는 시늉을 했다. 역시 아까 쇠망치로 죽이는 편이 좋았다.

"너는 어떤데? 자신이 마지막 한 명이 아니라는 증거가 있어?"

"있습니다. 사키 씨의 사체 아래서 나온 목걸이죠. 사키 씨가 저보다 먼저 죽었다면 제가 아틀리에에서 밀랍을 뒤집어썼을 때, 바닥의 구멍 아래에서 이미 사키 씨가 죽어 있었다는 말이 되죠. 그 경우, 제 목에서 떨어진 밀랍이 묻은 목걸이가 사키 씨의 사체 밑에서 발견된 것이 설명되지 않아요. 범인이 굳이 모래사장을 내려가서 사체의 위치를 움직였다고도 생각하기 어렵고요. 사키 씨는 저보다 다음에 살해당했어요. 즉, 저는 마지막 한 명이 아닙니다."

아바라가 점점 더 우쭐댄다. 태도는 최악이지만, 반론의 여지가 없었다.

"그렇다면 범인은……."

"사키 씨죠. 그녀가 저희를 전부 죽이고, 마지막에 자살한 거예요."

아이리가 범인이라고? 그녀가 자신들을 죽였으리라고는 생각하기 어려운 데다가, 하물며 스스로 목숨을 끊었다고는 믿기 어려웠다.

"잠깐만. 그건 무리야. 스스로 황산을 끼얹었다면 모래사장에 용기가 남아 있지 않으면 이상해. 아틀리에에서 황산을 뿌린 후에 지면으로 뛰어내렸다고 해도 아틀리에 어딘가에 용기가 있어야 되고."

"그런 확신을 이용한 거예요. 사키 씨가 마스크를 쓰고 우리를 습격한 건 우리가 되살아날지도 모른다는 걸 알고서 자신이 범인이라는 사실을 들키기 싫어서였겠죠. 그녀가 살해당한 것처럼 꾸미고 자살한 것도 마찬가지 이유예요. 현장에서 병을 숨기는 것만으로 용의선상에서 벗어날 수 있으니 간

편하죠. 그 모래사장에는 우주 씨가 놓친 숨길 만한 장소가
있었어요."

우시오는 아틀리에 밑의 그늘을 떠올렸다. 아바라가 무슨
말을 하고 싶은 건지 알 수가 없었다.

"사체 밑을 말하는 거야? 공교롭게도 거기에서 나온 것은
네 촌스러운 목걸이뿐인데."

"저도 처음에는 그 가능성을 생각했어요. 그래도 위를 덮
어 용기를 숨기는 것만으로는 어쩐지 불안하죠. 누군가가 사
체를 움직인다면 바로 들킬 테니까요. 실제로 목걸이를 우주
씨가 발견하기도 했고요.

다음으로 생각한 것이 모래를 파서 병을 땅속에 숨기는
방법이었어요. 그래도 현장에 삽은 없었으니 모래를 팠다고
치면 어떻게 해도 손가락이 더러워지고 맙니다. 하지만 사키
씨의 손톱은 깨끗한 채였어요."

"이야기가 빙빙 돌기만 하는 것 같은데."

"아니요. 병을 숨길 장소는 또 한 곳 있어요. 사체 밑이 아
니라, 안입니다."

아바라가 하품을 하는 것처럼 입을 크게 벌리고 혀의 안
쪽을 가리켰다.

"여기요."

"유리를 삼켰다는 말이야?"

"네. 사키 씨는 황산을 끼얹은 후에 바위에 부딪혀서 병을 깨고 파편을 꿀꺽 삼킨 거예요. 사키 씨의 호쾌한 먹성은 우주 씨도 기억하죠? 그 위장이 있다면 병 하나 분량의 유리를 삼키는 것쯤 식은 죽 먹기겠죠."

"위장의 문제가 아니잖아. 길거리 공연자도 아닌데, 물도 없이 유리를 삼키는 건 무리야."

"말씀하시는 대로예요. 그래서 사키 씨는 미리 자신의 혀를 잘라둔 거예요."

아바라는 득의양양하게 미소 지었다.

갑자기 목 안쪽이 근질거렸다.

아이리의 입을 들여다본 순간 등골을 타고 흐르던 한기가 되살아났다.

혀가 없는 것만으로도 아이리는 정체를 알 수 없는 괴물로 변모한 것처럼 보였다. 상하로 늘어선 치아 너머로 뻥 뚫린 종유동 같은 빨간 구멍. 목젖이 달려 있는 것을 제외하고는 구멍을 막는 것은 아무것도 없다. 듣고 나서 떠올려 보니, 사키의 입안은 마치 깔때기가 이쪽으로 입을 향하고 있는 것처럼 눈깔사탕이라도 밀어 넣으면 위까지 그대로 쑥 떨어질 것만 같았다. 아이리는 유리를 삼킨 것이 아니다. 유리를 떨어뜨린 것이다.

"……완전히 미쳤네. 그것 때문에 굳이 혀를 잘랐단 말이야?"

"그건 생각하기 나름 아닐까요. 잔혹하게 죽으면 그만큼 자살을 의심받을 가능성은 적어지니까요. 거기까지 생각하고 일석이조를 노렸을 가능성도 있어요."

"머리가 좋은 건지 나쁜 건지 알 수가 없군."

"살인귀란 그런 거예요. 그래도 더는 걱정할 필요 없어요. 범인은 죽었으니까요."

"그런가. 그 녀석이 우리를 죽인 건가. 다시 되살아나지 않으면 좋겠는데."

우시오는 복잡한 기분으로 머리를 긁었다.

"사키 씨는 되살아나지 않을 것 같아요. 살해당한 것처럼 꾸며서 자살하는 방법은 많이 있어요. 자신이 되살아날지도 모른다고 생각했다면, 온몸에 황산을 끼얹는다거나 혀를 자른다거나 하는 방법은 택하지 않을 테니까요."

"그건 그렇군."

잔뜩 긴장했던 어깨의 힘이 빠지는 것이 느껴졌다. 누군가에게 습격당할 걱정이 없다는 것만으로도 이렇게나 마음이 편해진다니 놀랍다.

아이리가 살인범이었다는 것에는 충격을 받았지만, 어딘가 이해가 되는 면도 있었다. 편의점 주차장에서 우시오를 습격한 남자의 노림수를 사소한 단서를 통해 순식간에 간파한 통찰력. 소설을 쓰기 위해 출장 마사지에서 일하며 지명 순위 1위를 따내는 행동력. 그녀가 그럴 마음만 먹으면 작가 네 명을 죽이는 것쯤은 아무렇지도 않게 해낼 수 있었으리라.

"우주 씨, 배가 고프네요. 밥이라도 먹을까요."

"좋아. 부활을 기념해야지!"

우시오는 고개를 저어 잡념을 떨쳐내고 기세 좋게 문을 열었다.

그 순간 목 부분에 강한 충격을 받았다.

"아얏!"

우시오는 위를 본 채 뒤로 쓰러졌다.

후두부의 못이 바닥에 부딪혀 둔한 소리를 냈다.

얼굴을 들어 올리자 자신의 목에 칼이 꽂혀 있었다.

"이런 젠장할."

문 건너편에는 마사카네가 서 있었다.

(0) (0) (0)

덜컹.

빗소리에 섞여서 문이 강하게 닫히는 소리가 들린다.

시계는 2시 20분을 가리키고 있었다. 누군가가 방을 나간 것 같았다. 혼자서 보내는 밤을 견디지 못한 것인지, 혹은 무언가의 목적으로 방에서 나간 것인지…….

마사카 마사카네는 의자에서 몸을 일으켰다. 만약 네 명 중에 좋지 못한 꿍꿍이를 품고 있는 사람이 있다면 어떻게 해서든 그것을 막아야만 한다.

마사카네는 마취과 의사로서 연간 120건 이상의 수술에 참여했다. 환자의 의식을 빼앗는 것은 물론, 근육을 이완시키는 것도 호흡을 멈추게 하는 것도 식은 죽 먹기다. 환자는 마취제를 투여한 순간, 무방비하게 마사카네에게 목숨을 맡기게 된다.

이 능력은 커다란 책임과 바꿔서 손에 넣은 것이다. 대부분의 인간은 죽음을 겁내며, 언젠가 다가올 죽음을 받아들이는 것밖에 하지 못한다. 하지만 의사는 다르다. 죽음과 정면으로 마주하며 죽음을 넘어서야 한다는 책임을 진다. 그것이 재능을 가진 인간에게 부여된 특권이자 사명이기도 하다. 《되살아나는 뇌수》가 의사들로부터 호평을 받은 것도 이런 집념을 생생하게 그려냈기 때문이다.

병원에서 멀리 떨어진 섬에서도 자신의 사명은 다르지 않다. 육지로 돌아갈 수단이 끊긴 지금, 작가 네 명의 목숨은 자신의 손안에 있다. 자신이 모르는 곳에서 목숨을 빼앗기는 일이 있어서는 안 된다.

마사카네는 문을 열고 복도를 내다보았다. 네 방의 문은 모두 닫혀 있고 인기척도 없었다.

가만히 귀를 기울이는데, 두 칸 옆의 문이 열리고 사키가 얼굴을 내밀었다. 낯빛이 안 좋았다.

"지금 소리, 뭐죠?"

"누군가 방을 나간 것 같아."

"누가요? 왜요?"

"모르겠어."

마사카네는 가능한 차분하게 말했다. 사키가 불안감을 떨쳐내려는 듯 미간을 꼬집었다.

초대받은 작가는 전부 다섯 명. 방에 남아 있는 면면을 확인하면 누가 나갔는지 알 수 있으리라.

마사카네는 복도로 나가서 대각선 앞에 있는 방문을 노크했다.

"누, 누구세요?"

우동의 겁먹은 목소리가 들렸다.

"마사카네야. 사키 양도 같이 있어. 문을 열어주지 않겠나."

몇 초의 틈을 두고, 손잡이에서 코드를 떼 내는 소리가 울려 퍼졌다. 문이 살짝 열리고 겁먹은 표정의 우동이 얼굴을 내밀었다.

"방금 전에 문을 닫은 건 자네는 아닌 것 같군."

"저는 계속 이 방에 있었어요. 무슨 일 있나요?"

사키가 사정을 설명하자, 우동이 불안한 표정으로 복도로 나왔다.

"나머지는 아바라 군과 우주 군이군."

마사카네가 옆의 문을 노크했다. 답은 없었다. 문 아래에서는 희미하게 빛이 새어 나왔다.

"여기, 아바라 씨 방이죠. 자는 걸까."

우동이 불안한 표정으로 말했다.

마사카네가 한 번 더 노크를 한 후 문의 손잡이를 돌렸다.

"……."

방은 텅 비어 있었다.

전기 코드는 콘센트에 연결된 채였고, 문을 고정하는 데 사용하지는 않은 듯했다. 침대의 모포가 헝클어져 있는 것을 보면 일단 자려고 시도는 했던 것으로 보인다. 바닥에 놓인 슈트케이스가 열린 채 화려한 옷이 엿보였다.

"방에 없네요. 어디로 간 걸까요?"

"정신이 이상해져서 바다에 뛰어들거나 하지 않았다면 다행인데."

"당당해 보이는 사람이 가장 겁쟁이일 때도 있으니까요."

사키가 슈트케이스에 있던 연지색 재킷을 집어 올리며 쓴

웃음을 지었다.

"찾으러 갈까요?"

"너무 지나친 생각 아닌가요? 배라도 출출해져서 주방에라도 간 거겠죠."

우동이 과장된 몸짓으로 배를 쓰다듬었다.

마사카네는 복도로 나서서 마지막으로 남은 문으로 눈을 향했다.

"이렇게까지 시끄럽게 구는데 저 빈정대길 좋아하는 사람이 불만을 터뜨리지 않는 것도 묘하군."

사키도 같은 것을 생각한 듯, 의아한 표정으로 우주의 방문을 두드렸다.

"점자…… 우주 씨, 살아 있어요?"

빗소리가 복도를 울린다. 답은 없었다.

"이런 때 죽은 척하기에요?"

문손잡이를 돌리자 문이 쉽게 열렸다.

비바람 소리가 커진다. 창문이 깨져 있고, 커튼이 바람 때문에 바깥쪽으로 펄럭였다. 문이 닫힌 건 이 바람 탓이리라.

"어째서?"

사키가 무릎을 굽히며 주저앉았다.

머리에 못이 박힌 우주가 붉게 물든 의자에 앉아 있었다.

마사카네는 우주의 손목을 잡고 맥박을 확인했다.

"죽었어."

"그거야 그렇겠죠. 머리에 못이 박혔으니까요."

우동이 어색한 미소를 보였다.

"점장님, 왜……."

사키가 우주의 몸에 달려들려고 했다.

"잠깐만. 사체는 만지지 않는 편이 좋아."

마사카네가 양손으로 사키의 어깨를 붙잡았다. 사키가 수상쩍은 듯 마사카네를 노려보았다.

"뭐예요. 당신, 경찰 앞잡이라도 되는 거예요?"

마사카네가 바닥으로 눈을 떨궜다. 침대 아래에서 자비 인형이 이쪽을 바라보고 있다. 이마에는 우주와 마찬가지로 못이 꽂혀 있었다.

"지나친 생각일지 모르지만, 우리가 이 섬으로 불려 온 것에는 분무족 사건이 관련된 것만 같아. 그들이 대량 사망한 원인에는 몇 가지 설이 있지만, 그중 하나가 세균 감염에 의한 패혈증이야. 사체를 만지는 건 피하는 게 좋아."

마사카네가 냉정한 말투로 말하자, 사키는 말을 곱씹듯 천천히 고개를 끄덕이고 긴 숨을 내쉬었다.

우동은 자비 인형을 주워 들고는 머리에 꽂힌 못을 빼내 구석 바닥에 놓았다.

"이대로라면 우리도 아바라 씨한테 살해당할 거예요. 어떻게든 해야."

"잠깐만요. 그 사람이 범인인가요?"

"그렇겠죠. 그렇지 않다면 아바라 씨가 왜 도망쳤겠어요."

우동이 경멸하듯 사키를 노려보았다.

"아틀리에로 가지."

마사카네가 말하자 두 명이 입을 벌린 채 잠시 말을 잃었다.

"……왜 아틀리에에?"

"아바라 군이 어제 말한 대로야. 그곳이라면 범인의 습격을 대비할 수 있으니까."

"도중에 습격당하면 어떡하나요. 방에 숨어 있는 편이 안전할 것 같은데요."

마사카네가 바닥에 떨어진 전기 코드를 가리켰다.

"우주 군은 전기 코드로 문을 고정해두었음에도 살해당했어. 우리 방도 안전하지 않아."

"만약 아틀리에에 범인이 있다면요?"

"그때는 도망칠 수밖에 없겠지. 대신 적어도 범인의 정체는 명백해질 테니까."

우동이 벽에 손을 대고 끄덕였다. 깨진 창문으로 빗방울이 들이닥친다.

"알았어요. 아틀리에로 가죠."

사키가 고개를 들고 말했다.

손전등으로 돌계단 앞을 비추자 모래사장이 진흙 덩어리처럼 변해 있었다.

파도 소리와 빗소리 그리고 낭떠러지에서 불어난 물이 떨어지는 소리가 겹쳐서 다른 두 명의 발소리가 전혀 들리지 않았다. 진창에 발이 빠져서 걷기가 쉽지 않았다. 아틀리에 밑에 도착했을 무렵에는 땀범벅이 되었다.

"안을 보고 오겠네."

마사카네가 장갑을 낀 채 사다리를 올랐다. 우동과 사키가 불안한 듯 위를 올려다보았다.

바닥의 구멍에 고개를 집어넣자, 아틀리에는 어둠으로 뒤덮여 있었다. 레인 파카의 소매로부터 물방울이 떨어지는 소리가 들렸다. 바닥 위로 기어 올라가, 천장의 끈을 당겨서 조명을 켰다.

"히익!"

마사카네가 엉덩방아를 찧었다.

통나무를 쌓은 벽에 기댄 채, 밀랍을 뒤집어쓴 인간이 쓰러져 있었다.

"아틀리에는 안전하다고 했잖아요. 그럼 이건 뭔가요?"

우동이 비난하더니 이내 머리를 감싼 채 벽에 몸을 기댔다. 사키는 마치 죽은 사람 같은 표정으로 방안을 둘러보았다. 벽시계는 3시를 가리키고 있지만, 빗소리에 뒤섞여 종소리는 들려오지 않았다.

"미안하네. 내 생각이 짧았어."

마사카네가 벽에 손을 대고 어깨를 떨궜다. 아틀리에 구석에 놓인 밀랍덩어리에는 아바라와 상당히 닮은 얼굴이 떠올라 있었다. 옆에는 밀랍이 부어진 자비 인형이 놓여 있었다.

"이제 끝이야. 어디에 있든 살해당할 거야."

우동이 아이처럼 비명을 지른 바로 그때…….

"잠깐만요."

사키가 우동의 어깨를 밀치고는 선반에서 조각도를 꺼내 들었다.

"……사키 씨?"

우동이 여우에 홀린 듯한 표정을 지었다.

"다들 나가요."

사키는 조각도를 두 명에게 향했다.

"뭔가 착각한 거 아닌가. 우리는 범인이 아니야."

마사카네는 가능한 한 냉정한 목소리로 말했다.

"저도 잘 모르겠어요. 그래도 이 섬에는 다섯 명밖에 없어요. 두 명이 살해당했으니 범인은 나머지 세 명 중 한 명이라는 말이 되죠. 저는 범인이 아니니까, 범인은 당신 둘 중에 있다는 거잖아요."

사키가 조각도를 고쳐 쥐고 말했다.

우동이 허를 찔린 듯 마사카네와 사키의 얼굴을 연이어 바라보았다. 사키가 한 말은 옳다.

"다시 한 번 말할게요. 여기에서 나가요!"

사키가 조각도를 내밀며 말했다. 그녀의 이마에 땀이 배어 있었다.

"침착하게. 여기에 남아 있는 건 너무 위험해. 자네를 두고 갈 수는 없어."

"서, 선생님이 말씀하시는 대로예요. 단독행동을 취하는 건 범인이 노리는 거예요. 같이 저택으로 돌아가죠."

우동의 목소리는 거친 호흡으로 끊어졌다.

하늘이 번쩍이고 천둥소리가 공기를 흔든다.

사키는 한숨을 내쉬더니 조각도 끝을 바닥으로 향한 채 그대로 손을 뗐다.

"알았어요. 당신들을 믿을게요."

돌팔매질을 하는 듯한 세찬 빗속에 세 명은 돌계단을 올라서 천성관으로 돌아갔다.

강의 수위가 올라서 돌계단에도 물이 넘쳤다. 모래사장을 내려다보자, 여울에 올려둔 크루저가 괴물의 사체처럼 보였다.

우동과 사키는 말없이 마사카네의 뒤를 따랐다. 우동은 무척이나 겁쟁이처럼 보이는 남자지만, 그래 봬도 추리작가다. 실은 이 남자가 일을 저질렀을 가능성도 충분히 있다.

물론 사키도 여자라고 해서 방심할 수는 없다. 겉모습과는 다르게 만만치 않은 성격인 듯하니 저 정도의 연기는 식은 죽 먹기리라. 마사카네는 등 뒤에 신경을 곤두세운 채 발길을 서둘렀다.

천성관은 폐가처럼 고요했다. 천장 불빛에 비친 벽시계의 그림자가 쭉 뻗어 있었다. 딸깍, 하고 바늘이 움직이는 소리가 울려 퍼지고 시계는 3시 반을 가리켰다.

"이제부터 어떡할까."

마사카네가 젖은 레인 파카의 지퍼를 내리면서 말했다.

"저는 방으로 돌아갈래요."

우동은 눈을 마주치지 않고 말하더니 서둘러 숙박동으로 향했다. 마사카네를 의심하는 것인지, 혹은 무슨 꿍꿍이가 있는 것인지 알 수 없다.

"저, 저도요."

사키도 뒤를 쫓듯 복도를 뛰어갔다.

갑자기 스테인드글라스 바깥이 번쩍였고, 대지를 흔드는 듯한 굉음이 울려 퍼졌다. 근처에 벼락이 떨어진 듯했다.

불이라도 난다면 큰일이다. 마사카네는 계단을 올라서,

2층 복도 창문으로 모래사장을 내다보았다. 아틀리에의 함석지붕이 보이지만, 비에 뒤섞여 상태는 알 수 없었다.

어두운 하늘을 바라보는데 못이 박힌 우주의 얼굴이 머릿속에 어른거렸다.

과거를 후회해봐야 아무 소용없다. 도대체 누가 저지른 일인가. 이 상황이라면 조만간 명백해질 것이다.

다시금 빛이 번쩍이고 곧바로 천둥소리가 울려 퍼졌다. 엉겁결에 창틀에서 손을 떼고 뒤쪽으로 물러섰다.

그때, 후두부에 무언가 부딪혔다.

"……어?"

뒤를 돌아본 순간, 콧등에 강한 충격을 받았다.

이런 바보 같은 일이 있나. 자신은 목숨을 빼앗기는 쪽이었다는 말인가.

마사카네는 지금까지 셀 수 없을 정도의 목숨과 마주하며, 운명 지어진 죽음을 뛰어넘어 왔다. 그런 자신이 이렇게 간단히 죽음을 받아들여야만 한다니.

아니다. 그런 것은 속임수다.

이 손으로 구해내지 못했던 수많은 생명의 목소리가 마음의 안쪽에서 샘솟는다. 자존심을 지키기 위해 허세를 부리며 자신을 속여 온 것뿐이다. 평범한 마취과 의사에게 죽음과 다툴 힘 따위 있을 리가 없다. 하루카의 목숨을 구하지 못했던 것이 무엇보다 큰 증거다.

9년 전, 학회를 마치고 돌아오는 전철에서 하루카를 본 적이 있다. 손잡이에 기댄 하루카는 평소보다도 화장이 진했다. 마사카네가 말을 걸까 고민하는데, 하루카는 아니사키 역에서 전철을 내려서 자주 가던 러브호텔이 있는 서쪽 출구로 향했다.

하루카가 다른 남자와 관계를 맺고 있다는 것은 전부터 어렴풋이 느꼈다. 하지만 그때 마사카네는 하루카를 쫓아갈 수 없었다. 현실을 눈으로 직접 확인할 담력이 없었던 것이다.

만약 그때 하루카의 모든 것을 알고 그럼에도 그녀를 받아들일 수 있었다면 어땠을까. 하루카의 불안을 깨닫고 에노모토 도로부터 그녀를 지킬 수 있었을지도 모른다. 사랑하는 사람의 모든 것을 안다는 각오를 품은 것이 너무나도 늦었던 것이다.

의식이 현실로 되돌아온다.

너무나도 큰 통증에 온몸의 힘이 빠져서 발밑으로 주저앉았다. 정수리 부분이 난간에 부딪혀 둔탁한 소리를 냈다.

맛본 적 없는 비참함을 음미하며 마사카네는 눈을 감았다.

5장

참극

(3)

"……그러고 보니 아프지는 않았어."

우시오가 목에 찔린 나이프를 잡아당겼다. 근육에 박힌 탓인지 아무리 힘을 줘도 나이프가 뽑히지 않았다.

"아바라, 이것 좀 도와줘."

"괜찮으세요? 칼이 꽂혔는데?"

아바라가 상처를 들여다보더니 말한다.

"나는 슈퍼맨이니까. 머리에 못이 박혀도 아무렇지도 않다고."

우시오가 익살맞은 말투로 말하자, 아바라는 질린 듯한 표정으로 나이프를 잡아당겼다. 앞으로 당기기만 해서는 꿈쩍도 하지 않는다. 좌우로 흔들자 상처가 벌어지며 겨우 나이프가 뽑혔다.

칼끝에는 노란 액체가 잔뜩 묻어 있었다.

"큰 무를 뽑는 것 같네."

"농담을 할 때가 아니에요."

그랬다.

우시오가 몸을 일으킴과 동시에 마사카네가 우시오를 향해 테이블 나이프를 휘둘렀다. 반사적으로 과도를 내밀었다. 칼싸움을 하듯 칼끝이 스쳐서 거슬리는 소리가 울려 퍼졌다.

"바보 의사, 무슨 생각이야?"

우시오가 날카롭게 외쳤다. 마사카네는 나이프를 들고 우시오를 노려보았다. 얼굴은 진흙으로 더러워진 채였지만 이마의 상처는 딱지로 덮여 있었다.

"시치미 떼지 마. 자네들이 죽은 척을 하며 주변을 방심하게 한 후에 틈을 노려 나를 죽인 거잖아."

또다시 이 패턴인가. 우시오는 그렇게나 사람을 죽이고 싶어 하는 얼굴을 하고 있는 걸까.

"좋은 걸 가르쳐줄게. 너를 죽인 건 내가 아니야."

"뻔뻔한 남자로군. 자네와 아바라 군이 살아 있는 게 무엇보다 큰 증거이지 않은가!"

"아니야. 여기를 좀 보라고."

우시오는 목의 상처를 벌려서 마사카네에게 보여주었다.

"나이프에 찔렸는데도 쌩쌩하지? 우리는 죽은 척을 하는 게 아니야. 실제로 죽었어."

마사카네의 손에서 나이프가 미끄러져 떨어졌다. 그의 입술이 잘게 떨렸다.

"설마. 말도 안 돼."

"마음은 알겠어. 자, 봐. 여기도."

우시오는 앞머리를 들춰서 이마에서 튀어나온 못을 보여 줬다.

"장난치지 마! 속임수 장난감이겠지!"

마사카네는 촉진을 하려는 것처럼 우시오의 이마에 손을 뻗었다. 아바라가 입술을 깨물고 웃음을 억누른다. 우시오를 만진 순간 화상을 입은 것처럼 마사카네는 손가락을 뒤로 뺐다.

"차갑잖아!"

"죽었으니까."

"잠깐, 실례 좀."

마사카네는 진흙투성이의 손으로 두 명의 가슴을 만졌다.

"하지 마. 기분 나쁘니까."

"맥박이 없어. 두 명 다 어떻게 살아 있는 거지?"

"깨닫지 못했을지도 모르지만, 너도 죽었다고."

마사카네는 2초 정도 눈을 희번덕거린 후, 털을 고르는 고양이처럼 자신의 얼굴과 팔을 쓰다듬었다.

"도대체 무슨 일이지. 심장이 멈춰 있어."

"금방 익숙해질 거야. 그보다 식당에서 한잔하자."

"잠깐만 조용히 좀 해주게."

마사카네가 입술에 손을 대고, 헛소리를 중얼거리며 복도를 이리저리 오갔다. 몇 분 전까지 나이프를 휘둘렀던 것이 거짓말만 같다.

"생각해봐도 소용없어. 그보다 술이야. 부활을 축하하자고!"

"자네들. 몸 상태가 안 좋은 곳은 없나?"

마사카네가 발을 멈추고 의사다운 말을 했다.

"그거야 전부지. 죽었으니까."

"아니에요. 콧물이 나온다거나 목이 아프다거나 그런 거 말이죠?"

"뭐든 좋아. 자각 증상이 있으면 알려주게."

우시오는 사방에 금이 간 거울로 온몸을 살펴보았다. 혈색이 나쁜 것 정도를 빼고는 딱히 이상한 점은 없다.

"조금 머리가 무겁긴 한데, 그것 말고는 살아 있을 때와 똑같아."

"저도예요. 딱히 상태가 나쁜 곳은 없어요."

"상처를 입은 부분이 아프진 않고?"

마사카네의 혀가 점점 빨라진다.

"아니, 전혀. 못이 박혀 있는 것도 잊어버릴 정도야."

"저도요. 더운데도 땀이 나오지 않아서 이상한 느낌이긴 해도, 피부가 아프거나 하지는 않아요."

"그렇군. 무통성무한증의 일부 증상과 닮았어. 다쳐도 깨닫지 못해서 중증화되는 일이 많은 병이지."

"우리는 괜찮아. 그도 그럴 게 못이 박혔는데도 죽지 않으니까."

"문제는 바로 그 점이야. 생명 유지 방법을 알 수가 없어. 자네들, 옷을 벗고 거기 침대에 누워서 진찰을 좀 하게 해주지 않겠나?"

마사카네가 동성애자 같은 대사를 읊었다.

"이래서 의사가 싫다니까. 사람을 뭐라고 생각하는 거야?"

"진지하게 말하는 거라네."

마사카네가 심각한 표정으로 우시오에게 다가섰다.

"자네들은 이게 얼마나 중대한 일인지 모르고 있어. 우리의 몸은 빗자루로 하늘을 날고 있는 것 같은 상태야. 기구나 비행기와는 다르게 왜 하늘에 떠 있는지를 전혀 알 수 없지. 이대로 아무것도 조사하지 않은 채 계속 하늘을 날다가는 사고나 급강하에 대처할 수 없어."

마사카네의 목소리에는 기백이 서려 있었다. 우시오도 일단 되살아난 이상, 저세상으로 돌아가는 것은 피하고 싶었다.

"야, 아바라. 내가 아까 밀랍에서 꺼내줬지?"

"그건 비겁한데요."

"시끄러워. 다시 한 번 밀랍을 끼얹어줄까?"

우시오가 고함을 지르자, 아바라는 구시렁거리며 오른손만으로 요령 좋게 룸웨어를 벗었다. 오줌을 지린 탓에 바지가 아직 젖은 채였다. 아이리 정도만큼은 아니지만 피부가부어 있는 것이 안쓰러웠다.

아바라가 붕대와 팬티와 목걸이만을 몸에 걸친 차림으로침대에 눕자, 마사카네가 아바라의 몸에 올라타서 몸 여기저기를 만지작거렸다. 아바라가 천장을 올려다본 채 한숨을 내쉬었다. 마사카네의 손이 하복부를 만졌을 때, 갑자기 움직임이 멈췄다.

"뭐지, 이게."

마사카네가 팬티를 살짝 잡아 내린 채 사타구니에 귀를가까이 다가갔다.

"방광염이야?"

"맥박이 있어."

마사카네는 유령을 본 것 같은 표정을 지었다.

"심장이야."

우시오가 자신의 하복부를 만졌다. 음모가 자라난 주변의피부가 실룩샐룩 떨렸다. 장폐색처럼 배가 불룩 튀어나와 있었다.

"심장이 하복부까지 이동했다는 말이야?"

"아니야. 배 안에 무언가 있는 거 같아."

무언가? 우시오와 아바라는 얼굴을 마주보았다.

"에일리언이야?"

"아마 기생충 아닐까. 기생충이 체내에 가짜 심장을 만들고 숙주 대신에 체액을 순환시키는 거지."

"기생충? 기생충 같은 놈들이 그렇게 대단한 걸 할 수 있다는 말이야?"

우시오가 깜짝 놀라 침을 튀겼다.

"해부해보지 않으면 분명한 건 말할 수 없지만, 달리 생각할 만한 가설이 없어. 숙주의 몸을 제멋대로 바꾸는 건 기생충의 특기야. 생선 입에 침입한 아감벌레는 혀를 썩게 한 후에 숙주의 혀인 척 둔갑해서 살아가지. 수컷 게에 기생하는 주머니벌레는 새끼를 키우기 위해 숙주의 몸에 난소를 만들어. 올챙이에 기생하는 리베이로이아는 숙주의 성장을 저해하고 일부러 발 개수가 많은 개구리를 만들지. 우리한테 기생한 벌레는 가짜 심장으로 숙주를 움직일 필요가 있는 거야."

"기생충 덕분에 우리가 살아 있다는 건가."

우시오는 거울로 자신의 온몸을 다시 바라보았다. 가슴 속에 있던 심장은 이미 죽었고, 배 속의 심장이 대신 몸을 움직이고 있다니 엄청난 이상 사태다.

"잠깐만요. 우주 씨는 뇌가 파괴되었잖아요. 기생충이 뇌나 심장을 아예 다시 만든다는 건 아무리 그래도 무리인 거 아닌가요?"

"어디까지나 추측이지만, 기생충은 재생을 도와주고 있는 거 같아. 인간의 체내에는 다양한 세포로 분화하는 줄기세포가 있어. 일반적으로 뇌경색을 일으킨 환자의 뇌가 재생되지 않는 건 신경세포가 만들어지지 않아서가 아니야. 새로운 신경세포가 손상된 부위까지 이동하지 못해서지. 이 기생충은 숙주의 몸에 줄기세포를 순환시킴으로써 손상된 기관을 재생하고 있는 것 같아."

우시오는 9년 전, 이탈리안 레스토랑에서 하루카에게 비슷한 이야기를 들었던 사실을 떠올렸다.

"그렇다면 통각이 없는 건 어째서인가요?"

"숙주가 몸의 변화를 견딜 수 있게 일부러 감각 신경을 단절한 거 아닐까. 뼈나 근육에 알을 심었을지도 몰라."

아무렇지도 않게 무서운 말을 한다. 언제 하복부를 찢고 유충이 튀어나오더라도 이상하지 않다는 말 아닌가.

우시오는 문득 범인에게 습격당했을 때 몽롱한 가운데 느낀 이미지를 떠올렸다. 아무것도 없는 세상에 홀로 남겨진 자신의 입에서 곤충 같은 팔이 돋아난 것이다. 우시오는 몸 안에서 일어난 이변을 느끼고, 본능적으로 자신이 망가져 가는 공포를 느낀 것일지도 모른다.

"믿고 싶지 않은 이야기네요."

"눈앞에 증례가 있으니 믿을 수밖에 없겠지. 이 기생충에게 있어서는 어떤 수단을 써서라도 숙주를 살려두는 게 생존 전략이야. 다만 숙주가 죽고 나서 시간이 너무 많이 경과하면 부패가 진행되어 기관의 재생도 어려워질 테지. 우주 군, 자신이 죽은 시각과 되살아난 시각을 기억하고 있나?"

마사카네가 벽시계를 바라보며 물었다. 바늘은 마침 오후 4시 정각을 가리키고 있었다. 미리 짠 듯 첨탑에서 종소리가 울려 퍼진다.

"음. 범인이 정수리를 내리친 것은 밤 11시 반이야. 발소리가 들린 것 같아서 일어나서 시계를 봤거든."

"되살아난 건?"

"낮 11시 반. 시계를 보고 아침을 못 먹었네, 하고 생각했어."

"그렇다면 약 열두 시간 만에 되살아났다는 계산이 되는군. 아바라 군은 어떤가?"

"저도 심야 1시에 만나자는 괴문서를 받았지만, 실제로 아틀리에에 도착한 건 12시 45분이었어요. 살해당한 건 12시

50분 정도라고 생각해요."

"되살아난 시각은?"

"흠. 그건 잘 모르겠네요."

아바라가 빙글빙글 눈을 돌린다. "되살아난 직후는 꽤 혼란에 빠졌었으니까요."

"낮 1시야. 네가 되살아나기 직전에 내가 되살아나고 두 번째 종소리를 들었어. 내 의식이 돌아온 건 11시 반이니까, 첫 번째 종이 12시, 두 번째 종이 1시라는 말이 되지."

"그렇군. 아바라 군도 열두 시간 만에 되살아났다는 말이 되는군. 나는 아틀리에서 아바라 군의 사체를 발견하고, 셋이 함께 천성관으로 돌아온 게 3시 반이었어. 거기서 천둥소리를 듣고 계단을 올라 바깥 상황을 살펴보던 참에 누군가에게 습격당했지. 시간은 35분 정도일까. 되살아난 건 오후 3시 40분이야. 마침 현관 로비의 벽시계가 보였으니까 틀림없어."

"세 명 모두 열두 시간 만에 되살아났다는 계산인가."

"그렇게 되는군. 이 기생충은 반나절에 걸쳐 숙주의 몸을 개조하는 듯하군."

마사카네가 아바라의 배를 내려다보더니 복잡한 표정으로 고개를 끄덕였다.

"그런데 왜 저희 세 명 안에 똑같은 기생충이 살고 있는 걸까요?"

아바라가 침대 위에서 고개를 조금 갸웃거렸다.

"확실한 건 말할 수 없지만, 이 주변 섬에만 사는 기생충이 있는 걸지도 모르겠군."

"나, 그 이유를 알 거 같은데."

우시오가 손을 들고 말했다. 마사카네가 수상한 듯 눈썹을 찡그렸다.

"우주 군, 나는 오컬트 이야기를 하는 게 아닌데."

"알고 있어. 우리 세 명 몸에 사이좋게 벌레가 기생하고 있는 이유 말이잖아? 우리의 공통점을 생각해보면 일목요연한 거 아니야?"

"공통점?"

"하루카와 섹스를 한 거야. 하루카에게서 기생충이 옮은 게 분명해."

마사카네는 2초 정도 눈을 둥글게 떴지만, 곧장 아이를 타이르는 듯한 표정을 지었다.

"풋내기 같은 생각이군. 성병 때문에 고생한 적이라도 있나?"

"조용히 내 말 들으라고. 나는 사실 나도 모르게 하루카를 죽일 뻔한 적이 있어. 침대에서 하루카를 밀었는데, 거울이 깨져서 파편이 그 녀석의 목을 찔렀어. 그런데 하루카는 죽지 않았지. 목이 너덜너덜한데도 아무렇지도 않은 표정을 지었어. 고름 같은 액체를 흘리면서 한 번 더 하자고 졸라댔다고. 그 녀석은 그때 죽지 않은 게 아니야. 이미 죽어 있었던 거지."

우시오는 자신의 말에 확신을 품었다. 실제로 그때의 하루카는 인형으로 생각될 만큼 차가웠다.

"그래도 하루카 씨는 트럭에 치여서 죽었잖아요. 우주 선생님이 말하는 대로라면, 왜 그때는 부활하지 못한 거죠?"

"그거야 하반신이 찌부러졌으니까. 하루카의 사체는 20미터 정도 끌려가서 배 밑 부분이 엉망진창이 되었으니 배 속의 기생충도 함께 찌부러진 거겠지."

"그렇군요. 선생님, 어떻게 생각하세요?"

아바라가 마사카네의 의중을 떠보았다.

"의학적인 근거는 없지만, 신빙성은 높아 보이는군."

마사카네는 깔끔하게 창을 거두었다.

"그렇구나. 하루카 씨가 기생충을 옮긴 거구나."

아바라가 그렇게 싫지는 않은 듯 말하고는, 마치 임신부처럼 배를 쓰다듬었다.

"불사신이라고 생각했는데 그렇게 죽어버렸으니, 하루카도 저세상에서 깜짝 놀랐겠군."

"그래도 하루카 씨, 어째서 그런 기생충을 가지게 된 걸까요."

아바라가 문득 손을 멈추고 말했다.

"이것도 추측이지만, 어딘가의 소수민족에게 옮은 것 아닐까. 그 녀석, 여러 부족과 섹스를 했다고 했으니까."

"아아. 그럴 수도 있겠네요."

"그렇군! 그래서 분무족이 대량 사망한 거야!"

갑자기 마사카네가 일어서며 외쳤다. 미간이 움찔움찔 떨렸다.

"이번에는 뭔가요? 하루카 씨가 분무족을 학살한 건가요?"

"아니야. 분무족에게 대량 사망을 불러온 건 야생동물이야. 그들 대부분은 악어나 들개 같은 동물에게 습격당해 목숨을 잃었어. 하지만 2400년간 자연과 공존해온 그들이 왜 이런 말로를 겪게 된 건지 이해할 수 있는 설명이 나오지 않았었지."

열변을 토하는 마사카네의 표정이 아키야마 아메와 겹쳐 보였다.

"1990년대 이후, 인구 유출이 이어져 분무족 주민은 그수가 급속도로 줄었어. 식민지 시대의 조사 자료에서는 8000명의 현지민이 살았다고 기술되어 있지만, 아키야마 교수의 저작에 의하면 200명 정도로까지 수가 줄어들어 있었으니까.

그들은 전통적으로 다다라고 불리는 족장을 정점으로 하는 계급사회를 형성하고 있었지. 다다는 분무어로 아버지를 의미해. 다다는 세습제가 아니고, 3년에 한 번 열리는 합의에서 가장 용맹하다고 인정받는 자가 선택받았어."

　"알아. 다다는 부족 여자와 마음대로 할 수 있는 거잖아? 남자라면 누구나 꿈꾸는 존재지."

　"서로 다른 문화를 접할 때, 자신들의 상식에 끼워 맞춰서 무언가를 말하는 건 부적절해. 분무족에서는 혼외 성교가 금지되어 있어. 다다는 유일한 예외로, 섬의 모든 여성과 관계를 맺음으로써 족장으로서의 권위를 유지했지."

　마사카네가 NHK의 해설위원 같은 표정으로 말했다.

　"그 이야기랑 분무족의 대량 사망이 어떻게 연결되는 건데?"

　"분무족의 젊은 남자들은 다다를 교대할 시기가 다가오면 들개나 악어, 상어를 잡아서 자신들의 용맹함을 어필하지. 분무족이 괴멸당한 해도 다다 선출이 행해지는 해였어."

　"어필 수준이 점점 더 심해져서 많은 남성이 목숨을 잃었다는 건가요?"

　"그것도 유력한 가설 중 하나지만, 아키야마 교수는 회의적이었어. 분무족도 그저 폼으로 2400년을 살아온 게 아니야. 가령 다다 선출을 앞두고 있더라도 사냥 시에는 만전을 기해 준비하고, 동물을 제대로 관찰해서 이길 수 없을 것 같은 상대를 공격하거나 하지는 않았어. 맨손으로 곰과 맞서는 것 같은 어리석은 짓은 하지 않았을 거야.

하지만 분무족에게 이 기생충이 만연해 있었다면 어땠을까? 감염자는 심장이 멈춰도 반나절 만에 아무렇지도 않게 다시 되살아나. 숨통이 끊겨도 아프지도 않고. 남자들은 자신이 불사신이라고 착각한 거야. 그래서 다다의 자리를 차지하기 위해 지켜야 할 선을 넘어버리고 만 거지.

다만 하루카가 그렇게 된 것처럼, 감염자는 불사신이 아니야. 배 속의 기생충이 야수에게 잡아먹히면 숙주도 죽어. 그렇다는 사실까지는 알지 못한 남자들이 공명심을 불태운 채 무모한 사냥에 나선 결과, 감염될 기회가 없었던 노인과 아이만을 남기고 그들은 목숨을 잃고 만 거야."

마사카네는 단숨에 말하고는 흥분한 듯 콜록거렸다.

"질문이 있어요. 우주 선생님의 추리가 맞다면 이 기생충은 성행위를 통해 숙주를 늘린다는 말이 되죠. 당시 분무족이 200명이 있었다고 치고, 그들은 혼외 성교가 금지되어 있던 거죠? 그런데 어째서 부족이 멸망할 정도로 급속도로 기생충이 퍼진 건가요?"

"분명 묘하긴 하네. 성교 말고도 침입 경로가 있는 걸까."

"아니, 그건 아니겠지. 변태 족장이 있잖아."

우시오가 탁한 소리를 내질렀다.

"분명 다다는 다수의 여성과 관계를 맺었어. 다만 남자들까지 기생충이 퍼진 걸 설명할 수는 없잖은가."

"바보 아니야? 잘 생각해봐. 콘돔도 낀 데다 한 번밖에 안 한 내가 감염된 것만 봐도 알 수 있듯, 이 기생충의 감염력은 매우 높아. 200명 안에 망나니가 한 명 있어서, 하루카와 섹스를 했다고 쳐봐. 기생충을 가지게 된 이 녀석이 배우자와 섹스를 하면, 이 부부는 두 명 모두 기생충을 가지게 돼. 다다가 이 집의 여자와 섹스하면 다다도 기생충을 가지게 되지. 다다는 부락의 여자와 마음껏 즐기니까 여자들이 속속 감염돼. 그 여자들 개개인이 남편과 섹스를 하면 남자들도 전부 또 감염되고. 이렇게 되면 남자건 여자건 관계없이 기생충투성이가 되겠지."

"그렇군. 분무족에게 다다가 있는 이상, 언제 성병이 퍼지더라도 이상하지 않다는 말인가."

마사카네가 한탄스러운 듯 한숨을 내쉬었다.

귓가에 가모가와쇼텐의 모기 편집자의 목소리가 되살아났다.

9년 전, 트럭에 치인 하루카는 "물을 줘"라고 외치면서 죽었다고 한다. 모기 편집자에게 그 이야기를 들었을 때, 우시오는 분무족을 죽음으로 몰아넣은 무언가가 하루카의 목숨을 빼앗은 것이라 생각했다.

하지만 다시 생각해보니, 이것은 정반대였다는 말이 된다. 분무족이 하루카를 죽음으로 몰아넣은 것이 아니라, 하루카가 분무족을 죽음으로 몰아넣은 것이다.

"저희도 분무족과 같은 전철을 밟지 않도록 조심해야겠네요. 일단 되살아나기는 했지만 결코 불사신은 아니니까요."

아바라가 배꼽 주변을 쓰다듬으며 말하자, 마사카네의 얼굴이 갑자기 창백해졌다.

"중요한 걸 잊어버리고 있었어. 나는 누구에게 살해당한 거지? 자네들은 아닌 거지?"

"아니라니까. 네가 살해당했을 때 나와 아바라는 이미 죽어 있었으니까."

"그렇다면 도대체 누가?"

마사카네가 이마에 생긴 딱지를 만졌다. 우시오는 아바라와 얼굴을 마주보았다.

"이야기하자면 길으니까, 밥이라도 먹으면서 하자고."

켄터키 치킨을 두 배로 부풀린 듯한 거대한 고깃덩어리가 큰 접시 위에서 뜨거운 김을 내뿜었다. 샐러드와 핫 샌드위치, 오믈렛, 크림 수프라는 호화로운 요리가 테이블에 놓였다. 부활 축제에 어울리는 메뉴다. 오른손만으로 이만큼의 요리를 만든 것을 보면, 아바라의 요리 솜씨는 보통이 아니었다.

우시오가 냉장고에서 캔 맥주를 꺼내려 했다.

"잠깐만. 알코올은 안 돼."

마사카네가 냉장고의 문을 밀며 말했다. 그는 진흙을 씻어내고 이마에 붕대를 감은 덕에 거의 원래대로의 얼굴로 돌아와 있었다.

"내가 미성년자로 보여?"

"아까 설명했잖아. 우리는 다른 생물로 변해버린 상태야. 기생충이 알코올을 분해할 수 있다는 보증은 없어."

우시오는 세 시간 정도 전에 아바라에게 비슷한 말을 했던 사실을 떠올렸다.

"그럼 테스트해보지 뭐. 술을 마실 수 없다면 살아 있어도 의미가 없으니까."

우시오는 캔을 따서 맥주를 목으로 흘려 넘겼다. 기분 좋은 쓴맛이 목을 빠져나간다. 맛있다.

"자네 같은 사람 때문에 의료비가 늘어나는 걸세."

마사카네가 의사다운 비판을 늘어놓았다.

오후 4시 50분. 세 명은 약 하루 만의 식사를 했다. 머리에 못이 박힌 남자, 피부가 부어오른 남자, 이마가 깨진 남자가 테이블을 둘러싸고 앉은 광경은 그야말로 질 나쁜 코미디 영화 같았다. 그릇 안의 수프가 기울어져 보여서 자신들이 기울어진 저택에 있다는 사실이 떠올랐다.

"그래서 우리를 죽인 게 누구인가?"

우시오가 술 때문에 기분이 좋아진 시점에 마사카네가 입술을 닦으며 말했다. 테이블에는 빈 캔이 잔뜩 놓여 있었다.

"명탐정, 설명해줘."

우시오가 아바라의 엉덩이를 두드렸다. 아바라는 담배를 피우며, 아이리가 자신들을 죽인 범인이라는 것을 설명했다.

"일단 안심할 수 있어요. 사키 씨가 범인이라면 되살아날 걱정은 없으니까요."

아바라가 맥이 빠진 얼굴로 중얼거렸다. 마사카네는 무언가 이해가 되지 않는 표정으로 이마의 붕대를 눌렀다.

"왜 되살아나지 않는다는 거지?"

"그거야 저희, 하루카 씨와 섹스를 했을 때 기생충이 옮은 거잖아요. 만약 사키 씨와 하루카 씨가 그렇고 그런 관계였다고 해도 꽂아 넣을 무언가가 없으니까 벌레가 옮겨가지는 않았겠죠."

물을 끼얹은 듯한 침묵이 이어졌다. 마사카네가 어이가 없다는 표정으로 콧방귀를 뀌었다.

"타액이나 질 분비물의 접촉이 있으면 여성 사이의 섹스에서도 성병이 옮을 수 있어. 기생충의 경우도 마찬가지야.

이 나라의 성교육은 잘못돼도 한참 잘못됐군."

"그런가요? 그래도 괜찮아요. 되살아날 가능성이 조금이
라도 있었다면 사키 씨가 그런 방식으로 죽지는 않았을 테니
까요."

아바라가 주눅 들지 않고 말했다. 마사카네는 여전히 의심
스러운 듯했다.

"나도 아바라가 말하는 대로라고 생각해. 그 녀석은 스스
로 피부를 엉망진창으로 녹이고 혀를 잘랐으니까. 되살아날
생각이 있었다고 보기 어려워. ……어라?"

갑자기 사고회로로부터 알코올이 쑥 사라졌다.

아틀리에 밑의 모래사장에서 본 아이리의 사체가 머릿속
에 되살아났다. 하나의 의문이 머릿속에 떠올랐다.

"왜 그러세요? 속이라도 안 좋아요?"

아바라가 얼빠진 얼굴로 눈을 깜빡였다.

"뭐 좀 하나 물어볼게. 너도 격자 너머로 사키의 사체를 봤
잖아. 그 녀석의 상반신은 바위에 기대져 있었는데, 옆구리
에서 흐른 피가 등 쪽으로 일직선으로 흐른 채 굳어 있지 않
았어?"

"음. 분명 그랬는데, 그게 어쨌는데요?"

"네 추리는 이렇잖아. 사키는 미리 혀를 잘라 낸 후에 아틀
리에 밑의 모래사장으로 내려가서 황산을 스스로 끼얹었다.

그러고는 병을 깨서 유리 파편을 목에서 식도로 떨어트렸다."

"그런데요?"

"네가 사키였다면, 유리 파편을 목에 넘길 때 어떤 자세를 취할 거 같아?"

"그거야 이렇게 하겠죠." 아바라가 등을 쭉 펴고, 위를 향한 채 입을 크게 벌렸다. "우걱우걱, 꿀꺽."

"그렇지? 식도는 목에서 배 쪽으로 수직으로 뻗어 있으니까 물건을 목에서 몸속으로 떨어뜨리려면 상반신이 직립해 있던가, 적어도 비스듬하게 위를 향해야 해.

하지만 사키의 사체는 옆구리에서 나온 피가 똑바로 등쪽으로 흘러 있었어. 바위에 기댄 자세로 황산을 끼얹었다면 피는 중력에 따라 비스듬하게 엉덩이 쪽으로 흘렀어야 해. 즉, 사키는 황산을 끼얹을 때 지면과 수평인 자세로 쓰러져 있었다는 말이야."

아바라는 반론을 하려는 듯 입을 열었지만, 이어지는 말이 나오지 않는 듯했다. 우시오도 자신의 말이 무엇을 의미하는지 알 수 없어졌다.

"그런데 위를 보고 누운 채로는 유리를 위 안으로 떨어뜨릴 수도 없고, 죽기 일보 직전의 사키가 자력으로 유리를 삼킬 수 있었다고도 생각하기 어려워. 사키는 모래사장에 드러

누운 상태로 황산이 끼얹어졌고, 출혈이 멈추는 데 필요한 시간이 지난 후에 범인의 손에 의해 바위에 기대진 거야."

아바라가 분한 마음을 얼버무리려는 듯 팔짱을 끼고 우우, 하고 신음소리를 냈다.

"그런데 우주 씨, 이 트릭이 잘못됐더라도 범인이 사키 씨라는 건 분명해요. 자비 인형의 상태로 생각해도 마지막까지 살아남아 있던 게 사키 씨라는 건 틀림없으니까요."

"나도 좀 말해도 될까?"

이번에는 마사카네가 끼어들었다.

"안타깝지만 그 이론은 근본적으로 잘못됐어."

"마사카네 씨까지. 뭐, 뭔가요?"

아바라가 반항기 소년 같은 표정을 지었다.

"자네의 추리를 정리해보지. 우주 군, 우동 군 그리고 내 살해현장에는 공통점이 있었어. 우주 군이 살해당한 방에는 자비 인형의 머리에서 못이 뽑혀 있었지. 우동 군이 살해당한 욕실에서는 자비 인형이 욕조 안에서 세면장으로 옮겨져 있었고, 내가 죽은 2층 복도에는 자비 인형이 복도 끝부분으로 옮겨졌어. 이들 사실은 범인 외의 제삼자가 현장에 손을 댄 것을 나타내. 실제로 나는 우동 군이 자비 인형의 머리에서 못을 뽑는 걸 봤어. 살해현장에 누군가가 손을 댔다는 것은 그 인물의 사후에도 누군가가 살아 있었다는 점, 즉 그 인물이 다섯 번째로 죽은 건 아니라는 걸 의미하지."

"어딘가 잘못됐나요?"

아바라가 고개를 갸웃거렸다.

"이론은 옳아. 다만, 이런 흔적에서 읽어 낼 수 있는 건 하나가 더 있어. 살해 현장의 자비 인형에 누군가 손을 댔다는 것은, 그 인물이 다섯 번째로 죽은 사람이 아니라는 점과 동시에 네 번째로 죽은 사람도 아니라는 사실을 의미해. 네 번째로 죽은 사람이 나온 시점에 남은 건 범인뿐이야. 굳이 자비 인형을 사체와 같은 방법으로 훼손시킨 범인이, 스스로 거기에 손을 댈 이유는 없으니까."

"아, 그런가."

아바라가 눈을 희번덕거린다.

"어라라?"

"현장에 누군가 손을 댄 우주 군, 우동 군, 나는 네 번째, 다섯 번째로 죽은 사람이 아니야. 바꿔 말하면 첫 번째부터 세 번째 사이에 죽었다는 말이 되지. 그렇다면 네 번째와 다섯 번째로 죽은 건 아바라 군과 사키 양이야.

이건 이상하지. 나와 우동 군, 사키 양은 셋이서 아틀리에에서 아바라 군의 사체를 목격했으니까. 나나 우동 군보다 나중에 아바라 군이 살해당했다는 건 말도 안 돼."

"어라? 진짜네."

아바라가 머리를 이리저리 헝클어뜨렸다.

"제 추리의 어디가 잘못된 거죠?"

"살해당한 순서를 좁혀나간 추리는 옳아. 굳이 말하자면, 자네가 잘못 생각한 부분은 사체가 움직이지 않는다고 확신한 점이지."

"네? 무슨 말이에요?"

아바라가 눈을 깜박였다.

"잠자코 들어 봐. 나는 이미 진범을 알았어."

마사카네는 헛기침을 하고 나서 등을 폈다.

"······아니, 사체는 움직이지 않는 거 아닌가요?"

"과연 그럴까? 병원 안치실에서 사체가 움직였다는 이야기를 자주 듣거든. 사후경직으로 딱딱해진 근육이 풀려서 손발이 침대에 부딪히거나 하니까. 그중에서도 꽤 많이 움직이는 게 바로 익사체야."

"익사체? 우동 씨 말인가요?"

"맞아. 물론 우동 군의 사체가 자비 인형을 들어 올려서 타일에 내팽개쳤다고 말하려는 게 아니야.

우동 군이 독극물을 섭취하고 욕조에서 자살했다고 해보지. 사인이 익사라면 체내의 공기가 빠져서 물에 잠기지만, 독극물에 의한 중독사라면 폐에 공기가 남아 있으니 물에 떠오를 거야.

254

이때 사체 위에 자비 인형을 올려두는 거지. 공기주머니 위에 추를 올려놓은 것 같은 상태야. 곧장 사체가 잠기지는 않지만, 폐에서는 조금씩 공기가 빠져나가. 마지막으로 부력이 사체의 중량을 지탱하지 못하게 되면, 사체는 욕조 밑으로 잠겨. 욕조가 일반적인 것보다 깊었으니까 거의 전신이 물에 잠길 테지.

다만 자비 인형이 잠기지는 않아. 인형 안에도 공기가 들어 있으니까 사체가 잠겨서 인형이 물에 닿은 시점에 부력이 생겨. 진흙이 녹아 공기가 빠져나가지 않는 한, 인형은 물에 떠 있어.

한편, 사체가 욕조 밑에 잠기면 사체의 부피만큼 욕조의 수위가 상승해. 그러면 자비 인형도 수면과 함께 떠올라 욕조 가장자리를 넘어 타일로 떨어지지. 이것이 녹다 만 자비 인형이 세면장에 떨어져 있던 이유야."

"아니, 그건 불가능한 거 아니야? 내가 되살아난 직후에 욕조를 들여다보았을 때, 우동은 수면에 떠 있었어. 욕조 수위도 그렇게 높지 않았고."

우시오는 클레임을 거는 사람처럼 목소리를 높였다.

"그렇게 생각하게 만드는 게 우동 군의 노림수였던 거야. 한 번 가라앉은 사체도 부패 가스가 가득 차면 다시 수면으로 떠올라. 그러면 수중에 잠겨 있던 신체만큼의 부피가 줄었으니 욕조의 수위도 낮아지지. 그와 같은 거한이라면 수위의 변화도 꽤 클 테고. 우동 군은 욕조에서 죽은 것뿐인데, 마치 누군가가 자비 인형을 건져 올린 것 같은 상황이 만들어져."

"오, 그렇군요. 재미있는 트릭이네요."

아바라가 감탄했다.

"이 속임수를 성공시키려면 사체를 가능한 한 빨리 부패시킬 필요가 있어. 사체가 수면에 떠오르기 전에 누군가가 되살아난다면 의미가 없으니까.

그러기 위해 중요한 건 온도를 높이는 거지. 그 욕실은 아마도 객실을 리뉴얼해서 만든 듯, 환풍기가 없고 문에 틈새도 없었지. 범인이 창문 유리를 깬 건 야외의 열기와 습기를 욕실로 불어넣기 위해서일 거야. 욕실은 마침 강과 마주하고 있으니까 문을 닫아두면 좁은 방에 열기가 충만하게 되지. 물론 욕조에는 온수를 담아두었을 테고."

우시오는 우동의 사체를 발견했을 때, 욕조 물이 미지근했던 사실을 떠올렸다.

"그런 귀찮은 짓을 하는 것보다 그냥 스스로 자비 인형을 욕조에 담아서 녹인 다음에 바닥에 꺼내놓고 자살하는 게 낫지 않아?"

"안 돼. 이 트릭의 핵심은 살해 현장에 누군가가 손을 댄 것처럼 위장해서 자신이 마지막 한 명이 아닌 것처럼 보이는 것에 있어. 느긋하게 자비 인형을 녹이다 보면, 다른 네 명의 살해로부터 시간이 너무 비어버리게 돼. 단 한 명만 늦게 되살아나면 그것만으로도 수상쩍어 보일 테니까."

"아, 그것도 그렇네요."

"이 경우, 제삼자가 살해 현장을 손댄 건 나와 우주 군, 단 두 명이 되지. 두 명이 살해당한 건 첫 번째에서 세 번째 사이야. 다만 내가 아바라 군의 사체를 목격했으니까, 아바라 군이 나보다 앞에 살해당한 건 틀림없어. 따라서 첫 번째에서 세 번째로 살해당한 건 나, 우주 군, 아바라 군 세 명이라는 걸 알 수 있지. 나머지는 우동 군과 사키 양이야. 다만 사키 양에게 누군가 황산을 끼얹었다는 건, 앞서서 우주 군이 설명한 대로지. 따라서 결론은 하나. 우동 군이 우리를 죽이고 욕조에 스스로 잠겨서 목숨을 끊은 거야. 이게 진상이야."

마사카네는 조용히 말을 끝마치고는 나이프와 포크를 빈 그릇에 올렸다.

"하나 말할 게 있는데. 난 되살아난 직후에 쥐가 달려가는 듯한 소리와 무언가가 바다에 빠지는 물소리를 들었어. 나는 범인이 무언가를 버린 소리라고 생각했는데, 그건 도대체 뭐지?"

"물론 범인과는 아무 관계가 없지. 우동 군의 사체에 부패

가스가 차 있던 이상, 자네가 되살아날 때까지 우동 군이 살아 있었을 리 없으니까.

자네가 되살아났을 때, 욕실 창문과 문, 탈의실 문, 자네 방 창문과 문은 전부 열려 있었다고 했지? 범인은 욕실 문을 닫아두었을 테지만, 창문에서 불어 들어온 바람에 밀려서 열려버린 거겠지.

그러면 두 창문 사이에 바람이 통하는 길이 생겨. 쥐가 달려나가는 것처럼 들린 건 바람에 밀린 문이 양탄자와 스치는 소리야. 첨벙, 하는 물소리는 욕실 천장에서 물이 떨어진 소리겠지. 바닷가에서 울린 파도 소리가 겹쳐서 들린 탓에 바다에 물건이 떨어진 것처럼 들린 거 아닐까?"

"흠. 제 추리는 틀린 거군요."

아바라가 팔꿈치를 괸 채로 고개를 숙였다.

"사키 씨의 상태를 보러 가지 않을래요? 혹시 이미 살아났는데 격자와 바위 사이에서 나오지 못하고 있는 거라면 불쌍하잖아요."

"그보다 문제는 우동 군이야. 그의 사체는 구속되어 있지 않으니까 되살아나면 무슨 짓을 할지 알 수 없어."

"우왓. 그렇군요."

아바라가 의자에서 튕기듯 일어나 테이블 나이프를 꽉 쥐었다. 다시 범인을 두려워해야 하는 건가. 우시오는 짜증이 치밀었다.

"기생충이 기생 중인 인간이 되살아나기에는 약 열두 시간이 걸려. 우동 군은 3시 반쯤 나를 때려죽인 후, 사키 양을 아틀리에로 옮겨서 죽이고는 다시 천성관으로 돌아와 자살했어. 아무리 서둘러도 한 시간은 걸릴 테지."

"그렇다면 4시 반에는 자살했다는 말인가."

세 명은 동시에 벽시계를 올려다보았다. 바늘은 5시 20분을 가리키고 있었다.

"벌써 되살아났을지도 모르겠네요."

아바라가 울먹이며 말했다.

"우동 군의 솜씨가 좋았다면 그렇겠지. 아직 욕조에 잠겨 있을 가능성은 충분히 있어."

"좋아. 배 속의 기생충을 찢어발겨주자."

우시오가 나이프를 한 손에 들고 몸을 일으키자,

"죽이는 건 안 돼. 줄로 묶어두세."

마사카네가 아이를 타이르듯 말했다. 이러니까 의사는 마음에 들지 않는다.

"태평한 소리 하고 있네. 상대는 연속살인범인데?"

"내가 할 말이야. 모처럼 되살아났는데 감옥에서 평생을 썩고 싶은 거야?"

우시오는 얼굴을 돌리고 혀를 내밀었다. 여기서 말싸움을 하더라도 소용이 없다. 여차하면 우동의 배를 나이프로 파헤치면 되는 이야기다.

"알았어. 이건 호신용으로 가지고 갈게. 얼른 해치우자고!"

우시오는 나이프를 주머니에 넣고 식당의 문손잡이를 돌렸다.

우시오는 살금살금 숨을 죽인 채 복도를 나아갔다. 아바라와 마사카네가 뒤를 따랐다. 두 명 다 입만 산 겁쟁이들이다.

혼자서 생존자를 찾아서 돌아다니던 때와 비교하면 우시오의 머리는 충분히 차분해진 상태였다. 자신의 몸에 무슨 일이 벌어진 것인지 어느 정도 알게 된 것이 컸다. 그럼에도 벽난로와 찬장 앞을 지날 때는 그늘에서 괴물이 튀어나올 것만 같아서 다리가 움츠러들었다.

현관 로비는 한 시간 전보다도 어둠에 물들어 있었다. 아바라가 벽의 조명 스위치를 눌러도 구체 조명은 꿈쩍도 하지 않았다. 전구가 나간 듯했다.

마사카네가 수납장에서 노끈 다발을 꺼냈다. 진짜로 우동을 묶어둘 생각인 듯했다.

다시 복도를 나아가 숙박동의 욕실로 향했다. 여기를 지나는 것은 오늘만으로도 벌써 세 번째다. 우시오는 스니커를 신은 채 탈의실로 올라가 세면장을 들여다보았다.

"……어라?"

곧장 이변을 깨달았다. 세면장에 쓰러져 있던 자비 인형의 모습이 사라진 채였다. 인형과 같은 형태로 진흙이 타일에 달라붙어 있었다.

"무슨 일일까요?"

아바라가 고개를 갸웃거린다. 인형이 스스로 걸어 다닐 리는 없으니까 누군가가 움직인 것일 테다. 다만 질척하게 녹은 인형을 욕실에서 가지고 나갔다면 탈의실이나 복도에 진흙이 흘러서 흔적이 남아 있을 것이다. 자비 인형이 있을 만한 곳은 한 곳뿐이다.

우시오는 세면장에 발을 집어넣고 욕조를 들여다보았다. 가장자리까지 가득 찬 물에 진흙 덩어리가 떠 있다. 표면에 생긴 요철로 그것이 인형의 머리라는 것을 알았다. 욕조의 물이 시궁창처럼 진하게 탁해진 상태였다.

"우동 군의 사체는?"

"없어. 벌써 되살아나버린 것 같아."

마사카네가 곧장 등 뒤를 돌아보았다. 복도에 사람 그림자는 없었다.

아바라가 우시오의 등 너머로 욕조를 바라보고는, "어라?" 하고 얼빠진 목소리를 냈다.

"뭔데?"

"아까보다 물, 늘어나지 않았나요?"

갑자기 피부에 소름이 돋았다.

두 시간 전과 비교하여 분명히 수위가 높아져 있다. 우동이 사라진 것이라면 그만큼 수위가 낮아지지 않으면 이상하다.

뻐끔, 하는 소리가 나며 수면에 공기 방울이 떠올랐다.

아바라가 비명을 지르더니 발이 뒤엉켜 넘어졌다.

간헐천처럼 흙탕물이 솟구치며 고깃덩어리가 튀어나왔다. 축 처진 피부와 부은 살덩이 사이에서 검은 눈동자가 이쪽을 노려본다. 우동이다.

"이얏!"

우동이 물걸레처럼 흙탕물을 흩뿌리며 유리로 만들어진 샴푸통을 휘둘렀다.

정수리에 충격이 일었다.

온몸의 힘이 빠지고, 꽉 쥐고 있던 나이프가 타일로 떨어졌다.

(O) (O) (O)

욘도 우동은 침대에 걸터앉은 채 가만히 빗소리에 귀를 기울였다.

시계는 5시 20분을 가리키고 있었다. 창문에서 어슴푸레

한 빛이 들어오기 시작했지만, 비가 멈출 기색은 없었다.

볼의 피어싱을 쓰다듬으며 방을 돌아보았다. 문의 손잡이는 전기 코드로 꽉 묶여 있다. 창문은 붙박이여서 여닫을 수 없고, 화장실이나 옷장에 사람이 숨어 있지도 않다. 이 방을 한 발자국도 나서지 않으면 범인에게 습격당할 일도 없을 것이다.

괜찮다는 것을 알고는 있지만 마음속에서 불안감이 치밀어 올랐다. 우동은 코드를 잡아당겨서 문이 움직이지 않는 것을 확인했다.

우동은 낙오자들이 모일 법한 마을에서 자그마한 신발가게를 운영하던 어머니 밑에서 유소년기를 보냈다. 그런 그가 소년원이나 감옥에도 들어가는 일 없이 자랄 수 있었던 것은, 그저 하나의 처세술, 즉 신중하게 사는 것을 잊지 않았기 때문이다.

"맛있는 거 줄게."

여섯 살 무렵, 길거리에서 웬 노인에게 그런 말을 들은 적이 있었다. 우동을 내려다보는 노인의 이가 빠진 모습이 수상해보였지만, 그는 얼굴 가득 사람 좋아 보이는 미소를 띠고 있었다.

우동은 노인과 함께 변두리의 폐가로 향했다. 그곳에서 우동은 들개 같은 냄새가 나는 노인들에게 붙잡혀 민달팽이를 대량으로 먹었다. 그들은 어린아이의 배에 민달팽이가 몇 마리 들어가는지 내기를 했던 것이었다. 그날부터 미끈미끈하게 빛나는 생물을 보는 것만으로 전신에 식은땀이 배어나고 토할 것 같은 기분이 치밀어 오르게 되었다.

두 번 다시 그런 일을 당하고 싶지 않았다. 일도, 놀이도, 사람과의 만남도, 조금이라도 위험을 느끼면 도망치게 되었다. 덕분에 성인이 된 후로부터는 자신의 벌이로 생활하고 있고, 무척이나 좋아하던 추리소설을 출판하는 꿈도 이룰 수 있었다.

머리에 못이 박힌 우주의 얼굴이 머릿속에 떠오른다. 그 남자도 문손잡이를 전기 코드로 고정해두었던 것 같지만 아마도 범인의 말주변에 넘어가 문을 열었던 것이리라. 우동도 아까는 마사카네와 사키가 불러 문을 열고 말았지만, 만약 그들이 범인이었다면 자신의 목숨은 없었다. 다시는 같은 전철을 밟지 않으리라.

우동은 문을 보고는 코드가 느슨하다는 것을 깨달았다. 문을 강하게 잡아당기면 틈새가 벌어질 것이다. 손을 집어넣어 코드를 벗겨 내면 끝장이다.

곧장 코드를 다시 묶으려다가 비닐로 된 소재가 조금 갈라진 것을 발견했다. 불안한 마음에 몇 번이고 코드를 잡아당긴 탓인 듯했다. 이대로라면 위험하다.

방을 둘러봐도 코드를 대신할 만한 것은 없었다. 현관 로비의 수납장에 노끈이 들어 있었지만, 본관으로 가지러 갔다가 범인에게 습격당한다면 아무런 의미가 없다. 역시 방 안에서 얌전하게 숨어 있을 수밖에 없을 것 같다.

　머리를 감싸고 눈을 감자 눈동자 안쪽으로 하루카의 얼굴이 떠올랐다.

　하루카와 만난 것은 우동이 작가로 데뷔하고 2년 후였다. 《갤럭시 레드 헤링》의 감상을 즐거운 듯 이야기하는 하루카에게, 우동은 태어나서 처음으로 사랑에 빠졌다. 여세를 몰아 고백하고, 반년간의 교제를 거쳐 약혼에 이르렀다. 자신 같은 출신의 인간으로서는 평생 손에 넣을 수 없다고 생각하던 행복한 시간을 보냈다.

　하지만 꿈같은 나날은 길게 이어지지 않았다. 하루카가 남자에게 폭행당한 끝에 트럭에 치여 죽고 만 것이다.

　우동은 극심한 후회로 괴로워했다.

　자신이 하루카를 지키지 못한 이유가 뭘까. 위험에서 도망치는 것밖에 생각하지 않고, 맞서 싸우려고 하지 않았기 때문이다. 우동이 조금 더 하루카의 이야기를 듣고, 에노모토 도와의 연을 끊으라고 강하게 말했다면 그녀는 죽지 않았을 것이다.

　도망치는 것만으로는 아무것도 달라지지 않는다. 불안에

맞서야 한다.

우동은 마음을 정하고는 전기 코드를 벗기고 천천히 문을 열었다. 발소리를 죽여 살금살금 복도로 나섰다. 사람의 그림자는 없었다.

복도를 빠져나가 본관으로 향했다. 현관 로비의 조명은 꺼져 있었고, 비가 내리는 하늘에서 내리쬐는 희미한 아침 해가 바닥을 밝혔다.

수납 선반으로 다가가려다가 발밑 양탄자가 오염된 것을 깨달았다. 검붉은 피 같은 것이 고여 있었다. 누군가가 다치기라도 한 걸까.

머리 위를 올려다보고 심장이 멎는 줄 알았다.

2층의 복도 난간으로 마사카네의 목이 튀어나와 있었다.

안면에는 빨간색이 보였다.

마사카네가 당했다. 범인은 근처에 있을 것이다.

우동은 달음박질쳐서 현관 로비에서 벗어났다. 복도를 빠져나가 숙박동으로 향했다.

복도 앞에 탈의실 문이 보였다. 저곳에 사용하지 않는 호스가 놓여 있었던 것이 기억났다. 호스로 문손잡이를 고정하면 방에 숨을 수 있으리라.

숨을 죽이고 탈의실로 들어섰다. 5미터 정도의 호스가 양동이에 들어 있었다. 이거다.

"우욱."

서둘러 호스를 집으려다가 발목을 접질렸다. 자세가 무너지며 후두부를 거울에 부딪혔다. 유리가 깨지는 소리가 울려 퍼졌다.

"아야야."

머리와 발목이 동시에 아파 왔다. 범인에게 소리가 들렸다면 위험하다. 서둘러서 방으로 돌아가야 한다.

바닥에 손을 대고 고개를 든 순간, 입이 턱 막혔다.

안구가 가득한 괴물이 복도에서 우농을 내려다보고 있었다.

싫어. 죽고 싶지 않아.

우동은 기어가듯 욕실로 도망가 문을 닫았다.

뒷짐으로 문을 밀면서 욕실을 둘러보았다. 창문을 열고 밖으로 도망칠 수밖에 없을 것 같았다.

각오를 정하고 손잡이에서 손을 뗀 순간,

"으악."

몸에 강한 충격을 받고, 우동의 의식은 끊어졌다.

6장

참극
(4)

"이얍!"

우동은 진흙투성이인 채 우시오 몸에 올라타더니, 우시오의 얼굴을 유리 샴푸병으로 때리기 시작했다. 머릿속에서 판자가 쪼개지는 듯한 소리가 들렸다. 아픔이 느껴지지 않기에 1인칭 시점의 SM 비디오를 보는 듯한 기분이 들었다.

"죄송해요!"

멀어지는 발소리에 이어서 아바라의 목소리가 들렸다. 두 명 다 도망친 듯하다. 한심한 놈들이다.

"죽어! 죽으라고!"

우동은 눈물이 그렁그렁한 채 콜록거리고 헐떡이면서도 멈추지 않고 샴푸병을 휘둘렀다. 우시오를 죽일 생각인 것 같았지만, 배를 노리려 들지는 않았다. 기생충에 대해서는 모르는 것처럼 보였다.

"어이, 그만 좀 해."

필사적으로 외쳐도 우동의 귀에는 닿지 않는 듯했다. 진득한 코피가 역류해서 목으로 흘러들었다. 기생충의 힘을 빌리더라도 두개골이 엉망진창으로 망가진다면 무사하지는 못하리라.

우동에게서 도망치려고 허리에 힘을 넣어보았지만, 탱탱부은 우동의 몸은 납처럼 무거워서 꿈쩍도 하지 않았다. 시야가 일그러진 탓에 나이프를 어디에 떨어뜨렸는지도 알 수 없었다. 팔을 여기저기 움직여 봐도 찾을 수 없었다.

"어때! 나도 할 때는 한다고!"

우동이 우시오의 얼굴을 때리고, 때리고, 또 때렸다.

이제 끝이다. 우시오는 온몸의 힘을 빼고, 양손을 축 늘어뜨렸다. 이런 남자에게 공격당해 죽는 것은 가히 기분 좋지는 않았지만, 아픔을 느끼지 않고 죽을 수 있으니 그나마 다행이다.

문득 왼손 끝에 부드러운 것이 닿았다. 룸웨어의 주머니가 불룩했다. 손을 넣어 보자, 익숙하지 않은 기묘한 감촉이 느껴졌다.

얼굴 앞에 그것을 가져와 보니, 그것은 모래사장에서 주운 혀였다.

"우아아아악!"

우동이 용수철처럼 튀어 올랐다. 혀를 해삼이라고 착각한 듯하다. 우동은 뒤쪽으로 헛발을 디뎠고, 머리부터 욕조로 떨어졌다.

우시오는 곧장 몸을 일으켜 나이프를 주워 욕조를 향해 내밀었다. 샴푸병 파편이 자신의 볼에 꽂힌 채였다. 얼굴에서 줄줄 노란색 액체가 떨어졌다.

우동이 흙탕물에서 얼굴을 내밀더니 금붕어처럼 입을 뻐끔거렸다.

"죄, 죄송해요. 용서해주세요."

괴로운 듯 말하더니 입에서 작은 실리콘 덩어리를 뱉었다. 욕조에서 퐁, 하고 작게 물보라가 일었다. 피어싱의 잠금볼이다. 여섯 시간 전에 사체를 발견했을 때도 입에서 잠금볼이 떨어진 것이 떠올랐다.

"시끄러워. 일어나! 배를 내밀어!"

우동은 허리를 일으키려다가 혀를 보자마자 비명을 지르며 다시 쓰러졌다. 정수리가 욕조에 부딪혀 둔중한 소리를 냈다.

문득 의문이 샘솟았다. 이 남자는 혀를 해삼이라고 오해하고 있다. 착실하게 살아왔다면 잘린 혀를 볼 기회 따위는 없을 테니까 착각하는 것도 이상하지는 않다.

하지만 마사카네의 추리가 옳다면 아이리를 죽인 것은 이 남자일 테다. 자신이 혀를 잘랐으면서 그 혀를 해삼으로 잘못 볼 수 있는 걸까.

"연기는 그만해. 네가 우리를 죽인 거잖아?"

우시오가 혀를 주머니에 숨기고 우동의 가슴에 나이프를 찔러 넣었다. 심장의 위치가 바뀌어 있는 것을 알지 못하는 우동이 아그득아그득 이를 꽉 물었다.

"아, 아니에요. 우주 씨가 그런 거 아닌가요?"

우동은 축 늘어진 얼굴을 벌벌 떨었다. 이놈이든 저놈이든 우시오를 범인이라고 생각한다.

"시치미 떼지 마! 범인은 너잖아!"

우시오는 마사카네의 추리를 요약해서 설명했다. 우동은 자신이 죽었다는 것을 듣고 눈알을 뒤집었지만, 그럼에도 가만히 우시오의 말에 귀를 기울였다.

"……살해당한 네 명이 순서대로 되살아난다니 농담 같은 이야기네요."

"그러니까 네가 한 거 맞지?"

우시오가 칼끝을 배로 향하자, 우동이 깨진 창문 유리 쪽으로 몸을 바짝 붙였다. 오그라든 음경에서 흙탕물이 방울져 떨어졌다.

"저는 범인이 아니에요. 그도 그럴 것이 제 사체, 엎드려 있었죠?"

우동이 울면서 말을 꺼냈다.

분명 우동의 사체는 아래쪽을 향했다. 수면 위로 등과 엉덩이가 떠올라 있었다.

"그게 뭐 어쨌는데?"

"아니, 마사카네 씨가 생각한 트릭을 실행했다면, 저는 위를 보고 죽어 있어야 할 거 같거든요."

우동이 겁에 질린 표정으로 말했다.

"왜지?"

"마사카네 씨의 추리는 이렇죠. 제 사인은 익사가 아니라 독극물에 의한 중독사였다고. 죽은 시점에는 몸속의 공기가 남아 있어서 물 위에 떠 있었지만, 몇 시간 후에는 공기가 빠져서 욕조에 가라앉았다. 그래서 욕조의 수위가 높아져서 자비 인형이 타일로 떨어졌다."

"맞아. 뭐가 문젠데?"

"이 속임수를 성공시키려면 제가 해야만 하는 게 두 가지 있어요. 첫 번째는 죽을 때 자비 인형을 몸 위에 올려두는 것. 두 번째는 익사하지 않는 것. 즉 죽는 순간까지 물을 마시지 않는 것이죠."

"그거야 그렇겠지."

우시오는 끄덕였다. 우동이 익사했다면 몸이 곧장 욕조로 가라앉아서 자비 인형을 녹일 수 없게 된다.

"제가 위를 보고 죽었다면 이 두 가지를 양립시키는 건 간단해요. 배에 자비 인형을 올리고 물에 뜬 채로 독이 몸속에 퍼져서 죽기만을 기다리면 되니까요.

그런데 엎드린 채라면 어떨까요? 등 위에 자비 인형을 올리고 떨어뜨리지 않도록 균형을 잡으면서, 물을 마시지 않도록 고개를 들고 독이 몸에 퍼져 죽는 것을 기다린다? 아무리 그래도 불가능하지 않을까요?"

분명 어려워 보인다. 우시오는 고개를 끄덕이고 천천히 혀를 핥았다.

"네가 말하는 바는 알겠어. 하지만 마사카네가 말하기를, 사체라는 건 예상한 것 이상으로 움직인다고 해. 네가 위를 본 채로 자살한 후, 가라앉은 다음에 부패 가스에 의해 몸이 움직여서 엎드린 자세로 바뀐 것뿐일 거야."

"말도 안 돼. 너무 억지 아닌가요?"

우동의 얼굴에서 흙탕물이 튀었다.

"무슨 말을 하든 내 눈은 속일 수 없어."

우시오가 나이프를 든 손에 힘을 가하자, 우동이 골키퍼처럼 양손을 내밀었다.

"잠깐만요. 제가 계속 엎드린 자세였다는 증거가 있어요. 여기요."

우동은 욕조에 떠 있는 실리콘 잠금볼을 주워들었다. 흙탕물이 뚝뚝 욕조로 떨어졌다.

"무슨 소리야?"

"이건 제 볼에 있던 피어싱의 잠금볼이에요. 볼 바깥쪽에서 피어싱을 찔러 넣고 입 안쪽에서 잠금볼로 고정하는 타입이죠. 피어싱이 빠지면 잠금볼은 입안에 남아요. 그래서 조금 전에 제 입에서 이게 떨어진 거죠.

우주 씨가 말한 것처럼 제가 위를 본 자세로 죽었다고 치죠. 제가 그대로 물에 가라앉으면 실리콘이 물에 떠올라 벌어진 입을 통해 밖으로 나가버릴 거예요. 입안에 잠금볼이 남아 있다는 말은 제가 죽고 나서 되살아날 때까지 계속 엎드린 자세였다는 말이 되죠."

우동이 강한 말투로 말하더니 어깨를 크게 떨었다.

그렇다. 우동의 이론은 앞뒤가 맞았다. 우동이 엎드린 자세로 죽어 있던 이상, 사체의 변화를 이용하여 자비 인형을 욕조에서 바깥으로 떨어뜨리는 트릭은 성립하지 않는다. 우동이 죽은 후, 누군가가 욕조에서 자비 인형을 꺼내서 타일에 놓아둔 것이다. 따라서 우동은 마지막 한 명이 아니다. 즉 우시오 일행을 죽인 범인은 아니라는 말이 된다.

"네가 아닌 거야?"

우시오는 어깨를 움츠리고 나이프를 주머니에 넣었다.

"알아주셔서서 다행이에요. 얼굴, 괜찮으세요?"

우동이 미안한 듯 말했다.

우시오의 얼굴에는 유리 파편이 꽂힌 채였다. 잡아당겨도 간단히는 빠질 것 같지 않았다.

"또 무를 뽑아야 하는 거야? 이제 진짜 지겹다."

우시오는 긴 한숨을 내쉬었다.

솜을 떼어 내어 둥글게 만든 듯한 구름이 저녁노을로 물든 하늘을 흘러간다.

우시오, 아바라, 마사카네, 우동 네 명은 아이리의 상태를 살피고자 모래사장으로 향하는 중이었다.

머리에 붕대를 감고 있는 탓에 우시오의 상반신은 걸을 때마다 흔들흔들 휘청거렸다. 아열대 특유의 끈적한 습기가 피부를 감싼 탓에 기분이 나빴다. 만약 살아 있었다면 땀으로 범벅이었으리라.

아바라는 쏜살같이 욕실에서 도망친 주제에 우시오가 사정을 설명하자 "우동 씨는 범인이 아닌 것 같았어요"라고 비위를 맞추는 말을 했다. 마사카네는 우동에 대한 의심을 버리지 않은 듯했지만, 반론도 떠오르지 않는 듯 떨떠름한 얼굴로 입을 닫았다.

우동은 흙탕물을 씻어내고 룸웨어를 입자, 피부가 부은 햄

버거 괴물 같은 풍모가 되었다. 욕조 바닥에 떨어져 있던 것을 주워 온 듯, 축 늘어진 볼살에 피어싱이 매달려 있었다. 우동은 구내염이라도 생긴 것인지, 돌계단을 내려오면서 자꾸만 입안에서 혀를 움직였다.

"왜 그래? 혀가 빠질 것 같아?"

"아니요. 그런 건 아닌데. 뭔가 이상한 느낌이 들어서요."

우동이 혀를 빼꼼 내밀었다.

"혀에 뭔가 생겨 있지 않나요?"

우동의 입에 얼굴을 가까이 대자 시궁창 같은 냄새가 났다. 설태가 잔뜩 낀 혀 윗부분에 손톱으로 긁은 것 같은 상처가 나 있었다.

"상처가 있어. 살해당했을 때 깨문 거 아닐까?"

"흠. 제 기생충, 일을 제대로 못하나 보네요."

우동은 멍하니 강 옆을 걷다가 뿌리가 바깥으로 드러나 있는 풀에 발이 걸려 헛발을 디뎠다.

오후 6시. 종소리와 함께 아틀리에 밑에 도착하자, 본 기억이 있는 바닷새가 격자에 몸을 부딪치고 있었다. 아이리의 살을 포기할 수 없는 듯했다.

"저 새, 뭔가요?"

"보면 알잖아. 변태 새야. 돈도 안 내고 간판 아가씨에게 손을 대려 하다니, 세상을 너무 얕보고 있어."

우시오가 나이프를 휘두르자, 바닷새는 분한 듯 머리 위를 선회하면서 낭떠러지 쪽으로 날아갔다.

"사키 씨, 아직 죽어 있네요."

아바라가 격자에 얼굴을 대고 말했다. 우시오도 아바라의 등 뒤에서 그늘 부분을 바라보았다. 아이리는 바위에 기댄 채, 입을 떡 벌리고 공중을 바라보고 있었다.

"너무 심하네요."

우동이 사체를 내려다보더니 중얼거렸다.

"속아선 안 돼요. 사키 씨는 우리를 죽인 범인이니까."

아바라가 느닷없는 말을 했다. 질리지도 않는 녀석이다.

"이 탐정 행세를 하는 놈의 말은 진지하게 듣지 마."

"무슨 말씀이세요? 범인은 사키 씨가 확실합니다."

아바라가 목소리를 높였다.

"이 기생충의 숙주는 죽고 나서 약 열두 시간 만에 되살아나죠. 우리는 네 명 다 되살아났는데, 사키 씨는 아직 죽어 있죠. 이건 사키 씨가 마지막으로 죽었다는 틀림없는 증거예요. 필연적으로 우리를 죽인 것도 사키 씨라는 말이 되죠."

"사키 몸에는 기생충이 살지 않을 가능성도 있잖아. 사키 는 그저 죽은 것뿐이고, 이대로 되살아나지 않을 수도 있어."

"그렇다고 해도 마찬가지예요. 우리가 되살아난 순번은 우 주 씨, 저, 마사카네 씨, 우동 씨예요. 죽고 나서 되살아나기까지의 시간이 일정하다면, 우리가 죽은 것도 이 순서대로라는 말이 되죠. 네 명 중에 마지막 한 명이었던 가능성이 있는 건 우동 씨뿐이에요.

그런데 우동 씨의 살해현장에는 누군가 손을 댔죠. 즉, 우동 씨는 마지막 한 명은 아니에요. 그럼 역시 범인은 사키 씨라는 말이 되죠."

"유리를 먹는 트릭을 쓸 수 없다는 건 증명이 끝났잖아. 사키가 여기서 자살한 거라면 황산이 들어 있던 병은 어디로 사라진 거야?"

"그건……."

그럴싸한 생각이 떠오르지 않는 듯, 아바라는 콧구멍을 넓히고 당나귀 같은 표정을 지었다.

"저기, 죄송한데요."

돌아보자 우동이 쭈뼛쭈뼛 손을 들고 있었다.

"오줌 마려워?"

"두 분의 이야기를 듣고 떠올린 건데요. 딱히 마지막까지 살아 있던 사람이 우리를 죽인 범인이라고 볼 수는 없는 것 아닌가요?"

우시오, 아바라, 마사카네 세 명이 나란히 멍한 표정을 지었다.

"무슨 말을 하는 거야? 죽은 사람은 사람을 못 죽이잖아."

"어째서죠? 지금 여기 다들 죽었는데도 걸어 다니고 있잖아요."

우동이 목소리를 드높였다. 아바라는 쓴웃음을 지었고, 마사카네는 겸연쩍은 듯 헛기침을 했다.

"그거야 그렇지만. 아까도 아바라가 말한 것처럼, 기생충의 숙주가 되살아나는 데는 약 열두 시간이 걸려. 가장 먼저 죽은 내가 되살아난 게 오늘 11시 반이야. 이 시점에서 너희 네 명은 이미 죽어 있었어. 죽은 사람이 되살아나서 다른 녀석을 죽이기에는 기생충이 몸을 되살릴 시간이 부족하잖아."

"그건 알아요. 다만 제가 말하려는 건 그런 게 아니에요."

우동은 적절한 말을 찾는 듯 눈을 이리저리 굴린 후에 우시오의 스니커를 보고 눈을 멈췄다.

"우주 씨의 신발, 어제까지랑은 착용감이 다르지 않나요?"

신발?

무슨 말을 하고 싶은 건지 알 수가 없었다. 우시오는 무릎을 굽혀서 스니커 바닥을 우동에게 향했다.

"그거야 착용감은 좋지 않아. 바닥에 못이 박혀 있으니까."

"못만 달라진 건 아니에요. 매듭 모양도 어제와 다르지 않나요?"

듣고 보면 그랬다. 평소에는 잠자리의 사체처럼 몹시 휘어진 매듭이 어째선지 깔끔하게 정돈되어 있는 것이다. 과연 신발가게 아들이다.

"무슨 말을 하고 싶은 거야? 살인범이랑 내 신발 매듭이 무언가 관계가 있는 거야?"

"있어요. 범인은 우주 씨를 죽인 후, 매듭을 풀고 다시 묶었어요. 왜 그런 짓을 했을까요? 사람이 타인의 신발 끈을 풀 때는 신발을 벗길 때죠. 범인은 우주 씨의 스니커를 벗기고, 자신의 스니커와 바꿔 신긴 거예요."

"무엇 때문에? 토사물을 밟아서?"

아바라가 고개를 갸웃거린다.

"신발 바닥에 못이 찔린 거예요. 범인은 우주 씨와 자비 인형에 못을 박으려다가 실수로 못을 밟은 거죠. 못이야 빼내면 그만이지만, 바닥에 구멍이 뚫린 신발을 신고 있으면 자신이 범인이라는 증거를 가지고 돌아다니는 셈이 돼요. 네명을 전부 죽일 셈이라고는 해도, 죽은 사람이 되살아날지도 모른다는 사실을 알고 있었다면, 같은 신발을 계속 신고 있는 건 위험해요. 준비해둔 스니커는 다섯 명분밖에 없으니까, 몰래 다른 거로 바꿔 신을 수도 없죠. 그래서 범인은 우주 씨의 스니커를 벗겨서 자신의 것과 바꿔 신었어요."

우시오의 나비매듭이 너무 형편없었던 탓에 바꿔 신은 증거가 남아버린 듯했다.

"잠깐만요. 그건 이상하지 않나요?"

아바라가 목소리를 낮췄다.

"깨달으셨나요? 우주 씨는 첫 번째 피해자예요. 네 명을 차례로 죽인 범인은 첫 사건에서 발에 깊은 상처를 입고 있었다는 말이 되죠. 평범한 인간이라면 발에 못이 찔리면 제대로 걷지도 못할 거예요. 하물며 경계 중인 상대를 습격한다거나, 아틀리에의 사다리를 오르는 건 불가능하겠죠.

범인은 어째서 그렇게 상식을 벗어난 움직임을 할 수 있었을까요? 그건 범인이 통각을 잃은 상태였기 때문이에요. 범인은 이 섬에 온 시점에 이미 죽어 있던 거예요."

세상이 크게 뒤틀리는 듯한 충격을 받았다.

눈으로 본 몇 개인가의 광경이 완전히 다른 색채로 바뀌어 간다.

우시오 일행이 사나다 섬에 도착했을 때, 아니, 부두에서 얼굴을 맞이했을 때 이미 죽은 사람이 섞여 있었던 것이다.

"……살아 있는 사람인 척 연기했던 죽은 사람이 누구지?"

마사카네가 중얼거리듯 말했다. 아바라가 울대뼈를 위아래로 움직였다.

"적어도 나는 아니야. 내가 범인이라면 신발을 바꿔 신을 필요가 없으니까."

우시오가 뒤꿈치를 들어 올린 채 말했다.

"아니요. 꼭 그렇다고는 할 수 없죠. 이런 가능성도 있어요. 우주 씨는 해변을 산책하던 도중에 표착 쓰레기의 금속 파편을 밟았습니다. 금속 파편은 신발 바닥을 관통하여 우주 씨의 발을 찔렀어요. 하지만 우주 씨는 죽어 있던 탓에 깨닫지 못했죠. 나중에 파편을 깨달은 우주 씨는 당황했습니다. 이대로라면 자신이 죽어 있다는 증거를 가지고 돌아다니는 게 되니까요. 그렇다고 해서 금속 파편을 떼어내어 버리더라도 신발 바닥에 뚫린 구멍은 남아 있죠. 그래서 우주 씨는 금속 파편을 빼낸 후에 같은 위치에 못을 찔러 넣기로 했어요. 못이라면 되살아난 다음에 밟았다고 해도 부자연스럽지 않으니까요. 매듭을 풀고 스니커를 다시 신은 건, 금속 파편이 발바닥에 깊게 박힌 탓에 일단 스니커를 벗지 않으면 뽑을 수 없었기 때문입니다."

우동이 틈을 주지 않고 답했다.

"나는 그런 속 터지는 짓은 안 할 것 같은데."

"물론 가능성의 이야기예요. 제대로 풀리면 범인을 알 수 있을지도 몰라요. 우리가 출발 전날 묵었던 호텔, 자동문이 잘 안 열리지 않았나요?"

우동이 마음을 진정시키려는 듯 피어싱을 쓰다듬었다.

"자동문?"

아바라와 우주의 목소리가 겹쳤다. 사건과 자동문이 무슨 관계가 있다는 말인가.

"자동문 센서에는 몇 가지 종류가 있는데, 그중 하나는 체온을 감지하는 유형의 문이에요. 만약 살아 있는 인간이라면, 체온이 바깥 온도와 다르니까 곧장 인식하겠죠.

그저께 아침, 마지막으로 호텔을 나선 건 마사카네 씨였어요. 저, 우주 씨, 아바라 씨, 사키 씨 네 명이 마사카네 씨가 나오는 것을 봤죠. 자동문은 문제없이 열렸고, 마사카네 씨는 발을 멈추지 않고 나타났어요. 마사카네 씨는 그 시점에 체온이 있었다, 즉 살아 있었다는 말이 됩니다."

"분명 자네가 말하는 대로야."

마사카네는 만족스러운 듯 끄덕였다.

"기생충의 숙주가 죽고 나서 되살아나기까지는 약 열두 시간이 걸려요. 저희가 크루저를 타고 나서 이 섬에 상륙해서 살인이 시작되기까지 사이에, 마사카네 씨가 죽고 되살아날 만한 시간은 없었죠. 마사카네 씨는 범인에게 살해당하기까지 한 번도 죽지 않았어요. 즉 범인이 아닙니다."

우동은 한숨 돌리려는 듯 말을 잘랐다.

"아바라 씨도 마찬가지예요. 크루저가 고래와 충돌했을 때, 아바라 씨는 침대에서 떨어져서 왼팔이 부러졌죠. 마사카네 씨가 끈을 잡아당겨 불을 켜자, 아바라 씨는 바닥 위에서 고통에 괴로워했어요. 그리고 아바라 씨의 팔에서 피가 난 건 아틀리에에서 범인에게 습격당했기 때문이죠. 침대에서 떨어진 시점에는 외상이 없는 단순골절이었어요. 아바라 씨는 어째서 자신의 팔이 부러진 걸 알았나요?"

"그거야 알 수 있죠. 아팠으니까요."

아바라가 영문을 모르겠다는 듯 말했다.

"그게 증거예요. 한 번 죽고 되살아난 저희에게는 지금 통각이 없어요. 하지만 크루저에 타고 있던 시점에 아바라 씨에게는 통각이 있었죠. 즉 죽지 않았다는 말입니다."

"우와. 뼈가 부러져서 다행이네."

아바라가 피가 묻은 붕대를 쓰다듬으며 안도의 한숨을 내쉬었다. 범인은 나머지 세 명, 우시오, 아이리, 우동 중 한 명이라는 말이다.

"그런 논리라면 우동 씨도 범인이 아니네요."

아바라가 손가락을 튕기더니 우동의 어깨를 잡았다. 우동도 같은 것을 생각하고 있었던 듯, 다음 말을 재촉하듯 고개를 끄덕였다.

"우동 씨, 잠을 자다가 귀가 찢어졌을 때 아파했으니까요. 그때 선실은 캄캄했어요. 피어싱이 떨어진 걸 깨달은 건 귀의 주름이 찢어져서 아팠으니까. 즉 그때의 우동 씨에게는 제대로 된 통각이 있었다는 말이죠."

"잠깐만. 우동은 이 추리를 시작한 장본인이야. 그 논리로 우동을 용의자에서 제외할 수는 없지. 이 전개를 내다보고 일부러 피어싱을 잡아당겨서 피부를 찢은 걸 수도 있잖아."

우시오가 으름장을 놓듯이 말했다.

"아니, 우동 군은 범인이 아니야."

마사카네가 끼어들었다.

"뭐라고?"

"그때, 우동 군의 귀에서는 빨간 피가 나왔어. 하지만 한 번 죽은 인간의 피는 고름 같은 옅은 노란색이지."

마사카네가 말하는 대로였다. 나머지 용의자는 두 명. 안 좋은 예감이 든다.

"그거, 사키 씨에게도 해당되네요. 고래와 충돌했을 때, 사키 씨도 집게손가락이 베였으니까요. 빨간 딱지가 생긴 걸 봤어요."

아바라가 뽐내는 듯한 표정으로 말했다.

불편한 침묵. 파도 소리가 귀에 가깝게 들렸다.

"역시 우주 씨가 범인이었던 건가요?"

우동의 눈에는 공포와 불안이 섞여 있었다.

"바보 아니야? 나 아니라고."

"그럼 왜 죽었는데 살아 있는 척을 한 거죠?"

아바라까지 추궁한다. 자신이 한 기억이 없는 일이니 아무리 질문을 받아도 대답할 말이 없다.

"잘 들어. 나는 너희가 죽든 말든 아무래도 좋고, 굳이 남쪽 섬까지 불러서 살인 게임을 할 정도로 한가하지도 않아."

"그런 변명은 통용되지 않아요. 저희는 제대로 자신이 범인이 아니라는 걸 증명했잖아요."

우동의 말에 아바라가 고개를 끄덕였다. 그 말이 맞다. 이 두 명은 누명을 뒤집어쓸 상황에 빠졌지만, 이론을 바탕으로 그것을 반론했다.

그렇다면 우시오는 자신이 아무도 죽이지 않았다는 것을 어떻게 증명하면 좋을까. 우시오는 팔이 부러지지도 귀가 찢어지지도 않았다. 2단 침대에서 떨어진 아바라가 팔에 부딪혔을 때도, 공교롭게도 비명을 지르지 않았었다.

"반론하지 못한다면 묶어둘 수밖에 없네. 구조대가 올 때까지 움직이지 못하도록 말이야."

마사카네가 가지고 있던 노끈을 펼치고는 아바라와 우동에게 눈짓을 보냈다. 두 명은 동시에 고개를 끄덕였다. 자신에게 닥친 불똥은 죽을힘을 다해 털어내는 주제에, 다른 사람의 일이 되면 이렇다.

이렇게 되면 자포자기할 수밖에 없다.

우시오는 주머니에서 아이리의 혀를 꺼내서 우동의 눈앞에 들이댔다. 우동이 비명을 질렀다. 우시오는 우동의 목을 팔로 감고 목가에 나이프를 가져다 댔다.

"이 뚱보가 죽는 꼴을 보고 싶지 않다면 저리 비켜."

우시오가 목소리에 힘을 담았다. 우동이 비에 젖은 개처럼 고개를 부르르 떨었다. 우동의 피부는 탱탱 불어 있어서 기분이 나빴다.

"소용없어요. 어쩔 셈인가요?"

아바라가 어이없다는 표정으로 말한다.

"나는 아틀리에에서 농성할 거야."

"그렇군요. 그래도 우주 씨, 칼을 들이대는 위치가 잘못됐네요."

아바라가 말하는 것과 동시에 우동이 우시오의 배에 팔꿈치를 꽂아 넣었다. 우시오가 몸을 웅크린 틈을 타서 우동이 앞으로 도망치려 했다. 당황해서 팔에 힘을 넣자, 쑤걱, 하는 소리와 함께 나이프가 목에 박혔다. 울대가 찢겨서 노란색 액체가 흘렀다. 이쪽을 돌아보는 우동은 아무렇지도 않다는 얼굴이다.

"제길."

곧바로 모래사장을 달려서 도망치려는데, 우동에게 떠밀려 넘어졌다. 시야가 캄캄해지고 몸이 모래사장에 처박힌다. 입안으로 모래가 잔뜩 들어왔다.

"목이야. 목을 졸라!"

마사카네가 의사답지 않은 말을 했다. 목과 양손이 눌려서 몸이 움직이지 않았다. 우동이 우시오의 손발을 노끈으로 묶었다.

"야. 이상한 벌레에게 잡아먹히면 어떡하라고!"

"안심하게. 공중에 묶어둘 테니."

세 명은 소곤소곤 상담하면서 우시오의 몸을 질질 끌어 사다리 쪽으로 옮겼다. 불길한 예감이 든다. 우동이 사다리를 타고 올라서 제일 위의 통나무에 끈을 걸었다.

"하나, 둘, 셋!"

마사카네가 끈을 잡아당겼다. 통나무가 삐걱대는 소리와 함께 우시오의 몸이 공중으로 튀어 올랐다. 룸웨어의 등 쪽 천이 통나무에 스쳐서 찢어졌다. 만약 살아 있었다면 고통에 실신했을지도 모른다. 우시오는 오리처럼 발을 버둥거렸다.

"너희, 기억해두겠어!"

"구조대가 올 때까지 참으라고. 살려두는 것만으로도 감사해."

마사카네가 턱을 치켜들고 말했다.

"속지 마. 진범은 너희 안에 있어."

"근데 조금 전에 저를 죽이려고 했잖아요?"

우동이 목의 상처를 가리키며 말했다. 우시오는 불만을 터뜨리고자 입을 열었지만, 이어지는 말이 나오지 않았다. 목에 나이프를 찔러 놓고 이제 와서 반론의 여지도 없다.

세 명은 안도의 표정을 지은 채 돌계단을 올라 모래사장을 떠났다.

하얀 달이 홀로 떠 있다.

크루저 주변에 퍼져 있던 빨간 침전물은 자취를 감췄다. 바닷가에 사람의 흔적은 없다. 파도가 밀려올 때마다 몸의 심이 흔들린다.

번지점프를 한 후에 공중에 묶인 채 남겨지면 이런 기분일까. 자신의 의식이 녹아서 바다로 흘러가는 듯한 공포를 느꼈다.

"⋯⋯."

우시오는 눈을 크게 뜨고 의식을 차리려 애썼다.

설산도 아니기에 잠들더라도 죽지는 않겠지만, 두 번 다시 예전의 자신으로는 돌아갈 수 없을 것 같은 불안감이 밀려 왔다. 모처럼 되살아났는데 머리가 이상해져서는 의미가 없다.

머리 위에서 끼익, 하는 금속이 스치는 소리가 들렸다.

조심스레 턱을 들어 올렸다. 아틀리에의 지붕 밑에 바닷새가 앉아 있었다. 나란히 난 두 검은 눈알이 우시오를 내려다본다. 낮에도 모래사장을 파헤치던 그 녀석이다.

바닷새가 날개를 넓게 펴고 날아올랐다. 감정이 느껴지지 않는 얼굴이 가까이 다가왔다. 우시오는 고개를 숙이고 눈을 감았다.

날개가 스치는 소리.

온몸에 강한 충격을 받았다. 동시에 뾰족한 부리가 눈앞에 나타났다.

"우왓."

검은 안구가 똑바로 우시오를 바라보았다. 낫 같은 부리가 얼굴 한가운데에 박힌다. 머릿속에서 쓰레기봉투를 뒤지는 듯한 소리가 들렸다. 아픔이 느껴지지 않는 것이 불쾌했다.

"그만해, 이놈아."

열린 입안을 새의 발톱이 할퀴었다. 노란 액체가 사방으로 튀었다. 부리 사이에 살 조각이 늘어져 있었다.

갑자기 몸이 하늘로 떠올라 몇 초 후에 모래사장으로 떨어졌다. 바닷새의 발톱이 노끈을 할퀸 탓에 체중을 견디지 못하게 된 것이리라. 위를 보고 쓰러진 우시오를 향해 틈을 주지 않고 바닷새가 날아왔다. 부리가 아랫배를 파고든다. 위험하다. 배 속 기생충이 죽으면 우시오의 목숨도 끝장이다.

우시오는 자유로워진 양손을 이리저리 휘둘렀다. 바닷새는 일단 하늘로 날아올랐다가 곧장 급강하하며 공격해왔다. 모래사장에 팔꿈치를 대고 몸을 뒤집어서 엎드린 자세를 취했다. 배를 지키기 위해서는 이 자세가 좋을 터였다. 아래를 돌아봄과 동시에 머리에서 살점과 액체가 뚝뚝 떨어졌다.

후두부에 강한 충격을 받고 머리가 모래에 처박혔다. 바닷새가 머리의 피부를 쪼아 댔다.

고개를 들자, 눈앞에 대못이 떨어져 있었다. 가래와 피를 섞은 듯한 걸쭉한 것이 묻어 있다. 머리에서 뽑힌 듯했다.

우시오는 오른손으로 대못을 쥐고 몸을 뒤틀어 바닷새를 향해 찔렀다. 둔한 감촉. 끝부분이 바닷새의 배를 찔렀다. 끼이끼이, 하고 울면서 바닷새가 날아올랐다.

"아하하하하! 뒈져버려!"

바닷새는 피를 너무 많이 빨아들인 모기처럼 휘청거리며 낭떠러지 너머로 모습을 감췄다.

우시오는 손발을 대자로 펼쳤다. 달이 비스듬히 기울어져 보였다. 천성관에서 7시의 종소리가 들렸다. 어떻게든 살아남은 듯하다.

얼굴을 쓰다듬자 손가락에 딱딱한 감촉이 느껴졌다. 살이 벗겨져 뼈가 드러나 있었다. 그야말로 괴물 그 자체다.

갑자기 숨소리가 들렸다.

고개를 돌려 보니, 격자 너머에서 누군가가 우시오를 내려다보고 있었다.

"이거 참 심하네. 살아 있어요?"

혀가 짧은 어린이 같은 목소리였다.

"왜 5분 빨리 되살아나지 않는 건데?"

우시오가 투덜거리자, 아이리가 은니를 번쩍이며 웃었다.

"미안요. 히로인은 원래 조금 늦게 등장하는 법이니까요."

(O) (O) (O)

폭포 같은 빗소리가 들린다.

긴보게 사키는 침대 위에서 눈을 떴다.

잠을 잔 것 같기도 했고, 줄곧 신경을 곤두세운 채 깨어 있었던 것 같기도 했다.

벽시계는 6시 10분을 가리키고 있었다. 점장과 아바라의 사체를 발견하고 나서 세 시간이 지났다.

수상한 사람이 숨어들지 못하도록 전기 코드로 문손잡이와 침대 다리를 묶어 놓았다. 창문은 붙박이창이니까 이 방에 가만히 있으면 누군가에게 습격당할 걱정은 없을 것이다. 머리로는 알고 있지만, 비로 뿌예진 창문 밖을 보다 보니 공포에 잡아먹힐 것만 같았다.

주머니에서 껌을 꺼내서 포장지를 벗겨 입에 쑤셔 넣었다. 맛이 잘 느껴지지 않고, 고무 덩어리를 씹는 것만 같았다.

사키는 자신이 살인범에 두려움을 느낀 채 냉정함을 잃어버렸다는 사실에 놀라는 중이었다. 어떤 때건 차분하게 대처했던 자신이, 이만큼 흐트러진 모습을 보일 줄은 꿈에도 몰랐다.

사키는 언제나 양의 탈을 쓰고 속마음을 숨기며 살아왔다. 어떤 때는 문호의 거물들이 좋아할 법한 천진난만한 문학소녀인 척, 어떤 때는 남자들에게 잘 먹힐 듯한 머리 나쁜 출장 마사지 아가씨인 척 행세했다.

고등학생 때 서둘러 데뷔한 것도, 그것이 독자를 획득하는 가장 빠른 길이었기 때문이다. 대부분의 어른은 소설에 관심이 없지만, 문학을 좋아하는 소녀에게는 관심을 가진다.

팔리지 않게 된 이후 작풍을 바꿔서 화젯거리를 만든 것도, 데뷔 당초부터의 계획이었다. 아마키 아야메의 초대에 응한 것도, 작가로서의 장래를 생각했을 때 아마키와 바캉스를 보내두는 것이 쓸모없지 않으리라 생각했기 때문이다.

하지만 최근 일주일 사이에 사키의 가면은 완전히 벗겨져 버렸다. 점장이 추리작가라는 사실을 알게 된 것을 계기로, 작가인 긴보게 사키와 출장 마사지 아가씨인 아이리라는 다른 인물이었던 둘을 분리하여 행동하지 못하게 된 것이다. 그 결과 나타난 것이, 유치하고 고집 세고 너무나도 소설을 좋아하는 자신이었다.

이제 와 생각해보면 점장과 사키는 묘하게 죽이 맞았던 것 같다. 출장 마사지 일을 겸업하는 추리작가는 거의 없다. 편의점 습격 사건으로부터 일주일, 점장과 함께 노미 시 시

내 여기저기를 돌아다닌 사키는 부모에게도 보인 적 없는 진짜 자신을 드러내고 말았다.

"……."

눈동자가 실룩샐룩 경련한다.

바로 그 점장도 살해당하고 말았다.

작가들이 차례로 살해당하는 도중, 가짜 자신을 계속 연기하는 것은 불가능하다. 마사카네와 우동을 아틀리에에서 쫓아내려 했을 때의 사키는 살아남는 것에 집착하는 그저 한 명의 인간이었다.

"도대체 뭐야……."

사키는 하루카에게 받은 팔찌를 풀고 양손으로 강하게 쥐었다.

하루카는 어떤 때건 자신을 숨기지 않고 살아갈 수 있는 사람이었다. 아버지로부터 역겨운 일을 당해 마음은 너덜너덜해졌지만, 그런 마음을 있는 그대로 전부 사키에게 드러냈다. 다른 사람의 시선만을 신경 쓰며 자신을 숨기던 사키와는 정반대였다.

하루카를 사랑했는지 어떤지는 알 수 없다. 다만 하루카를 동경했던 것은 분명하다.

사키는 고개를 저었다. 자신과 하루카를 비교한들 아무런 의미가 없었다.

입에서 껌을 뱉고자 화장대의 티슈 함으로 손을 뻗던 그 때…….

깡, 깡.

무언가가 창문 유리에 부딪히는 소리가 들렸다.

"하루카?"

침대에서 손을 뻗어 커튼을 잡아당겼다.

비에 젖은 유리창 건너편에서 수많은 안구가 이쪽을 노려 보고 있었다.

"……!"

비명이 되지 않는 외침이 새어 나왔다.

깡, 깡.

괴물이 방으로 침입하려고 한다.

사키는 침대에서 뛰어내렸다. 팔찌가 바닥을 굴렀다. 문으로 달려가 전기 코드를 풀려고 해도 손가락이 미끄러져 제대로 되지 않았다. 발이 엉켜서 넘어질 뻔했다.

빠직. 유리에 금이 가는 소리가 들렸다.

이제 끝이라고 생각한 순간, 코드가 느슨해지며 바닥으로 떨어졌다. 문을 열어젖히고, 복도로 뛰어나갔다.

"……."

복도를 사이에 두고 정면의 탈의실 문이 열려 있었다.

세 시간 전에 이곳을 지났을 때는 분명 닫혀 있었다. 안쪽의 욕실 문도 열려 있었고, 욕조에 무언가가 떠 있는 것이 보였다.

등 뒤를 돌아보자 아직 괴물이 방에 들어온 것 같지는 않았다.

사키는 숨을 죽인 채 탈의실로 들어섰다. 욕실의 창문이 깨져 있는 탓에 빗소리가 가깝게 들렸다. 금이 간 거울에 옆얼굴이 비쳤다.

"히익!"

핑크색 욕조에 떠 있는 것은 커다란 인간의 사체였다.

점장인가 하는 생각에 핏기가 가셨지만, 공교롭게도 점장은 이미 살해당했다. 잘못 볼 정도의 뚱보라고 하면 우동밖에 없다.

물이 탁해진 탓에 피부가 검게 더럽혀진 상태였다. 머리카락에는 진흙 덩어리가 엉켜 있었다. 머리 위로부터 똥을 떨어뜨린 것처럼 보여서 어딘지 모르게 우스웠다.

조심조심 등을 만졌지만, 부은 피부에 체온은 남아 있지 않았다.

욕조와 몸 사이에는 자비 인형이 끼여 있었다. 사체를 모독하는 것인지, 아니면 무언가 주술적인 의미가 있는 것인지. 사키는 자비 인형을 꺼내 욕실 바닥에 내려놓았다.

점장, 아바라 그리고 우동까지 살해당하고 말았다. 살아남은 것은 사키와 마사카네뿐이다. 그 의사가 자신들을 사나다 섬으로 불러 모은 범인이었다는 말이 된다.

이런 때 하루카라면 어떻게 할까? 물론 온 힘을 다해 살아남으려고 할 것이다.

마사카네는 바로 근처에 있다. 빨리 도망쳐야만 한다.

욕실을 나서려고 발꿈치를 돌리던 그때, 무거운 것이 공기를 가르는 소리가 들렸다.

"엇."

후두부에 충격이 일었다.

검은 곰팡이로 더러운 바닥을 바라보며 사키는 의식을 잃었다.

(O) (O) (O)

눈을 뜨자 함석지붕이 보였다.

키가 큰 선반이 사키를 내려다보았다. 아틀리에의 바닥에 쓰러져 있는 듯했다. 마사카네가 사키를 졸도시켜 이곳으로 데리고 온 것이리라. 벽시계는 7시를 가리키고 있었다.

입을 누른 채 심호흡을 했다. 입술에서 손을 떼자 손끝에 피가 묻어났다. 옮겨오는 도중에 혀를 씹은 듯했다.

팔꿈치를 대고 몸을 일으키는데, 상반신에 아무것도 입고 있지 않았다. 작업대 밑에 룸웨어가 떨어져 있었다.

룸웨어를 손으로 집으려던 순간, 등 뒤에서 괴물이 손을 뻗는 것이 보였다.

"하지 마!"

아틀리에의 구멍 쪽으로 어깨와 허리를 떠밀렸다. 몸 아래에 바닥이 없어졌다.

지면이 시야를 빨아당긴다. 이게 무슨 맥없는 결말인가. 이런 곳에서 죽을 바에야 조금 더 자유롭게 내키는 대로 살았다면 좋았을걸.

몸이 모래사장에 부딪힌 순간, 다시금 의식이 끊겼다.

7장

참극

(5)

"믿기지 않지만, 믿을 수밖에 없겠네요."

우시오가 경위를 설명하자, 아이리는 눈을 감고 한숨을 내쉬었다. 황산 탓에 피부가 문드러졌지만, 우시오와 비교하면 꽤 멀쩡해보였다. 격자를 넘어온 탓에 그녀의 손바닥이 더러웠다.

"믿어주는 거야? 내가 범인이 아니라는 걸."

"잘 모르겠지만, 하룻밤 만에 네 명을 죽일 정도로 솜씨가 있어 보이진 않아요."

아이리가 미소를 지었지만 비웃는 듯이 보인다. 칭찬하는 것인지 깎아내리는 것인지 알 수 없다.

"너도 범인의 얼굴을 못 본 거야?"

"흠. 잘 기억 안 나요. 안구가 우글우글 있었던 것 같긴 한데."

"자비 마스크 말하는 거지?"

"아마도요."

아이리가 끄덕였다.

"근데 네 방, 내 옆이잖아? 창밖은 절벽인데?"

"아, 그러고 보니 그렇네요. 괴인이 하늘에 떠 있었던 건가?"

아이리가 입술에 손을 가져다 댔다.

"너를 방에서 나오게 하려는 트릭이겠지. 노끈에 자비 마스크를 매달아서 지붕에서 축 늘어뜨린 거 아니야?"

줄기차게 내리는 빗속, 지붕에 올라 자비 마스크를 내려뜨리는 괴인의 모습이 머릿속에 떠올랐다.

건물에는 지붕에 오르는 사다리가 붙어 있으니까, 숙박동의 지붕에 오르는 것은 간단하다. 지붕을 둘러싸듯 빗물받이가 달려 있었으니, 거기에 끈을 묶어두면 마스크가 떨어질 걱정도 없을 것이다. 마스크가 바람에 흔들려 창문에 부딪히면, 아이리는 괴인이 침입하려 한다고 착각할 것이다. 아이리가 이변을 깨닫기 전에 실내로 돌아와서, 방에서 뛰쳐나온 아이리를 때려눕힌 것이리라. 아이리가 마스크를 깨닫지 못한다면, 옆에 있는 우시오의 방에서 막대기 같은 것으로 창문을 두드려서 바깥으로 의식을 향하게 할 생각이었을지도 모른다.

"보잘것없는 속임수네요. 거기에 속아 넘어간 저 자신에게 화가 나요."

"안심해. 우리 다 똑같이 당했으니까."

"일단 천성관으로 돌아갈래요."

아이리가 일어나서 룸웨어에 붙은 모래를 털어 냈다.

"잠깐. 뭐하러 돌아가는 건데?"

"샤워하고 싶어요. 손도 더러워졌고, 몸도 끈적끈적하고."

"나를 두고 갈 생각이야? 다시 바닷새에게 습격당한다면 진짜 죽어버릴 텐데."

"그럼 같이 갈래요?"

"웃기지 마. 그 녀석들에게 무슨 일을 당할지 알 수 없다고."

우시오가 으르렁거리자 아이리가 질린 듯 눈썹을 찡그렸다.

"그럼 저 보고 여기서 점장님 간호나 하고 있으란 말이에요?"

"그 녀석들은 내가 전부터 죽어 있었다고 우기고 있단 말이야. 내가 제대로 살아 있었다는 걸 증명해줘."

"흐음."

아이리는 목을 갸웃거리고 하늘을 올려다보았다.

"제대로 통각이 있었다는 걸 설명하면 되는 거죠. 아, 맞아. 점장님, 그때 아파했잖아요."

"그때?"

우시오는 자신도 모르게 몸을 일으켰다. 턱의 살이 축 늘어졌다.

"머리가 이상한 손님한테 편의점 주차장에서 습격당했잖아요. 점장님, 그때 안면에 금속 배트로 풀스윙당해서 엄청 아파했잖아요. 피도 확실히 뺐겠고요."

우시오는 어깨를 떨궜다. 도대체 언제적 이야기야.

"일주일도 전의 일이잖아. 그래서는 의미가 없다고."

"그렇지 않아요. 그날부터 그저께까지, 점장님 무휴였잖아요. 우리는 오전 11시에 접수를 시작해서 마지막 영업이 심야 12시 넘어서까지 있어요. 점장님이 쉴 시간은 열한 시간도 없죠. 조금이라도 지각하면 오너가 난리가 나니까요. 죽고 되살아나기까지 열두 시간이 걸리는 거라면, 점장님은 한번도 죽지 않았다는 말이 돼요."

잘 생각해보니 아이리가 말하는 대로였다. 미키오가 없어지고 나서, 우시오가 느긋하게 죽어 있을 틈은 한순간도 없었다.

"왜 조금 더 빨리 되살아나지 않은 거야! 그랬다면 새한테 쪼이지 않을 수 있었을 텐데."

"그랬을까요? 나머지 네 명에 관한 추리도 이치에 맞으니까, 그렇다면 범인이 한 명도 없게 되어버려요. 결국은 마찬가지로 묶여서 매달리게 되었을지도요."

"도대체 범인은 어디로 사라진 거야."

우시오가 모래사장에 풀썩 몸을 눕히자……

"응?"

아이리가 허리를 굽혀서 모래사장에서 손목시계를 주워들었다. 바닷새와 격투하던 도중에 손에서 벗겨진 듯했다. 뒤판의 DEAR OMATA UJU라는 문자가 모래에 긁혀 있었다.

"왜 그래. 부러워?"

"잠깐 떠오른 게 있는데요."

아이리가 우시오를 내려다보며 말했다.

천성관은 마치 폐허 같았다.

달을 덮고 있던 구름이 흘러가자 주변 일대가 희미한 빛으로 밝혀졌다. 풀이 스치는 소리가 조용하게 울려 퍼졌다.

아이리는 공터에 놓인 짐수레를 곁눈질하며 낭떠러지 끝으로 향했다. 숙박동의 빗물받이에서 축 늘어진 거미줄이 바람에 흔들렸다.

"역시 그렇네요."

목을 쭉 내밀고 숙박동의 바다에 면한 벽을 올려다보았다. 창문 유리창이 깨진 것이 우시오의 방, 금이 가 있는 것이 아이리의 방이다. 우시오의 방 창문에서 뚝뚝 떨어지듯, 검붉은 얼룩이 남아 있었다.

"네 예상대로네."

우시오가 낮은 목소리로 말하자, 아이리는 당연하다는 듯
고개를 끄덕였다.

공터를 되돌아가서 천성관의 현관으로 향했다. 식당에서
오렌지색 조명이 새어 나왔다. 세 명이 식당에 모여 있는 것
이리라.

현관 로비에서 벽의 스위치를 눌러도, 천장에 걸린 구체에
불은 들어오지 않았다. 역시 전구가 나간 듯했다.

우시오와 아이리는 복도를 빠져나와 숙박동으로 향했다.
룸웨어를 갈아입고 방을 나섰다. 탈의실에서 나온 아이리의
오른손에는 팔찌가 채워져 있었다.

"그럼 가볼까."

두 명은 로비와 복도를 지나 식당으로 향했다.

아이리가 노크도 하지 않고 문을 열었다.

아바라는 담배를 입에 문 채 의자에서 굴러 떨어졌다. 우
동은 일어서서 나이프와 포크를 손에 쥐었다. 마사카네만이
가만히 앉은 채 이쪽을 노려보았다.

"오래 기다리셨네요. 저도 되살아났답니다."

물을 끼얹은 듯한 침묵. 테이블의 꽃병이 굴러서 바닥으로
떨어졌다.

"그 나이프를 거둬주지 않을래요? 저랑 점장…… 우주 씨도 범인이 아니니까요."

아이리가 우시오를 돌아보며 말했다. 엉망진창으로 망가진 우시오의 얼굴을 보고 우동이 "으엑" 하고 고개를 피했다.

"너희 탓에 바닷새의 야식이 될 뻔했다고. 더욱더 괴물 같아졌지?"

우시오가 축 늘어진 턱의 살을 잡아당기며 말하는데, 마사카네가 끼어들었다.

"사키 양, 자네는 이 남자에게 속고 있어. 그는 우리를 죽인 범인이야."

"그 이야기는 이미 들었어요."

아이리는 의자에 앉아서 자신이 우시오와 함께 일을 하고 있다는 점, 우시오는 괴한에게 습격당한 이후 죽고 되살아날 틈이 없었다는 점을 설명했다. 세 명의 안색이 점점 더 나빠졌다.

"……그렇다면 범인이 아무도 없게 되는데요."

아바라가 의자에 기어올라서 신음하듯 말했다. 우동이 불안한 듯 끄덕였다.

"당신들의 추리가 근본적으로 틀린 거 아닐까요."

"사키 씨는 진상을 알고 있는 건가요?"

"그것을 설명하러 왔어요. 하지만 그 전에."

아이리는 혀가 없는 입을 열고 한숨을 내쉬었다.

"……배가 고파요. 로스트 치킨 남았나요?"

"우리 다섯 명은 어젯밤에서 오늘 아침까지 차례차례로 누군가에게 습격당해 목숨을 잃었어요. 이 섬에는 다섯 명의 초대객밖에 없는데, 모두가 살해당하고 범인은 연기처럼 모습을 감추고 말았다……. 적어도 그렇게밖에 생각할 수 없는 상황이 만들어졌죠. 물론 실제로는 그런 건 있을 수 없어요. 그렇다면 이 섬에서 도대체 무슨 일이 일어난 걸까요?"

아이리는 나른한 듯 네 명의 얼굴을 둘러보았다. 지금까지 나온 추리는 전부 우시오에게 들은 상태였다.

"솔직히 말하자면 누가 우리를 이 섬으로 초대한 건지는 아직 몰라요. 하루카와 깊은 관계였던 누군가가 우리에게 무언가를 전하려고 한 건 아닐까 생각하지만, 진상은 알 수 없죠. 제가 지금부터 설명하려는 건 이 섬에서 무슨 일이 일어났는지에 관해서예요.

가장 처음으로 되살아난 건 점장님이죠. 차례로 사체를 발견한 점장님은 네 명의 사체 중에 가짜가 섞여 있지는 않나 생각했어요. 범인이 가짜 사체를 사용해 자신이 죽은 것처럼 위장하고 있지는 않을까 생각한 거예요. 아바라 씨의 사체가 밀랍을 뒤집어쓰고 있고, 인상을 알 수 없었기에 아바라 씨가 범인이라고 추측했어요.

이것 자체는 있을 법한 트릭이지만, 지금 생각해보면 애초에 틀린 답이죠. 다섯 명 전원이 되살아나서 이렇게 얼굴을 마주하고 있는 이상, 누군가가 다른 사람으로 바뀌어 있다는 것은 있을 수 없으니까요. 모두 어떻게 봐도 진짜고 말이에요."

모두의 시선이 교차했다. 아바라가 득의양양하게 고개를 끄덕였다.

"다음으로 되살아난 건 아바라 씨예요. 아바라 씨는 범인이 타살당한 척하며 자살한 것이라 추리했죠. 그럴 수 있는 건 마지막으로 죽은 한 명뿐. 그렇다면 그 녀석은 누구인가? 아바라 씨는 세 명의 사체를 관찰한 후, 제가 범인이라고 추리했어요. 스스로 황산을 끼얹고 나서 유리병을 삼키면 타살로밖에 보이지 않는 사체가 만들어지니까요.

안타깝게도 이것도 틀렸어요. 모래사장에 수평으로 누운 채로 유리 조각을 목에 떨어뜨릴 수는 없다는 것은 점장님이 추리한 대로죠. 물론 저는 유리를 먹거나 제 혀를 나이프로 자르지도 않았어요."

마음이 불편한 듯 고개를 숙이는 아바라에게 마사카네가 깔보는 듯한 시선을 향했다.

"세 번째로 되살아난 건 마사카네 선생님. 선생님도 아바라 씨와 마찬가지로 자살한 다섯 번째 사람이 범인이라고 생각했어요. 그래서 용의자로 떠오른 것이 우동 씨. 사체의 부패를 이용하면 누군가가 자비 인형을 건져 올린 듯한 살해 현장이 만들어진다고 봤죠.

지금 생각해보면 이것도 틀린 답이에요. 우동 씨가 저보다 빨리 되살아난 이상, 우동 씨는 다섯 번째로 죽은 사람이 아니니까요."

마사카네가 불쾌한 듯 헛기침을 했다. 우동은 미소를 띠듯 입가가 살짝 올라가더니, 마치 재채기를 하듯 얼굴을 손으로 덮었다.

"네 번째로 되살아난 우동 씨의 추리는 범인상을 완전히 뒤집었어요. 점장님의 스니커의 매듭이 다시 묶여 있던 것에서 범인은 발에 못이 찔려도 멀쩡할 수 있는 사람, 즉 처음부터 죽어 있었던 인물이라고 추리한 거죠. 그래서 섬에 왔을 때부터 죽어 있던 건 누구인지를 검증한 결과, 점장님이 범인이라는 결론에 이르렀어요.

이 추리가 정답이 아니라는 건 아까 설명한 대로예요. 점장님은 괴한에게 습격당한 날부터 계속 일을 했기에, 열두 시간이나 죽어 있을 여유가 없었으니까요."

우동이 마음이 불편한 듯 눈을 돌렸다.

"그렇다면 역시 섬에 왔을 때는 다섯 명 모두 살아 있었다는 말이네요."

아바라가 관자놀이를 누르며 신음한다.

"범인은 어디로 간 걸까요?"

"미안해요. 전부 다 잘못됐어요. 처음부터 설명할게요. 제가 진상을 깨달은 계기는 이거예요."

아이리는 주머니에서 우시오의 손목시계를 꺼내서 테이블 한가운데에 놓았다. 세 명이 허리를 들어 올려 더러워진 문자판을 들여다보았다.

"이건 점장님의 손목시계예요. 피도 묻었고, 문자판에 균열도 들어가서 볼품없어졌네요. 11시 반을 가리키고 있으니 얼핏 보면 점장님이 살해당했을 때 망가진 것 같지만, 실은 그렇지 않아요."

"음? 어째서죠?"

"문자판의 균열 속에는 피가 전혀 스며들지 않았잖아요. 점장님이 습격당했을 때 문자판이 깨졌고, 동시에 피가 튀어서 묻었다고 한다면 균열 속에도 피가 들어갔을 거예요. 즉 피가 묻고 나서 균열이 생기기까지, 피가 마를 정도의 시간이 있었다는 거죠.

그렇다면 손목시계가 움직이지 않게 된 건 언제일까요? 균열이 생길 정도로 강한 충격을 받았을 때겠죠. 점장님이 습격당했을 때, 벽시계는 이미 11시 반을 가리키고 있었어

손목시계

요. 그때 손목시계에 피가 묻고, 그 피가 마르고 나서 균열이 생긴 거라면, 바늘은 더 늦은 시간에서 멈춰 있었을 거예요."

아바라, 마사카네, 우동 세 명은 나란히 문자판에 시선을 던졌다.

"분명 그렇긴 한데, 그게 범인과 관계 있는 건가요?"

"조급해하지 말고 일단 들어주세요. 점장님이 범인에게 습격당하기 전부터 문자판에는 혈흔이 묻어 있었던 거예요. 그렇다면 그 이전에 일어난 유혈 사태는 뭐죠? 크루저 안에서 우동 씨의 귀가 찢어지는 소동이 있었죠. 시간은 저녁 8시 정도. 그때 점장님은 우동 씨 옆에서 자고 있었으니까, 귀에서 흐른 피가 손목시계에 묻은 거예요.

그 후로도 재난이 이어졌죠. 고래와 충돌한 탓에 아바라 씨가 침대에서 떨어져서 아래서 잠을 자던 점장님과 충돌했어요. 아바라 씨의 팔이 부러짐과 동시에 점장님의 손목시계도 망가져서 움직이지 않게 되었어요. 문자판에 균열이 생긴 것도 이때겠죠. 고래와 충돌한 건은 11시 반 정도였으니까 바늘이 멈춘 시각과도 일치해요. 손목시계에 우동 씨의 피가 묻고 나서 세 시간 이상 지났으니까 균열 안으로 피가 들어갈 일도 없죠.

다만 그렇게 생각하면 아직 묘한 점이 남아 있어요. 문자판의 6시 주변에 혈흔을 동심원 형태로 문지른 듯한 흔적이 있잖아요. 이것은 바늘이 피 위를 통과한 흔적이에요. 그런데 우동 씨의 귀가 찢어진 건 밤 8시고, 아바라 씨가 침대에서 떨어진 건 11시 반의 일이에요.

피가 묻고 나서 고장이 날 때까지 바늘이 6시를 가리킬 일은 없었을 거란 말이죠. 이건 모순 아닌가요? 이 동심원 형태로 문지른 흔적은 언제 생긴 걸까요?"

"설마……."

마사카네가 눈을 크게 떴다.

"깜짝 놀랐죠? 그래도 증거가 있는 이상은 믿을 수밖에 없어요. 우동 씨의 피어싱이 빠진 건 15일 오후 8시, 고래와 충돌한 건 다음 날인 16일 오후 11시 반이었던 거예요. 저희 다섯 명은 선실에서 하룻밤을 보냈다고 생각했지만, 실은 아무도 깨닫지 못하는 사이에 하루를 더 보냈던 거예요.

물론 보통 인간이라면 그런 집단 최면 같은 일이 일어날 리 없겠죠. 하지만 그때 모두가 선실에서 죽어버렸다면 이 기묘한 상황도 설명이 돼요."

"모두가 선실에서 죽었다고요? 그런 일이 있을 수 있나요?"

우동이 눈을 뒤집었다.

"있어요. 원인은 일산화탄소 중독이라고 생각해요. 꼬치구이를 구워먹은 풍로 밑에서 타다 남은 불이 불완전연소를 일으켜서 일산화탄소를 발생시킨 거죠.

저희가 잠을 잘 때, 환기구에서 이상한 냄새가 나서 점장님이 덕트 테이프로 그걸 막았잖아요. 그 탓에 환기도 충분히 되지 않았어요. 일산화탄소는 냄새가 나지 않으니 술에 취한 저희는 깨닫지 못한 채 목숨을 잃어버린 거예요.

우동 씨의 귀가 찢어진 15일 밤 8시의 시점에는 모두 살아 있었어요. 저희가 죽은 건 그 후의 일이죠. 모두의 추측보다도 되살아나기까지 걸리는 시간은 길었을 것 같아요. 의식을 되찾은 건 16일 밤이니까, 알지 못하는 사이에 하루가 지나버렸다는 사실은 아무도 깨닫지 못했죠."

"그러고 보니 이상하게 연료가 주는 페이스가 빠르긴 했지."

마사카네가 혼이 나간 듯한 얼굴로 말했다.

"그건 하루 치 분량의 연료를 사용했기 때문이겠죠. 16일 시점에 크루저는 예상외의 장소로 나아가고 있었을 테지만, 선생님은 고래와 충돌해서 항로가 바뀐 탓이라고 착각한 것 아닐까요?

저희 다섯 명은 이 섬에 찾아온 시점에 이미 죽어 있었어요. 상륙하고 나서는 살인사건 따위 하나도 발생하지 않았죠. 이것이 사나다 섬 연속살인사건의 진상이에요."

시간이 멈춘 듯한 침묵이 이어졌다.

아바라, 마사카네, 우동 세 명은 눈도 깜박이지 않고 아이리의 얼굴을 바라보았다.

"그렇다면 마스크를 쓴 괴인은 누구죠?"

아바라가 쥐어짜듯 말을 꺼냈다.

"그런 녀석은 존재하지 않았어요. 굳이 말하자면 정체는 이 섬과 바다예요."

"뭐?"

세 명은 여우에 홀린 듯했다.

"딱히 제 머리가 이상해진 건 아니에요. 어제 내린 비 탓에 강가는 진흙투성이가 되어 있었어요. 풀이 떠내려간 곳도 있었죠. 아무리 비가 많이 내렸다고 해도, 이건 조금 이상해요. 아열대에서는 호우가 내리는 게 드문 일도 아닌데, 어째서

강가에 뿌리를 내리고 있던 풀이 어제만 떠내려간 걸까요.

제가 되살아났을 때는 이미 사라졌지만, 크루저 주변 바다가 붉게 물들어 있었다고 들었어요. 이 붉은 침전물의 정체는 연료가 아니에요. 피예요. 거대한 생물의 사체가 강을 막고 있었던 거예요."

"거대한 생물?"

"고래 말이에요. 크루저에 충돌했던 고래가 사나다 섬에 흘러와서, 하구로 들어가버린 거죠. 그렇다면 이 고래는 어디로 사라졌을까요? 고래의 사체는 세계 여기저기에서 폭발을 일으키곤 해요. 몸이 부패 가스로 팽팽해져서 폭발하는 거죠. 이 녀석도 폭발해서 산산조각이 나서 바닷물에 흘러내려 갔을 거예요. 지금쯤 바닷새의 호화로운 저녁밥이 되었을지도요."

"저기, 무슨 말을 하는 건가요?"

아바라가 불안한 듯 물었다.

"모르실지도 모르겠네요. 저는 크루저에서 고래를 쫓으려고 고래의 피부에 못을 던졌어요. 어젯밤 11시 반, 그 고래가 폭발한 충격으로 못이 공중으로 날아올랐죠. 그리고 점장님의 방 유리를 뚫고 점장님 머리에 박힌 거예요. 점장님이 피투성이로 보인 건 함께 날아온 고래의 피를 뒤집어썼기 때문이죠. 점장님의 방 바깥벽에 이때의 혈흔이 잔뜩 달라붙어 있었어요.

물론 이미 죽어 있던 점장님은 머리에 못이 박히는 것 정도로는 꿈쩍도 안 하죠. 기생충이 이미 신경세포의 재생을 시작했을 테니까요. 하지만 운도 없게, 못이 박힌 충격으로 의식을 잃은 거예요. 그래서 누군가에게 살해당한 것 같은 현장이 만들어져버린 거죠."

세 명은 창백한 얼굴로 우시오의 온몸을 핥듯이 바라보았다.

"이때 고래의 체내에서 분출된 대량의 메탄가스는 바람에 실려 아틀리에로 흘러들었어요. 메탄은 공기보다 가벼우니까 바닥의 구멍을 통해 아틀리에로 들어와서 실내에 가득 차 있었죠.

처음의 폭발로부터 한 시간 반이 지난 오전 1시. 편지를 받고 아바라 씨가 아틀리에를 찾아갑니다. 이 편지를 보낸 게 누구인지는 굳이 캐묻지 않겠어요. 메탄은 무색, 무취이니까 아바라 씨는 아틀리에의 이변을 깨닫지 못했죠. 시간을 때우려고 담배를 물고 라이터로 불을 붙이려던 순간, 메탄에 인화되어 폭발이 일어났어요. 충격으로 아바라 씨는 벽으로 날아갔고, 의식과 함께 목걸이도 날아가버렸죠.

화염은 몸으로 퍼져서 천천히 피부를 태웠어요. 이대로라면 아바라 씨는 기생충과 함께 죽어버렸겠죠. 그런데 행운인지 불행인지, 열 때문에 밀랍인형의 밀랍이 녹아 아바라 씨

위로 쏟아진 거예요. 온몸이 밀랍으로 뒤덮이면서 산소가 연소하지 못하게 되어 화염이 진화되었죠. 이렇게 아바라 씨가 밀랍을 뒤집어쓴 현장이 만들어졌어요."

아바라가 겁에 질려 라이터를 테이블에 던졌다.

"비극은 이어집니다. 고래가 하구를 틀어막은 탓에 수위가 높아진 강은, ㄱ자로 꺾인 부분에서 터져 무너졌어요. 홍수처럼 변한 거대한 물의 흐름이 숙박동의 벽을 두드렸죠. 이 충격이 본관으로 전해져, 현관 로비의 조명이 진자처럼 흔들렸어요. 2층 복도에서 창문 밖을 보던 마사카네 선생님이 자세를 무너뜨린 순간, 머리 위를 구체가 통과합니다. 첫 번째는 직격을 피했지만, 자세를 되돌린 선생님의 얼굴에 원래 위치로 돌아가려던 구체가 격돌했어요. 선생님은 얼굴에 상처를 입고 난간 사이에 머리를 박은 채 의식을 잃었죠. 현관 로비의 조명이 켜지지 않게 된 건 이때 전구가 고장났기 때문이에요."

마사카네는 아무 말도 하지 않고 팔꿈치를 테이블에 괸 채로 머리의 붕대를 쓰다듬었다.

"이 홍수는 또 하나의 비극을 낳았어요. 물의 흐름이 충돌한 건 강 쪽을 향한 욕실이었죠. 창문을 깨고 흘러들어 온 대량의 물이 직격해서 우동 씨는 의식을 잃고 말았어요. 얼굴의 피어싱이 떨어진 것도 이때죠. 욕실에는 환풍기가 없고

문에도 틈새가 없으니까 방 전체가 거대한 수조처럼 침수되었어요.

강의 물은 욕조 바닥을 통해 천천히 배수되었죠. 그러자 욕조로 흘러드는 물의 흐름이 생겨서, 우동 씨의 몸도 욕조로 흘러 들어갔어요. 이윽고 수량이 적어졌을 때, 굴러다니던 고무마개가 마침 배수구에 들어간 거죠. 이렇게 우동 씨가 욕조에 잠긴 듯한 현장이 만들어졌어요. 욕조의 물이 더러웠던 건 자비 인형의 진흙이 녹은 탓이 아니에요. 물의 정체가 강에서 흘러들어온 흙탕물이었기 때문이죠."

"그래도 우주 씨가 제 사체를 발견했을 때, 욕실 문은 열려 있지 않았나요?"

"제가 발견했을 때부터 열려 있었어요. 이건 상상이긴 한데, 물이 빠져나간 뒤에 고래가 두 번째 폭발을 일으켜서 그 충격으로 문이 열려버린 게 아닐까요? 지하 방향에서 충격을 받아서, 문의 틀이 수평 방향으로 휜 거죠. 그래서 문이 틀에 맞지 않게 되었고 바깥으로 열린 거예요."

우동이 물의 흐름에 잡아먹힌 자신의 모습을 상상한 건지, 마치 물에 빠진 것처럼 입을 뻐끔거렸다.

"마지막은 저예요. 저는 욕실에서 의식을 잃고 깨어나 보니 아틀리에에 쓰러져 있었죠. 누군가가 저를 옮긴 건데, 이게 누구인지는 일단 제쳐두죠.

제가 의식을 되찾았을 때, 고래가 마지막 폭발을 일으켰어요. 충격으로 아틀리에가 흔들려서, 저는 바닥의 구멍을 통해 모래사장으로 떨어졌어요. 몸을 부딪혀 의식을 잃은 제 몸 위로 고래에서 분출된 대량의 피와 위산이 쏟아져 내렸어요. 거기다 빗물이 격자에 묻은 위산을 씻어 낸 탓에, 저만이 황산을 뒤집어쓴 듯한 현장이 만들어진 거예요."

"사키 씨의 혀는요? 우연히 잘릴 리는 없잖아요?"

"아, 그거 말이죠."

아이리가 아래턱을 누르고 쓴웃음을 지었다.

"실은 제가 자른 거예요."

"스스로 혀를 잘랐다고요? 왜요?"

"껌을 씹을 생각으로 저도 모르게 혀를 씹은 것 같아요. 설마 통각이 없어졌다고는 생각할 수 없으니까, 처음에는 무슨 일이 벌어졌는지 몰랐죠. 입술에 피가 묻어 있었고, 입안에 무언가 있었기에 뱉었더니 혀였어요."

"분명 무통성무한증 환자는 스스로 혀나 입술을 손상하기 쉽다고 해. 자네도 이런 케이스였던 건가."

마사카네는 턱을 괴고 있던 팔에서 얼굴을 떼며 말했다.

"그러고 보니 저도 어느샌가 혀에 상처가 생겨 있었어요."

우동이 갑자기 떠오른 듯 혀를 내밀었다.

"통각을 잃은 인간은 언제 혀를 씹어서 잘라도 이상하지 않다는 말이네요."

"저기, 죄송합니다."

아바라가 손을 들었다.

"저, 의식을 잃기 직전에 안구가 여럿 달린 괴인을 봤는데
요. 그건 뭐였나요?"

"그건 저도 알아요. 살해당하기 전에 자비 마스크를 본 건
점장님, 아바라 씨, 우동 씨 세 명이죠. 점장님이 피투성이가
된 방과 아바라 씨가 밀랍을 뒤집어쓴 아틀리에 그리고 우동
씨가 잠겨 있던 욕실 앞의 탈의실. 세 방에는 공통점이 있었
어요."

"공통점?"

"금이 간 거울이에요."

앗, 하고 숨을 들이마시는 소리가 겹쳐졌다.

"거울에 금이 가서 부위별로 반사각이 다르면, 거기에 몇 개
나 되는 얼굴이 비치게 되죠. 세 명은 의식을 잃기 직전에 그
걸 보고 많은 눈을 가진 괴물이 나타났다고 착각한 거예요."

"그래도 우주 씨, 범인의 발을 봤다고 말하지 않았나요?"

아바라가 우시오의 눈을 바라보며 말했다.

"그것도 들었어요. 점장님이 마지막으로 본 스니커에는 토
사물이 묻어 있었죠. 그렇다면 이 중에서 어제 구토를 한 사
람이 누구죠? 점장님이에요. 이 사람은 산책을 나서기 전과

저녁을 먹은 후, 두 번이나 토했으니까요.

점장님이 죽어 있던 방에는 피투성이 의자가 있었어요. 점장님은 의식을 잃기 직전, 이 의자에 앉아서 몽롱한 상태로 상반신을 구부렸죠. 그러자 눈앞에 자신의 양발이 나타났고, 그것을 범인의 발이라고 착각한 거예요."

"그럼 현장에 놓여 있던 자비 인형은요? 그건 어디에서 나온 거죠?"

아바라가 서둘러 말했다.

"이것만은 사고나 우연으로는 설명할 수 없어요. 사고 현장을 살인 현장으로 보이기 위해 자비 인형을 놓으며 돌아다닌 성가신 사람이 있어요. 그건 도대체 누구일까요?

이건 어려운 문제는 아니에요. 당연하지만, 고래의 폭발이든 홍수의 직격이든 의도적으로 일으키는 건 불가능해요. 자비 인형을 놓으며 돌아다닌 사람도, 자신의 몸에 재앙이 내리기 전까지는 자신이 그런 일을 할 것이라고 생각도 안 했을 거예요.

사체와 세트가 된 자비 인형이 처음에 발견된 건 저와 마사카네 선생님 그리고 우동 씨가 피투성이의 점장님을 발견했을 때죠. 이 시점에서 재앙이 일어난 건 점장님과 아바라 씨뿐이에요. 다만 아바라 씨는 온몸에 밀랍을 뒤집어쓰고 있었으니까 아틀리에에서 움직일 수 없었죠. 자비 인형을 놓으며 돌아다닌 건 점장님밖에 없어요."

네 명의 얼굴이 일제히 우시오를 향했다. 머리를 긁적이며 쓴웃음을 짓는 수밖에 없었다.

"그렇다면 우리가 우주 씨의 사체를 봤을 때, 우주 씨에게는 의식이 있었다는 건가요?"

"물론이죠. 그때 점장님은 아틀리에에서 자비 인형에 밀랍을 붓고, 자신의 방에도 자비 인형을 가져다 놓았어요. 머리에 못이 찔린 인간이 살아 있다니, 아무도 깨닫지 못할 테죠. 점장님은 그저 숨을 죽인 채 의자에 앉아 있었던 거예요."

"다른 현장에 자비 인형을 놓고 돌아다닌 사람은요?"

"그것도 물론 점장님이죠. 이 사람은 가장 먼저 살해당한 걸, 아니 사고를 당한 걸 좋은 기회라고 생각하고, 나머지 현장에 자비 인형을 놓아서 이 섬에서 연속 살인이 일어난 것처럼 보이려고 했어요. 처음에는 피해자 역은 자신과 아바라 씨만이라고 생각했을 테지만, 모두가 차례로 쓰러져 갔기에 모든 현장에 인형을 놓을 수밖에 없었던 거죠."

"왜 그런 짓을?"

아바라가 거친 목소리로 물었다.

"자신 탓에 다섯 명이 중독사한 사실을 숨기기 위해서예요. 점장님은 머리에 못이 박히고 나서 수십 분 만에 의식을 되찾고, 자신이 괴인에게 습격당한 게 아니라 몸에 미지의 이변이 일어난 사실을 깨달았죠. 마사카네 선생님처럼 의학적인 규명은 하지 못하더라도, 자신이 한 번 죽었다는 사실은 깨달았을 거예요.

　그러다가 그저께 밤, 자신이 환기구를 막은 탓에 자신을 포함한 다섯 명이 목숨을 잃었을 가능성에 이르게 된 거죠. 모두가 진상을 깨달으면 무슨 일을 당하게 될지 알 수 없다는 불안감에 휩싸인 시점에, 아바라 씨가 사고에 휘말려 밀랍을 뒤집어쓰고 쓰러져 있는 걸 발견했어요. 일이 제대로 풀린다면 아바라 씨가 섬에 오고 나서 목숨을 잃었다고 모두가 오해할지도 모른다. 점장님은 그렇게 생각한 거예요."

　"정말 제멋대로군."

　마사카네가 중얼거렸다.

　"그렇다고는 하지만 사실을 믿기에는 사나다 섬에서 일어난 일은 너무 엉뚱하죠. 아무리 소설가들이라고는 하지만 고래의 폭발이나 홍수 탓에 죽었다고 말하는 걸 아무렇지도 않게 받아들일 사람은 없을 거예요. 그래서 점장님은 모든 경위를 알기 쉽게 만들기 위해 살인귀가 작가들을 죽이고 돌아다닌 것처럼 꾸미려 한 거예요."

　"그렇다면 자네를 아틀리에로 옮긴 것도?"

　"점장님이죠. 그래도 이유는 조금 달라요. 실은 이 사람, 제가 사라지면 곤란하거든요. 엄청 무서운 상사가 있어서,

제가 다치기라도 한다면 그 상사에게 살해당할지도 몰라요. 우연이라고는 하지만 모두가 차례로 쓰러져 갔기에, 아무리 그래도 점장님도 당황했을 거예요. 그래서 아바라 씨의 어드 바이스를 떠올리고 저를 짐수레에 실어서 아틀리에로 옮긴 거죠. 그런데 그 배려가 오히려 예상과 어긋나서 이렇게 되 어버린 거예요."

아이리는 룸웨어의 소매를 걷고 문드러진 팔에 시선을 떨 궜다.

세 명은 분노와 허망함이 뒤섞인 표정으로 우시오의 얼굴 을 노려보았다.

"정말인가요?"

우동이 어이가 없다는 듯 물었다.

"그런 표정 짓지 마. 사실을 말하자면 너무 놀라서 어젯 밤 일은 잘 기억이 안 나. 하지만 사키가 말하는 대로였다고 해도, 나는 그저 인형을 옮긴 것뿐이잖아. 책망받을 만한 일 은……."

"자네를 아틀리에에 매단 건 정답이었군."

마사카네가 진지한 목소리로 무서운 이야기를 했다.

"바닷새에게 못할 짓을 했네요. 이런 쓰레기를 먹게 하다 니."

아바라가 혀를 씹은 듯한 쓸쓸한 표정을 지었다.

"배 속의 기생충도 이런 쓸모없는 사람에게 기생 중인 걸 후회하고 있을 거예요."

우동이 목을 좌우로 흔들더니 천천히 눈을 감았다.

사람의 마음도 모르면서 심한 녀석들이다. 우시오는 혀를 차며 창밖으로 눈을 돌렸다.

하늘이 흰색을 띠기 시작했다. 길었던 밤이 끝을 맞이하고 있었다.

8장

전말

수평선에 한 척의 어선이 나타난 것은 5일째 아침의 일이었다.

"이쪽으로 옵니다!"

우동이 창문을 열고 외쳤다. 아침을 먹던 우시오 일행에게 해풍이 불어 들었다.

"내 동료가 찾으러 와준 거겠지."

마사카네가 커피잔을 한 손에 들고 중얼거렸다.

"제 독자가 저를 찾아온 걸 거예요. 열렬한 팬이 많으니까."

아바라가 뽐내는 듯한 얼굴로 반론했다.

그러고 보니 '다마코로가시 학원'은 오늘부터 영업을 재개할 예정이었다. 우시오가 일을 쉰다면 오너는 땅끝까지라도 위약금을 뜯어내러 올 것이다. 어선에 타고 있는 것이 그 남자라면 최악이다.

　우동을 시작으로 다섯 명은 천성관을 나서 모래사장으로 향했다. 우동이 돌계단에서 기쁜 듯 손을 흔들었다. 어선은 여울로 올라서지 않게끔 모래사장에서 30미터 정도 떨어진 곳에서 엔진을 멈췄다. 조타실의 문이 열렸다.

　"우왓!"

　아이리가 얼빠진 소리를 흘렸다.

　나타난 것은 선글라스를 끼고 감색 재킷을 걸친 배가 나온 남자였다. 머리 좌우에 남아 있는 곱슬머리가 흔들거렸다.

　"아이리, 괜찮아?"

　남자 목소리는 아이처럼 드높았다. 아바라와 마사카네가 서로의 얼굴을 바라보았다.

　"저게 마사카네 선생님의 동료인가요?"

　"아니야. 자네 팬 아닌가?"

　"아, 저 녀석은 우리 가게의 스토커야."

　우시오가 내뱉듯 말했다.

　"스토커? 우주 씨의?"

　"이 녀석의."

　우시오가 턱으로 아이리를 가리켰다. 아이리가 짜증을 내며 어깨를 떨궜다.

　"역시 점장이 한심하니까 저런 사람이 계속 들러붙는 거잖아요."

"어이~ 아이리~."

사토가 양손을 흔들며 외쳤다.

"그 덕에 육지로 돌아갈 수 있게 됐잖아."

우시오가 농담을 섞어 말하자, 아이리는 미간을 찡그리고
는 우시오의 어깨를 때렸다.

다섯 명은 천성관으로 돌아가서 짐을 가지고 모래사장으
로 돌아왔다.

마사카네와 우동이 크루저에 올라타고는 바다 쪽으로 구
명보트를 내렸다. 바닷물이 크게 튀었고, 낭떠러지 위에서
바닷새가 날아올랐다.

서로 분담해 짐을 구명보트로 옮기고는 마사카네가 노를
저어 어선으로 향했다.

어선 갑판에서는 사토가 넋이 나간 듯 떨고 있었다. 요괴
군단을 방불케 하는 풍모의 인간이 다섯 명이나 가까이 다가
왔으니 겁내는 것도 무리는 아니다.

마사카네가 로프로 구명보트를 고정하고 사다리를 타고
어선으로 올랐다. 갑판에는 윈치와 미끼 탱크가 너저분하게
놓여 있었다. 나머지 일행도 마사카네의 뒤를 따랐다.

"이 배, 사토 씨 거예요?"

"아니요. 빌린 거예요."

"그럼 우리한테 좀 빌려줄래요?"

아이리가 뱃전에 발을 올리고 말했다. 사토는 5초 정도 지나서 겨우 아이리라고 깨달은 듯, 마치 터져버릴 정도로 눈과 코와 입을 크게 벌렸다.

"아, 아이리. 이 사람들, 뭐야?"

"닥치고 말이나 들어. 죽여버린다."

우시오가 위협하자 사토는 "죄송합니다"라는 말을 연이어 외치고는 이마를 갑판에 힘주어 문질렀다.

"육지로 돌아가면 우리는 이런 식으로 전 국민에게 괴물 취급을 받겠죠."

아이리가 갑판에 서서 문드러진 손발을 내려다보았다.

"우리 병원으로 가지. 우리 몸에 무슨 일이 벌어진 건지 철저하게 조사하겠어. 세간에 공표하는 건 그 후라도 늦지 않아."

마사카네가 짐을 옮기며 무기질적인 목소리로 답했다.

"소설가가 마취를 해주는 병원은 조금 무서운데."

"그렇다면 다른 병원에 가서 기생충에게 몸을 빼앗겼다고 말하도록 해. 결국 정신과로 보내지게 될 테니까."

"마사카네 선생님의 병원은 저희를 믿어줄까요?"

우동이 불안한 듯 끼어들었다.

"대학원에 기생충학 선생이 있으니까 미리 말을 해두지."

마사카네가 문득 떠오른 듯 사토를 돌아보았다.

"자네. 휴대전화 가지고 있지?"

"네, 네."

사토가 몸을 일으켜 세우더니 재킷에서 휴대전화를 꺼냈다. 마사카네는 화면을 바라보고는 작게 고개를 저었다.

"안 터지는군."

"육지에 닿기 전에 터지면 좋을 텐데요. 부두에서 괴물 취급을 당한다면 최악이니까요."

"이 전화기, 빌려줄 수 있나?"

마사카네가 굵은 목소리로 말하자, 사토는 마치 미친 사람처럼 고개를 위아래로 크게 끄덕였다.

"육지에 다가가서 전파가 돌아오면 원장에게 연락해두겠네. 가능한 사람 눈에 띄지 않은 채 병원으로 갈 수 있다면 좋으련만."

"그리고 배에서 기생충이 나오지 않으면 좋을 텐데요."

우동이 부푼 배를 쓰다듬으며 말했다. 우시오도 이끌려서 자신의 하복부를 만졌다. 기분 탓인지는 몰라도 되살아난 직후보다도 더 많이 부풀어 오른 것처럼 느껴졌다.

다섯 명의 짐을 전부 옮긴 후 마사카네가 조타실에서 시동을 걸었다. 진동음과 함께 물보라가 일었다.

우시오는 뱃전에 서서 사나다 섬을 바라보았다. 악몽과 같은 나날을 보낸 섬이 멀어져간다. 지옥과 연결된 것처럼 여겨지던 섬이 작은 바위로밖에 보이지 않는 것이 신기했다.

반나절이 지나 태양이 수평선에 잠겼다.

갑판에는 우시오만이 남아 있었다. 조타실 창문으로 마사카네의 모습이 보였지만, 나머지 네 명은 선실에서 휴식을 취하는 듯했다.

잠을 자면 또 말도 안 되는 일을 당할 것 같은 기분이 들어서 우시오는 바다를 바라보는 중이었다. 밤바다는 조용했다. 때때로 항공기의 불빛이 하늘을 지나갈 뿐, 배도 섬도 보이지 않았다.

우시오는 하품을 하고, 바다 쪽으로 늘어뜨리고 있던 다리를 끌어올렸다. 계단을 내려가서 선실로 향했다.

문을 열자 몇 명의 잠든 숨소리가 겹쳐서 들렸다. 갈 때의 크루저와는 다르게 침대가 없었다. 네 명은 모포를 둘둘 말고 새우잠을 자고 있었다. 우동이 코를 고는 소리가 새삼 그립게 느껴졌다.

우시오도 방구석에 모포를 깔고 위를 보고 누웠다.

10분 정도 지났을까. 조금 떨어진 곳에서 천이 스치는 소리가 들렸다. 발소리에 이어서 문손잡이를 비트는 소리. 달빛이 비쳐들어 아바라가 갑판으로 나가는 모습이 보였다. 화장실이라도 가는 걸까.

묘하게 불안한 마음이 들어서 우시오는 숨을 죽이고 몸을 일으켰다. 문을 열고 살금살금 계단을 올랐다.

갑판에 사람 그림자는 없었다. 조타실 쪽을 보자 아바라가 문을 여는 참이었다.

"마사카네 선생님. 휴대전화 전파, 아직 안 터지나요?"

"전파? 어떠려나."

엔진음에 뒤섞여 둘의 목소리가 들렸다. 마사카네는 조종대에 놓아둔 휴대전화를 손을 들더니 마치 연극을 하듯 고개를 저었다.

"안 터지는군."

"아, 유령선!"

아바라가 갑자기 소리를 질렀다. 마사카네가 뒤를 돌아본 틈을 노리고 아바라가 휴대전화를 빼앗았다.

"아하하하하. 잠깐만요. 전화 지금 잘 터지는 상태잖아요! 왜 거짓말을 한 거죠?"

아바라가 화면을 보고 기고만장하게 외쳤다. 마사카네는 아무 말도 하지 않고 가만히 서 있었다.

"제가 생각한 대로예요. 오늘은 20일이네요. 역시 사키 씨의 추리는 틀렸어요."

아바라가 마사카네에게 휴대전화 화면을 들이댔다.

"저희가 부두에 모인 게 15일이죠. 일산화탄소 중독으로 죽은 탓에 하루를 날려버렸다면, 사나다 섬에 도착한 건 17일. 오늘은 섬에 도착한 후 5일째니까, 17, 18, 19, 20을 지나 21일이어야 하죠. 그런데 보세요. 휴대전화에는 20일이라고 표시되어 있어요."

아바라가 마사카네에게 다가섰다. 마사카네는 돌처럼 움직이지 않았다.

"어떻게 알았다고 생각하세요? 저, 크루저의 선실에서 자다가 침대에서 떨어졌을 때, 엄청나게 아팠거든요. 그런데 사키 씨의 추리라면, 그 시점에 저는 일산화탄소 중독으로 이미 죽었어야만 하죠. 이건 모순이에요."

아바라가 휴대전화를 조종대에 올려놓고 명탐정처럼 헛기침을 했다.

"그렇긴 하지만 이건 제 주관이에요. 제 아픔은 착각이었을지도 모르죠. 그래도 결정적인 증거가 눈앞에 있었어요. 그게 바로 이거죠."

아바라는 총구를 향하듯 양팔을 앞으로 들이댔다.

"제가 아틀리에에서 눈을 떴을 때, 오른손의 엄지손가락과 왼손 붕대에 피가 묻어 있었어요. 어느 쪽이건 아직 밀랍이 뒤덮이지 않았을 때 다친 걸 거예요. 그런데 잘 생각해보세요. 이 피, 빨갛잖아요. 제가 이미 죽어 있었다면 상처에서는 노란 액체가 나왔어야 해요. 아틀리에에서 의식을 잃었을 때, 저는 아직 살아 있었어요. 이건 객관적인 사실이죠.

그렇다면 저만이 운 좋게 일산화탄소 중독사를 피한 걸까요? 이것도 아니에요. 고래가 충돌한 후, 사키 씨의 집게손가락에도 빨간 딱지가 생겼어요. 저희는 다 죽지 않았던 거죠."

시간이 멈춘 듯한 침묵.

마사카네가 반론하지 않자 아바라는 크게 웃었다.

"그런데, 이상하죠. 마사카네 씨는 크루저 선실에서 부러진 팔에 붕대를 감아줬어요. 그때 마사카네 씨는 제 팔을 만졌고요. 만약 제가 죽어 있었다면, 체온이 없는 걸 깨닫지 못했을 리가 없죠."

마사카네는 아무 말도 하지 않은 채 문을 닫고 아바라를 향해 돌아섰다. 불길한 예감이 든다.

"마사카네 씨. 당신은 사키 씨의 억지 이론이 틀렸다는 사실을 알고 있었죠? 왜 반론하지 않았나요? 혹시라도 사키 씨의 추리가 선생님한테는 사정이 좋았던 것 아닌가요? 살인범은 존재하지 않았다는 그 추리가……."

마사카네가 아바라의 얼굴을 때렸다. 아바라는 조종대에 허리를 부딪히고 위를 보고 쓰러졌다. 마사카네가 서랍에서 접이식 나이프를 꺼냈다.

"설마?"

마사카네는 아바라의 셔츠를 들어 올리고 배꼽 구멍에 나이프를 찔렀다. 아바라가 눈을 동그랗게 떴다. 마사카네가 나이프를 휘젓자 배에서 샘물처럼 물이 배어 나왔다. 셔츠가 점차 노랗게 물들었다. 아바라가 양손을 버둥거리자 옆에 있던 말통이 쓰러지며 액체가 흘러나왔다.

"점장님, 무슨 일이에요?"

아이리가 선실 문을 열고 말했다. 뒤에는 모포를 둘둘 감은 우동과 사토가 이쪽을 보고 있었다. 큰소리가 들려 눈을 뜬 것 같았다.

"마사카네가 아바라를 찔렀어."

우시오는 본 그대로 말했다.

조타실에서 우당탕, 하는 소리가 울려 퍼졌다. 아바라가 배를 누른 채 무릎을 꿇고 웅크리고 있었다. 임신부처럼 배가 부풀었다. 어깨가 떨린다. 타액이 솟구친다. 아픔을 느끼지 않을 텐데도 얼굴이 고통으로 일그러진다.

마사카네의 손끝에서 잭나이프가 떨어졌다. 어리둥절한 표정으로 도움을 구하는 것처럼 이쪽을 바라보았다.

그 순간, 풍선이 터지는 듯한 소리가 나고 아바라의 배가 좌우로 갈라졌다. 5센티미터 정도의 선충이 대량으로 흘러나왔다. 마사카네가 깜짝 놀라 미친 듯 비명을 질렀다.

선충은 한 마리 한 마리가 몸을 꼬고, 얽히고, 비틀리고,

엉키면서 배가 갈라진 곳에서 기운차게 넘쳐 나왔다. 그 무리는 점차 조타실 바닥을 뒤덮고, 액체처럼 마사카네의 코와 눈으로 흘러 들어갔다.

"오지 마! 오지 말라고!"

선충에게 둘러싸여 마치 수많은 털이 난 괴물처럼 변한 마사카네가 비명을 질렀다. 피부를 문질러 선충을 떨어뜨리려도, 곧장 몇 배나 되는 무리가 밀어닥친다. 허덕이듯 열린 입안으로도 선충이 밀려들었다.

"점장님, 위험한 거 아닌가요?"

아이리가 조타실의 문 아래를 가리켰다. 스틸로 된 문짝과 바닥의 틈으로 선충이 기어 나오려는 중이었다.

"위험하네."

우시오는 문으로 다가서서 스니커로 선충을 밟아 으깼다. 과일을 찌부러뜨리는 감촉. 푸슉, 소리를 내며 노란 액체가 퍼졌다.

"싫어, 싫어, 싫어!"

아이리가 미친 듯 외쳤다. 문과 바닥 틈새로부터 두 마리, 세 마리 선충이 밀려 나왔다. 우시오는 엄청나게 선충을 밟아 으깼다. 한도 끝도 없다는 것은 알고 있어도 다른 방법이 없었다.

"……응?"

오른쪽 발바닥에서 이상한 느낌이 들었다. 신발 안에서 무언가가 꿈틀거렸다. 발을 굽혀 신발 바닥을 보자, 못이 찔린 구멍으로 선충이 반쯤 몸을 들이민 상태였다. 다리가 뒤엉켜 뱃전에 허리를 부딪혔다.

"도, 도와줘!"

우시오는 쥐어짜듯 말했다. 선충은 점점 신발 안쪽으로 침입해 들어왔다. 아이리가 달려와서는 얼굴을 찡그리면서 선충을 잡았다. 선충이 춤추듯 몸을 뒤틀었다.

"얼른 해!"

"시끄러워요! 조용히 좀 해요!"

아이리는 선충을 잡아 빼서는 바다로 던졌다. 물이 튀는 소리. 아이리는 어깨로 숨을 쉬면서 뱃전에 기대고 섰다.

조타실을 보자, 마사카네의 몸은 선충의 무리에 둘러싸여 거의 보이지 않을 정도였다. 개미에게 둘러싸인 쥐의 사체 같았다. 아바라는 혼이 빠진 듯한 표정으로 마사카네를 바라보고 있었다.

문 아래에서는 스무 마리 정도의 선충이 바깥으로 기어 나오려 하는 중이었다. 이대로라면 위험하다.

문득 주유소에서 나는 냄새와 비슷한 냄새가 코를 찔렀다. 조타실 바닥에 말통이 쓰러져 투명한 액체가 퍼져 있다. 등유다.

"어이, 사토. 라이터 좀 줘."

선실을 향해 외쳤다. 배의 바닥이 크게 출렁였다.

"라이터? 기름이 다 떨어졌는데 괜찮은가요?"

사토가 재킷에서 라이터를 꺼내 레버를 딸깍딸깍 눌렀다.

"도움이 안 되는군. 그럼 담배야. 담배를 내놔."

"네?"

사토가 담뱃갑을 던졌다. 우시오는 케이스를 주워 들고는 심호흡을 하고 조타실 문을 열었다. 틈이 벌어짐과 동시에 선충 무리가 떠밀려 나왔다. 무언가가 발바닥을 어루만지는 감각. 아이리가 숨을 들이켜는 소리가 들렸다.

"아바라, 작별 선물이야. 저세상에서는 못 피울 테니까."

바닥에 웅크린 아바라의 눈앞에 담뱃갑을 내밀었다. 아바라의 창백한 얼굴이 이쪽을 향했다. 부두에 모였을 때의 활기찬 분위기는 어디에도 없었다.

"저, 죽는 건가요?"

아바라의 동공이 열려 초점이 맞지 않았다. 배가 공기가 빠진 풍선처럼 움푹 꺼져 있었다.

"그거야 그렇겠지. 네 배는 이미 텅 비었으니까."

"그런가요. 감사합니다."

아바라는 떨리는 손으로 담배를 뽑아서 입에 물고는 주머니에서 라이터를 꺼내서 불을 붙였다.

"저세상에서도 감사를 잊지 말라고."

우시오는 아바라의 입에서 담배를 빼내서는 바닥의 등유를 향해 던졌다. 아바라가 허를 찔린 듯 깜짝 놀랐다. 펑, 하는 소리를 내고 화염이 단번에 퍼져 나갔다.

우시오는 발길을 되돌려 조타실 바깥으로 뛰었다. 아이리가 합을 맞춘 것처럼 문을 닫았다.

조타실은 화염에 휩싸였다. 바닥을 뒤덮고 있던 선충들은 불에 잡아먹혀 몸을 뒤틀면서 치즈처럼 녹기 시작했다. 마사카네에게도 화염이 옮겨 붙어 목소리가 되지 않는 외침이 새어 나왔다. 체모가 벗겨지듯 대량의 선충이 바닥으로 떨어졌다. 계란프라이를 깨뜨린 것처럼 마사카네의 배에서도 선충이 터져 나왔다.

"아하하하하, 죽어!"

우시오는 간판에 기어 나온 선충들을 밟아 터뜨렸다.

문을 닫고 기다리다 보니 화염은 15분 정도 만에 꺼졌다. 두 명의 몸은 빨갛게 문드러졌고, 배는 쑥 들어간 채로 근육과 뼈가 있는 그대로 드러났다. 바닥은 선충의 사체로 가득했다.

"큰일이네. 조종 패널이 망가졌어. 이래서는 육지로 돌아가지 못하겠는데."

아이리가 바닥에 굴러다니던 휴대전화를 바라보았다. 디

스플레이가 깨져서 기판이 드러나 있었다. 도무지 전화를 걸 수 있을 것 같지는 않았다.

"무, 무슨 일이 있었던 건가요?"

우동이 선실에서 창백한 얼굴을 내밀었다.

"아바라의 배에서 유충이 튀어나와서 통째로 태워버렸어."

"그건 알고 있어요. 아까 마사카네 씨가 아바라 씨를 찔렀다고 말했죠? 왜 마사카네 씨가 그런 짓을 한 건가요?"

우동이 어째선지 우시오를 노려보았다. 우시오는 아이리와 얼굴을 마주보았다. 이렇게 된 이상, 계속 거짓말을 해봐야 의미가 없다.

"진짜 사실을 말해줄게. 3일 전의 추리는 엉터리였어. 우리를 죽인 건 고래나 홍수가 아니야. 저 녀석이지."

우시오는 빠른 말투로 말하고는 타고 남은 잿더미처럼 변한 마사카네를 내려다보았다.

우동이 계단을 올라, 조타실을 들여다보고 부은 볼을 일그러뜨렸다. 사토는 여전히 선실에서 몸을 웅크린 채였다.

"마사카네 씨가 저희를 죽였다고요? 그렇다면 아바라 씨는 진상을 알아맞혔기에 마사카네 씨에게 살해당했다는 건가요?"

"그런 셈이지. 진상을 전부 간파한 것 같지는 않지만, 마사카네가 무언가를 숨기고 있다는 건 깨달은 것 같으니까. 그

래서 마사카네는 입을 막기 위해 아바라의 배를 찔러 죽인
거야."

"아니, 잠깐만 기다려 주세요."

우동이 입술을 내민다.

"저희가 깨닫지 못하는 사이에 일산화탄소 중독으로 죽었
다고 한 건 우주 씨의 손목시계의 혈흔을 통해 고찰한 추리잖
아요. 이치에 맞다고 느꼈는데, 그것도 전부 거짓말인가요?"

"손목시계에 피가 묻은 것도, 문자판에 균열이 생긴 것도
진짜야. 그래도 그 추리는 틀렸어. 추리가 설득력이 있게끔
꾸민 엉터리 이론이지. 자, 똑똑히 봐."

우시오는 주머니에서 손목시계를 꺼내서 왼손에 차고 문
자판을 우동에게 보여주었다.

"뭐가 잘못된 건가요?"

"이 정도의 트릭에 속아 넘어가는 녀석이 용케도 추리작
가를 하고 있군. 시간을 조정하는 용두가 왼쪽에 있잖아. 손
목시계는 왼손에 찼으니까 용두를 움직이는 건 오른손이야.
그렇다면 용두도 문자판 오른쪽에 있어야만 하지."

"아, 그렇네요."

우동이 멍하니 입을 벌렸다.

"고급품의 경우, 용두가 왼쪽에 붙어 있는 왼손잡이용 모
델도 있지만요. 하지만 우리 점장님은 오른손잡이니까 굳이

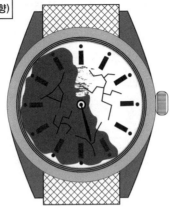

맞지 않는 모델을 살 필요는 없죠."

아이리가 우동의 손목을 붙잡고 보충 설명을 했다.

우시오는 사나다 섬에 도착한 날, DEAR OMATA UJU라고 새겨진 뒤판을 네 명에게 보여준 후, 앞뒤만을 돌려서 왼손에 찼다. 그때, 네 명을 향한 문자판이 자신을 향하도록 돌리지 않은 탓에 시계가 반대쪽을 향하고 있었던 것이었다.

"이 녀석을 올바른 방향으로 차면 이렇게 되지."

우시오는 밴드를 풀고 상하를 바꿔서 손목에 다시 감았다.

"바늘이 멈춘 건 11시 반이 아니라 5시 반이야. 아바라가 침대에서 떨어진 건 심야 11시 반이니까, 손목시계의 고장과는 아무 관계가 없지."

"그렇다면 사키 씨는 일부러 잘못된 추리를 말했다는 건가요. 왜 굳이 진범을 숨긴 거죠?"

"진범, 즉 마사카네 선생님이 우리를 죽일 마음이 없었다는 걸 알고 있었으니까요."

아이리가 천천히 말을 고르면서 답했다.

"죽일 마음이 없었다고요? 무슨 말이에요?"

"그 말 그대로예요. 마사카네 선생님은 우리를 한 번 죽인 것뿐, 되살아난 후에 다시 한 번 죽이려고는 안 했잖아요.

자비 마스크로 얼굴을 숨기고 있던 이상, 우리가 되살아날 가능성이 있다는 사실을 알고 있었다는 건 틀림없죠. 그럴 마음만 있었다면 우리 배 속의 기생충을 죽이는 건 간단했을 거예요. 네 명의 사체를 기둥에라도 묶어두고 되살아나면 차례대로 배를 파내면 되는 일이니까요. 그래도 그렇게 하지 않았죠."

"점점 더 모르겠네요. 그렇다면 왜 범인을 감싸준 거죠?"

"마사카네 선생님이 살해당한 척을 했기 때문이에요. 이렇게 공을 들여 살인을 한 건 피해자인 척을 해서 우리와 함께 육지로 돌아가려고 했기 때문이겠죠. 선생님은 정체가 들키지 않는 한, 계속 자신도 피해자인 척 연기했을 거예요.

3일 전의 밤, 저는 점장님에게 이야기를 듣고 범인이 마사카네 선생님이라는 걸 알았어요. 하지만 식당에 뛰어들어가서 선생님을 추궁한다면 선생님이 어떻게 나올지 알 수 없었죠. 정체를 들킨다면 피해자인 척을 계속할 필요도 없으니까요. 애초에 우리를 죽일 마음은 없어 보였으니까, 괜히 자극하지 않는 편이 안전할 거라 생각했어요."

"딱히 저희도 마사카네 씨를 의심하지는 않았어요. 굳이 거짓 추리를 선보일 필요는 없던 것 아닌가요?"

"그건요. 누군가를 돕기 위해서였어요."

아이리가 힐끔 우시오의 얼굴을 바라보았다.

"그때 점장님은 바닷새에게 쪼여서 엉망진창이었죠. 아무리 그래도 점장님을 모래사장에 버려두고 갈 수는 없었어요. 근데 점장님이 범인이 아니라는 점을 증명하면, 모두 다시 제멋대로 추리를 시작할 테죠. 추리작가들이 모여 있었으니 눈앞에 굴러다니는 수수께끼를 내버려둘 리 없죠. 누군가가 무심코 진상에 도달해버리면 목숨이 위험해져요. 그래서 저와 점장님이 머리를 맞대고 아무도 범인이 되지 않는 추리를 짜낸 거예요. 꽤 잘 만든 추리였죠?"

"그렇게까지 생각했던 거군요."

우동은 납득과 의문이 반씩 섞인 표정이었다

"그래도 어떻게 마사카네 씨가 범인이라는 걸 알았어요? 그리고 마사카네 씨의 목적은 뭐였던 거죠?"

"진정해. 모든 것에는 순서라는 게 있으니까."

우시오가 뱃전에 기대어 담배를 물었다. 불을 붙이려다 라이터를 가지고 있지 않다는 사실을 깨달았다. 조타실에 아바라의 라이터가 있을 테지만 가지러 갈 마음도 들지 않았다.

"우리가 진상을 깨달은 건 마사카네가 실수를 저질러준 덕분이야."

"현장에 손도장이라도 남긴 건가요?"

"아니야. 마사카네는 얼굴에서 피를 흘리며 2층 복도에 쓰러져 있었어. 복도에는 피 웅덩이가 생겼고, 난간 틈에서 떨어진 피가 1층의 현관 로비에도 묻어 있었지.

내가 2층 복도에서 1층을 내려다봤을 때, 사체 얼굴에서 흐른 피가 똑바로 1층의 양탄자에 떨어져 있는 것처럼 보였어. 잘 생각해보면 이건 이상한 이야기지."

"왜죠? 물건이 위에서 아래로 떨어지는 건 당연한 건데요."

우동이 투실투실한 목을 갸웃거렸다.

"문제는 피가 일직선으로 똑바로 떨어진 것처럼 보인 거야. 땅이 무너진 탓인지는 모르지만, 천성관의 바닥은 비스듬하게 5도 정도 기울어져 있었어. 액체는 중력 때문에 수직으로 떨어지지. 하지만 천성관 안에서는 액체가 바닥 쪽에 비스듬하게 떨어진 것처럼 보여야만 해."

"2층 복도의 높이는 5미터 정도였으니까, 바닥의 기울기가 5도라고 하면, tan5°×500으로, 43.75센티미터 어긋나야만 하죠."

아이리가 양손을 어깨너비로 펼치며 말했다.

"그렇다는군. 이 말은 1층의 양탄자의 얼룩이 진짜가 아니라는 증거야. 그건 2층에서 피가 떨어진 것처럼 보이도록 누군가가 위장한 거였던 거지. 물론 그런 공작을 할 필요가 있는 건 마사카네뿐이고."

"왜 그런 귀찮은 짓을 한 거죠? 마사카네 씨가 자살했다고 해도 얼굴에서 피를 흘리며 죽었다는 건 사실이니까 혈흔을 위장할 필요는 없잖아요."

"아니야. 누군가에게 습격당한 것처럼 꾸며서 자살하려면 현장에서 흉기를 없앨 필요가 있어. 사체와 함께 피가 묻은 흉기가 떨어져 있다면 어떻게 하더라도 자살의 여지가 남으니까.

그렇다면 현장에 흉기를 남기지 않고 죽으려면 어떻게 하면 좋을까? 다른 장소에서 자신에게 상처를 입힌 후에, 흉기를 처분하고 사체 발견 현장으로 이동하는 수밖에 없지. 그렇다고는 해도 피를 흘리면서 걸어 다니면 의미가 없으니까 자신의 몸에 상처를 입히고 일단 지혈을 한 후에 늦게 효과가 나오는 약물을 섭취한 다음에 효과가 나올 때까지의 사이에 재빠르게 현장으로 이동해야만 할 거야.

다만 이 경우에도 한 가지 문제는 있어. 사체 발견 현장에

본래 있어야 할 혈흔이 없어진다는 점이지. 그래서 마사카네
는 사전에 자신의 피를 뽑아서 복도와 로비의 양탄자에 흩뿌
려둔 거야."

"그렇군요. 위장 공작이 오히려 범인의 발목을 잡은 거네
요."

우동이 굳은 얼굴로 검게 탄 마사카네를 내려다보았다.

"자비 인형의 진흙을 벗겨서 얼굴에 바른 것도 같은 이유
지. 얼핏 보면 진흙으로 지혈을 하려고 한 것처럼 보이지만,
실제 노림수는 진흙으로 복도를 더럽혀서 그 장소에서 중상
을 입은 것처럼 보이려고 한 거야."

"그래도 어째서 1층 양탄자에 피를 흘린 걸까요. 2층 복도
에만 피를 묻혔다면 진상을 들키지 않았을지도 모르는데요."

"복도에 쓰러져 있는 것만으로는 좀처럼 사체가 발견되지
않을 테니까. 누구에게도 발견되지 않은 채 시간이 지나면,
그사이에 되살아나버릴 가능성이 있어. 마사카네는 자신이
죽은 모습을 누군가에게 보여줄 필요가 있었어."

"네? 그렇다면 2층 복도가 아니라 보다 눈에 띄는 장소에
서 죽으면 그만인 것 아닌가요?"

"그 녀석도 처음에는 그럴 생각이었을 거야. 아마도 마사
카네는 그곳에서 자신도 모르게 상처를 입은 거 아닐까?

사건 후, 현관 로비의 조명이 들어오지 않게 되었잖아. 구

체 조명이 매달려 있는 곳은 녀석이 죽어 있던 2층 복도 바로 근처야. 바닥이 기울어진 탓에 진자 같은 조명도 복도 쪽으로 기울어진 상태야. 녀석은 경치를 바라보다가 무심코 후두부를 조명에 부딪친 거지. 천둥소리를 듣고 바깥을 보려고 했다고 말했으니까, 벼락에 놀라 뒤로 물러섰을지도 몰라. 구체는 진자처럼 흔들려서 원래 위치로 돌아와. 바닥이 기울어진 탓도 있어서 정면으로 얼굴을 얻어맞게 되었을 거야. 녀석은 얼굴에 상처를 입고, 자신도 모르게 복도 바닥에 피를 흘리고 말았어.

마사카네는 당황했지. 이 혈흔이 발견되면 누군가가 복도에서 상처를 입고 나서 이동했다는 사실을 들키고 마니까. 상처를 입은 장소와 죽은 장소가 다르다는 점이 발각되면, 줄줄이 흉기나 혈흔의 위장도 간파당할 수 있지.

그래서 마사카네는 발상을 전환했어. 혈흔을 숨기는 걸 포기하고, 실제로 2층 복도에서 목숨을 끊기로 한 거야. 애초에 사체가 발견되지 않으면 의미가 없으니까 2층에서 피를 흘린 것처럼 꾸며서, 1층 현관 로비에 혈흔을 위장해두었어."

"그렇게까지 해서 사체를 발견하게 하는 것에 무슨 의미가 있나요?"

우동이 복잡한 듯 관자놀이를 누른다. 아이리가 입을 열려는 것을 우시오는 오른손으로 제지했다.

"마사카네가 한 짓을 이해하려면, 그 녀석의 속셈을 제대로 이해할 필요가 있어. 아까 사키가 말한 것처럼 마사카네의 행동은 앞뒤가 맞지 않아. 우리를 죽였는데도 우리에 대한 살의는 느껴지지 않거든. 진짜로 우리를 어떻게 하고 싶었던 거라면, 한 번 죽이고 나서라도 몸을 구속해두고, 되살아나면 배를 도려내버리면 그만일 테니까.

마사카네가 한 행동을 돌아보면, 그 녀석에게는 두 가지 목적이 있었다는 걸 알 수 있어.

첫 번째는 네 명을 한 번씩 죽이는 것. 이 '죽인다'라는 건 상대를 응징한다거나 원한을 푼다거나 하는 게 아니라, 물리적으로 생명 활동을 멈춘다는 의미야. 우리가 살해당한 것에는 이유가 있지만, 이 사실은 나중에 말하기로 하지.

두 번째는 필요 이상으로 사람을 죽이지 않는 것. 바꿔 말하면, 되살아난 인간을 그 이상 죽이지는 않는 거야."

"범행 후에 마음이 바뀌었다는 건가요?"

"아니야. 마사카네는 쾌락 살인범이 아니라 단순한 마취과 의사야. 무언가 이유가 있어 우리에게 손을 댔지만, 처음부터 필요 이상으로 죽이려고는 생각하지 않았을 거야. 오늘까지 우리를 죽이지 않았던 점, 이렇게 산 채로 육지로 가려고 한 점이 무엇보다 큰 증거지.

실제로 마사카네는 되살아나서 곧장 나와 아바라에게 기

356

생충에 관해 설명했어. 불사신이 된 것처럼 착각해서 우리가 분무족과 같은 전철을 밟지 않도록 한 거지.

보다 알기 쉬운 증거도 있어. 마사카네는 우리를 죽였을 때, 자비 마스크로 얼굴을 가렸어. 두 번 이상 죽일 생각이었다면 얼굴을 가리거나 하지 않고 되살아난 상대를 곧장 죽이면 그만이지. 얼굴을 가린 건 되살아난 후의 우리를 죽이지 않고 넘어갈 수 있도록, 즉 우리의 생명을 지키기 위해서였어."

"그렇군요. 그런 식으로 생각할 수도 있겠네요."

우동이 쓴 음료수를 마신 것 같은 표정을 지었다.

"그렇다고는 해도, 한 번 죽고 나서도 범인이라고 들키지 않는 건 쉬운 일이 아니야. 왜냐하면 우리는 죽고 나서 거의 비슷한 시간에 되살아날 테니까. 모두가 되살아난 경우, 어떤 트릭을 쓰든 간에 결국은 마지막에 되살아난 녀석이 범인이라는 말이 돼."

"그건 그렇죠. 무언가 손을 쓰지 않으면 누가 범인인지 뻔하겠죠."

"엄밀하게 말하면, 사전에 죽은 상태로 이 섬에 온다는 꼼수도 있어. 이건 네가 한 추리지. 그래도 공교롭게도 크루저를 탄 시점에는 아무도 죽지 않았다는 점은 이미 증명되었지. 마사카네는 자동문 센서가 제대로 반응했고, 너는 어둠 속에서 피어싱 때문에 살이 찢어진 걸 깨달았어. 아바라는 팔이 부러져서 아파했고, 사키도 손가락에서 빨간 피를 흘렸지. 내가 살아 있었다는 점도 사키가 증언해준 대로고. 일산화탄소 중독이 일어났다는 것도 엉터리라는 점도 아까 설명했지? 우리가 이 섬에 왔을 때 범인은 아직 살아 있었어. 이건 사실이야."

"그렇다면 범인은 마지막으로 되살아난 사키 씨라는 말이 되는데요."

우동이 미안한 듯 아이리를 바라보았다.

"아니야. 다시 말하지만, 마사카네는 우리의 목숨을 지키려고 고심했어. 하지만 누군가에게 진상을 간파당하면 그 녀석을 죽여야만 하지. 그래서는 의미가 없어. 자신이 범인이라는 걸 숨기는 방법은 다섯 번째로 죽지 않는 것. 그래서 마사카네는 자신이 죽은 후에 사람을 죽일 방법을 생각했어."

"자신이 죽은 후에 사람을 죽인다고요?"

우동이 앵무새처럼 말을 따라 했다.

"물론 죽은 사람은 다른 사람을 때리거나 목을 조르거나할 수 없지. 그래서 마사카네는 자신의 손을 쓰지 않고 우동과 사키를 죽일 방법을 생각했어. 힌트는 역시 이거야."

우시오는 손목시계를 풀어 우동의 코앞에 들이댔다. 침은 5시 반 부근을 가리킨 채 멈춰 있다.

"그러고 보니 왜 시계가 부서졌는지 아직 듣지 못했네요."

"맞아. 선실에서 내 위로 아바라가 떨어졌을 때도, 천성관에서 자비 마스크의 괴인에게 습격당했을 때도, 밤 11시 반쯤이었어. 5시 반에 바늘이 멈춘 이유는 설명할 수 없지."

"우연히 건전지가 다 되거나 한 건 아닌가요?"

"그렇지 않아. 문자판의 12시 부근에 혈흔을 동심원 형태로 문지른 흔적이 있잖아. 이건 밤 11시 반에 내가 습격당했을 때 문자판에 피가 묻기는 했지만, 아직 손목시계가 망가지지 않았다는 증거야.

그래도 되살아난 직후에 손목시계를 봤을 때는 이미 바늘이 움직이지 않았지. 이 시계는 내가 죽어 있는 도중에 망가진 거야. 내가 삼도천을 헤매고 있던 새벽 5시 반에 손목시계가 망가질 법한 무언가가 내 몸에 일어났다는 말이 되지."

"흠. 그게 뭔가요."

우동이 어금니를 으드득거렸다.

"솔직히 말하자면 나만이 알고 있는 힌트가 있어. 내가 되살아났을 때, 입안에 피와 토사물을 섞은 듯한 이물이 고여 있었어."

걸쭉한 감촉을 떠올리는 것만으로도 기분이 무거워졌다.

"죽을 때 구토를 한 건가요?"

"아니야. 나는 자기 전에 배가 텅 빌 정도로 토했어. 그건 토사물이 아니야."

"그럼 뭔가요?"

"어렵게 생각하지 마. 피부를 찔리면 피가 나와. 위를 찔리면 토사물이 나오겠지. 마사카네는 내 머리에 못을 박아 넣었어. 머리에서 나오는 건 뭐지? 뇌겠지. 내 입안에는 뇌가 들어 있던 거야."

"입안에…… 뇌?"

우동이 구부러진 얼굴을 한층 더 일그러뜨렸다.

"물론 후두부에서 이마로 못을 찔러 넣는 것만으로는 입에 뇌가 들어갈 리 없어. 마사카네는 밤 11시 반에 내 후두부에서 이마를 향해 못을 찔러 넣은 후, 5시 반에 일단 못을 뽑고, 후두부에서 입안으로 못을 다시 찔러 넣었어. 그래서 위턱에 구멍이 생겨서 두개골의 내용물이 입안으로 밀려 나왔지. 그때 무리해서 내 몸을 움직인 탓에 손목시계가 망가진 거고."

"무엇 때문에 그런 짓을 한 거죠?"

"살해 시각을 착각하게 만들기 위해서야. 나는 밤 11시 반에 자비 마스크를 쓴 마사카네에게 습격당해 의식을 잃었어. 다음으로 의식을 되찾았을 때, 내 몸은 피투성이의 사체였지. 나는 당연히 밤 11시 반에 살해당했다고 생각하게 돼.

하지만 잘 생각해봐. 의식이 없으면 사람은 자신이 살아 있는지 어떤지 알 수 없어. 의식이 없어진 것과 죽은 것이 동시라고는 단정할 수 없지. 마사카네는 밤 11시 반에 내 의식을 빼앗은 후, 의식이 돌아오지 않도록 정맥 마취를 하고 5시 반이 되기를 기다린 후 나를 죽였어. 이 시간차가 마사카네가 자신을 다섯 번째로 죽은 사람으로 만들지 않기 위해 공을 들인 비책이었단 말이지."

"그건 잘못된 거 아닌가요? 저와 사키 씨는 밤 2시 반쯤에 우주 씨의 사체를 봤어요. 우주 씨는 피투성이가 된 채, 두개골을 관통한 못이 이마에서 튀어나와 있었어요."

우동은 우시오와 아이리의 얼굴을 번갈아 바라보았다. 아이리는 옅게 미소를 띤 채로 다음 말을 재촉하듯 턱을 치켜들었다.

"그냥 본 거잖아? 내가 죽어 있는지 실제로 확인한 건 마사카네야. 그 녀석은 과장되게 맥박을 확인하고, 내가 죽었다는 걸 너희가 믿게끔 했어. 그리고 분무족은 패혈증으로 멸망했을 가능성이 있다고 말하며 너희가 사체를 만지지 않도록 유도했지. 내가 피투성이로 보인 건 마사카네가 아틀리에에 있던 가짜 피를 뿌렸기 때문이야."

"아니, 잠깐만요. 분명 만져 보지는 않았지만, 머리에 못이 박혀 있었다니까요?"

"네 눈은 잘못되지 않았어. 분명 머리에는 못이 박혀 있었지. 그래도 살아 있었던 거야."

"네? 머리에 못이 박히면 사람은 죽을 텐데요."

"그렇다고는 단정할 수 없어. 공교롭게도 뇌에는 다양한 역할이 있지. 못은 후두부에서 두개골을 뚫고 이마 한가운데로 튀어나왔어. 못이 박힌 건 대뇌반구의 일부분, 시각과 촉각 등의 정보를 통합하는 두정엽과 기억과 사고를 관장하는 전두엽 주변이야. 손상된다고 해도 그것만으로 죽지는 않아."

"대뇌가 망가지고 뇌간이 살아 있는 상태가 천연성 의식장애, 이른바 식물인간 상태인 거죠."

아이리가 이마 주변에서 손가락을 빙글빙글 돌린다. 9년 전에 하루카와 이탈리안 레스토랑에 갔을 때, 그녀도 비슷한 동작을 했었다.

"물론 두개골이나 경막에 구멍이 생기면 통각을 느낄 테고, 출혈이 많다면 진짜로 죽지. 그래도 박힌 못을 움직이지 않으면 상처에서 피가 분출될 일도 없어. 조직이 괴사하면 조만간 죽겠지만, 몇 시간 만에 죽음에 이르지는 않아."

"그럴 수가. 우주 씨, 그때 살아 있었다는 건가요?"

우동은 따귀라도 얻어맞은 듯한 표정을 지었다.

"나도 놀랐어. 마사카네는 11시 반에 나를 습격해 정맥 마취 주사를 놓아 몸을 움직이지 못하게 한 후에 대뇌에 못을 때려 박았지. 그런 후에 너랑 사키가 내 방에 오도록 유도해서, 죽은 것과 다름없는 모습을 목격하게 했어. 그 후 5시 반이 되기를 기다려 나에게 최후의 일격을 가한 거지.

이때 목을 조르거나 한다면 애초에는 없었던 액흔拒痕이 남고 말지. 그래서 마사카네는 관통한 못을 중간까지 뽑고 못을 아래 방향을 향해 뇌 안쪽으로 다시 박아 넣은 거야. 뇌간을 도려내면 인간은 호흡을 하지 못해 죽게 되지. 그리고 이마로 못을 다시 박아 넣으면, 외상을 늘리지 않고 나를 죽일 수 있어. 입안에 뇌가 있었던 건, 뇌간을 찔렀을 때 못이 구강까지 관통했기 때문이겠지."

우시오는 자비 마스크에게 습격당했을 때 몽롱한 사고 속에서 본 악몽 같은 정경을 떠올렸다. 세계가 망가지는 듯한 충격과 함께 입에서 곤충같이 딱딱한 팔이 돋아났던 바로 그 장면이다.

이제 와서 생각해보면 그것은 단순한 환각이 아니었다. 마사카네가 박았던 못의 끝단이 위턱을 관통하여 입술 사이로 튀어나왔던 것이다. 우시오는 뇌가 엉망진창이 되는 상황에서도 그 순간을 눈으로 포착한 것이리라.

"근데 우주 씨가 의식을 되찾은 건 낮 11시 반이었잖아요? 실제로 살해당한 게 아침 5시 반이라면, 여섯 시간 만에 되살아났다는 건가요?"

"맞아. 사실은 기생충이 자리 잡은 인간이 되살아나기까지 걸리는 시간은 여섯 시간이야. 그것을 두 배인 열두 시간으로 생각하게 한 게 마사카네의 트릭이었어."

"네네네? 저희 계산이 틀렸던 건가요?"

우동이 눈을 희번덕거렸다.

"그렇지. 마사카네는 아마도 하루카가 죽기 전부터 그녀의 몸이 이상을 일으켰다는 걸 알고 있었을 거야. 하루카의 피부는 이상하게 차갑기도 했고, 본인도 그것을 숨기려고 하지 않았으니까. 마사카네는 하루카의 이야기를 바탕으로 유사 사례를 조사해서, 이 기생충이 기생하는 인간이 사후 약 여섯 시간 만에 되살아난다는 사실을 알아낸 거지."

"그래도 우주 씨 말고 다른 사람은 열두 시간 만에 되살아난 거 아닌가요?"

"아니야. 너는 마사카네의 함정에 빠진 거야. 나 다음으로 죽은 사람들에게도 마사카네는 비슷한 공작을 했어.

아틀리에 밑에서 사키의 사체를 조사하던 때, 머리 밑에서 아바라의 목걸이가 나왔다는 이야기를 했잖아? 밀랍을 뒤집어썼을 때 벗겨진 거라면, 목걸이는 밀랍 속에 파묻혀 있지 않으면 이상하지. 그건 밀랍을 끼었었을 때가 아니라, 밀랍을 벗겼을 때 목에서 벗겨진 거야. 마사카네는 아바라에게 끼었은 밀랍을 일단 한 번 벗겨냈다는 말이야.

마사카네가 아바라에게 한 짓을 정리해보지. 오전 1시에 괴문서로 아바라를 불러내서 아틀리에에서 머리를 때려 실신시킨 후 의식을 되찾지 못하도록 정맥 마취 주사를 놓았어. 그런 다음 아틀리에의 벽에 얼굴을 붙인 후 온몸에 녹인 밀랍을 끼얹었어. 벽은 통나무를 덧대어 만들었으니까 틈새로 공기가 통하지. 질식할 걱정은 없어.

실제로는 방 바깥쪽으로 얼굴을 향하고 있더라도 밀랍을 끼얹어버리면 어느 쪽을 바라보고 있는지 알 수 없게 되지. 나아가 후두부 부근에 석고 틀을 가볍게 눌러두면, 밀랍 안에서 얼굴이 떠 있는 것처럼 요철이 생겨. 이걸로 아바라에게 밀랍을 끼얹어서 질식사시킨 것 같은 현장이 만들어졌어. 나머지는 너희를 아틀리에로 데리고 가서, 아바라의 모습을 목격시키면 되지. 피부를 직접 만질 수 없으니까 체온이나 맥박을 확인할 수도 없어.

마사카네가 진짜로 아바라를 죽인 건 아바라가 습격당한 오전 1시로부터 여섯 시간 후, 즉 오전 7시쯤이야. 한 번 끼얹은 밀랍을 깨고 나서 아바라를 아틀리에 안쪽을 향하게 한 후, 다시 녹인 밀랍을 끼얹은 거야. 이번에는 정말로 숨을 쉬지 못하게 되어 아바라는 죽었지.

물론 밀랍의 형태를 완전히 그대로 재현할 수는 없어. 내가 발견했던 아바라의 사체의 모습은 너나 사키가 본 아바라의 사체와는 달랐을 거야. 하지만 아바라의 사체를 발견한 건 나니까, 그 차이를 깨달을 수는 없지."

"저희 셋이 발견한 사체는 어느 쪽이건 살아 있었다는 거네요. 그렇다면 제가 살해당하기 직전에 본 마사카네 씨의 사체도?"

"물론 죽은 척을 한 거지. 아까 설명한 대로, 1층의 양탄자에 피를 흘린 건 자신의 몸을 발견하기 쉽게 하기 위해서야. 다만 피부를 만져보면 살아 있다는 걸 들키게 되니까, 내 사체를 발견했을 때 패혈증 이야기를 해두어서 사체에 다가가지 않도록 신경을 쓴 거지.

잠시 죽은 척을 하고 있다가 아무도 지나다니지 않으면 사키의 경우와 마찬가지로 창에 자비 마스크를 늘어뜨려서 너를 방에서 나오게 할 셈이었겠지. 되살아난 시간에서 역산하면, 녀석이 정말로 죽은 건 아침 9시 40분쯤이야."

"그럼, 저도?"

우동이 부은 몸을 내려다보았다.

"같은 이론을 대입할 수 있어. 다만 네 경우, 나나 아바라와는 조금 사정이 달라. 인간을 엎드린 자세로 욕조에 넣으면 어떻게 하든 호흡을 할 수 없으니까 죽어버려. 살아 있는 인간을 그대로 익사체로 보이게 하는 건 불가능하지. 그래서 마사카네는 트릭을 쓴 거야."

"트릭……. 잠수용 공기탱크를 얼굴에 붙인다거나 그런 건가요?"

"바보 아니야? 호흡하는 소리가 들려서 살아 있다는 걸 들킬 텐데? 힌트는 내 스니커야. 내가 되살아났을 때, 어째선지 매듭이 달라져 있었어. 죽어 있는 사이에 마사카네가 스니커를 벗긴 거야.

그렇다고는 해도 마사카네가 스니커를 벗긴 의미를 생각해보면 뭔가 이상하지. 그 녀석이 벗긴 게 스니커만이었다고는 단정할 수 없어. 룸웨어와 팬티도 전부 벗겼지만 내가 깨닫지 못했던 것뿐 아닐까? 그렇게 생각하면 정답을 알 수 있어."

"우주 씨의 옷을 벗긴다고요? 뭐 때문에요?"

"감이 나쁘구만. 나와 네 체형은 꽤 닮았어. 범인은 내 사체를 발가벗겨서 네 사체인 척 꾸민 거야. 엎드린 자세로 욕조에 담가두면 얼굴은 보이지 않아. 머리카락에 진흙을 발라놓은 건 후두부에 박힌 못의 대가리를 숨기기 위해서지. 그 흙탕물에 내 뇌도 섞여 있었을지 모르겠네."

우동은 숨을 멈추고, 우시오의 발끝부터 얼굴까지를 올려다보았다.

"그, 그래도 그 시점에서 살아남아 있던 건 사키 씨뿐이잖아요. 굳이 몸을 바꾸더라도 사키 씨가 욕실로 오지 않으면 도로아미타불 아닌가요?"

"욕실은 사키의 방 바로 맞은편이야. 창문에 자비 마스크를 매달아서 방에서 나가게 하면 싫더라도 눈에 들어오지. 창문은 깨져 있고, 욕조에는 고깃덩어리가 떠 있으니까 이변이 일어난 건 분명해. 욕조로 얼마나 다가갈지는 알 수 없지만, 동요할 때 등 쪽으로 몰래 다가가서 머리를 때리면 상황 끝이지."

"곧장 도망칠 가능성도 있는데요."

"물론 그것도 생각해두었겠지. 욕실의 창문을 깨어둔 건 사키가 도망쳤을 때의 대비책도 겸하고 있어. 본관 바깥으로 도망쳐버리면 붙잡는 게 어려워질 테지만, 욕실 창문을 통해 바깥으로 나가서 현관으로 돌아가면, 사키를 놓치지 않고 기습할 수 있으니까.

그 이후는 다른 사람들과 다르지 않아. 마사카네는 너에게 정맥 마취 주사를 놓고 욕실에서 네 의식을 빼앗은 여섯 시간 후, 11시 반쯤에 욕조에 담가 죽였어."

습격당했을 때의 공포가 되살아난 건지, 우동은 움찔 어깨를 들어 올렸다.

"다섯 명째인 사키도 마찬가지. 사키를 습격할 때는 이제 아무도 남아 있지 않으니 다른 네 명 같은 공작은 필요 없어. 아틀리에에서 모래사장으로 떨어뜨려서 실신시킨 후, 마취 주사를 놓고 의식이 돌아오지 않도록 해둔 뒤 여섯 시간 후에 죽이면 되니까. 사키가 의식을 잃은 건 오전 7시니까 실제로 살해당한 건 여섯 시간 후인 오후 1시야."

우동은 말을 곱씹듯 고개를 끄덕이다 문득 고개를 멈췄다.

"어라? 불가능한 거 아닌가요? 마사카네 씨는 9시 40분에 죽었으니까, 11시 반에 저를 욕조에 담그거나, 오후 1시에 사키 씨에게 황산을 뿌리거나 할 수는 없잖아요."

"용케 깨달았군. 그래도 처음에 말했잖아. 일련의 위장을 한 목적은 자신을 다섯 번째로 죽은 사람으로 만들지 않기 위해서야. 그러기 위해서는 사후에 사람을 죽일 장치를 만들어야만 해.

마사카네에게 필요한 건 시간이었어. 사키를 습격한 게 아침 7시, 마사카네가 죽은 게 9시 40분이니까, 자살까지 약 두 시간 반의 비는 시간이 생겨. 마사카네는 이 두 시간 반을 손에 넣기 위해 되살아나는 데 걸리는 시간을 오인하게 한 거야."

"그 두 시간 반 동안 자동살인 트릭을 설치한 거네요."

추리소설 마니아다운 말투를 듣고 아이리가 쓴웃음을 짓는다.

"그런 셈이지. 그럼 어떤 트릭을 설치했을까? 여기서 필요한 건 자신의 손을 쓰지 않고도 트릭을 발동시키는 장치야."

"시계가 11시 반이 되면 석궁에서 화살이 날아간다거나 그런 건가요?"

우동이 활을 당기는 포즈를 취했다.

"방법은 다양하지. 시계의 움직임, 조수간만의 차, 태양의 기울기 등을 이용해서 발동시키는 장치야. 하지만 정밀기계 같은 복잡한 장치를 만들더라도 실패하면 의미가 없지. 확실히 발동시키기 위해서는 어떻게 하면 좋을까? 자신이 죽은 후, 높은 확률로 일어날 일을 이용하는 거야."

"그렇게 생각대로 되는 일이 있나요?"

"힌트는 시간이야. 네가 죽은 11시 반은 내가 되살아난 시간과 완전히 같은 시간이잖아. 이게 우연일 리 없어. 마사카네는 내가 되살아남으로써 네가 죽는 트릭을 꾸민 거야."

"우주 씨가 되살아나면 제가 죽는다고요? 네?"

우동이 의아하다는 듯 눈을 가늘게 떴다.

"딱히 내가 너를 죽인 건 아니야. 내 사체는 방 한가운데 의자에 앉혀진 채였지. 나는 되살아남과 동시에 의자에서 굴러떨어져 바닥에 쓰러졌어.

마사카네는 이 의자 다리에 노끈을 감아두었지. 끈의 한쪽에는 추를, 다른 한쪽에는 아틀리에에서 가지고 온 긴 못을 묶어. 내 방의 창문을 깨고 못을 단 쪽 끝을 창문에서 늘어뜨리고, 일단 한 번 밖으로 나가서 사다리로 지붕에 올라 빗물받이로 끈을 끌어올려. 그대로 빗물받이를 통해 저택을 반

바퀴 둘러서 욕실 창문 바깥으로 못을 늘어뜨려 놓지. 다시금 저택 안으로 돌아와 늘어진 못을 욕실로 잡아당겨.

못의 용도는 네 머리의 고정이야. 욕조에 물을 받고 네 몸을 엎드리게 한 자세로 물에 담가. 머리를 들어 올려 볼의 좌우에 있는 피어싱 구멍에 못을 관통시켜. 이 못을 욕조 좌우 가장자리에 걸치게끔 놓으면, 너는 머리만이 욕조 위로 떠 있는 모습이 되지.

한편, 끈의 반대쪽에 묶은 추는 내 방 창문에서 그대로 바깥쪽으로 매달아 둬. 창 바깥은 깎아지르는 듯한 절벽이고, 그 아래는 바다야. 창에 내건 추가 바다로 떨어지지 않는 건, 끈을 의자에 감아두었기 때문이지.

11시 반. 의식을 되찾기 직전, 나는 의자에서 바닥으로 굴러떨어졌어. 의자에 체중이 가해지지 않게 되자 의자 다리에 감아두었던 노끈이 벗겨지지. 그러면 추가 바다로 떨어지면서 끈을 당기니까 네 얼굴에서 못이 빠져. 지탱해주던 못이 빠진 네 머리는 욕조에 가라앉지. 못은 추에 당겨져서 창문 바깥으로 날아가서 빗물받이 통을 타고 이동해서 절벽에서 바다로 낙하. 너는 욕조에서 질식하고 증거는 바다로 사라진다는 수법이야."

우시오는 눈을 뜨기 직전, 진흙 같은 권태감 속에서 몇 개인가의 소리를 들었다. 스르르륵, 하는 쥐가 지붕 밑을 달려

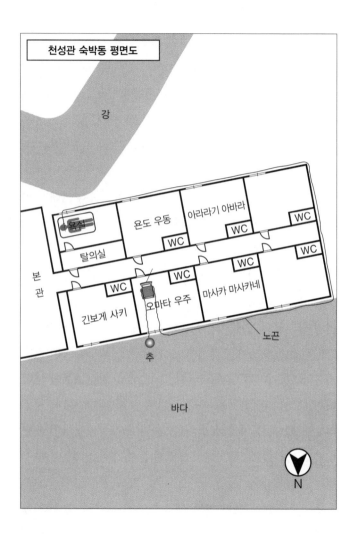

천성관 숙박동 평면도

강

욕실

탈의실

욘도 우동

아라라기 아바라

WC

WC

본관

WC

WC

긴보게 사키

오마타 우주

마사카 마사카네

WC

WC

WC

추

노끈

바다

N

가는 듯한 소리는 끈에 끌려가는 못이 빗물받이 통을 스쳐 지나가는 소리. 첨벙, 하는 소리는 추가 수면에 떨어져 바다 밑으로 가라앉는 소리였으리라.

그 약 10분 후, 욕실에서 발견한 우동의 사체는 아직 사후 수분밖에 경과하지 않았다. 하지만 피부가 부어 있었고, 수면에 떠 있었기에 죽은 지 꽤 시간이 지난 것이라고 생각하고 만 것이다.

우동의 피부가 부어 있던 것은 죽지는 않았다고는 해도 물에 몇 시간이나 잠겨 있었기 때문이었다. 실제로 수면 위로 나와 있던 우동의 얼굴은 몸통처럼 부어 있지 않았었다.

몸이 수면에 떠 있던 것도 부패가 진행되어 가스가 가득 찼기 때문이 아니었다. 익사체가 물에 가라앉는 것은 사망 시에 패닉에 빠져서 허둥거리다가 물을 마셔서 몸속의 공기를 밀어내기 때문이다. 물로 빠진 시점에 마취 상태였던 우동은 패닉을 일으키지도 않은 채 목숨을 잃었기 때문에 체내에 공기가 많이 남아 있던 것이리라.

"참고로 좌우 볼에 못을 찔러넣을 때 어떻게 하든 방해되는 게 혀야. 네 혀에 상처가 남은 건 마사카네가 실수로 긁어버렸기 때문이겠지."

"제 머리는 꼬치구이가 되었던 거네요. 섬으로 향하던 배에서 먹은 꼬치구이처럼요."

우동이 원통한 듯 피어싱이 달린 볼을 쓰다듬었다.

우시오가 떠올린 것은 9년 전에 본 '곤충 인간의 안면 꼬치 쇼'의 포스터였다. 볼에 바늘을 관통시킨 여성의 공허한 미소가 되살아났다.

"내가 의식을 되찾았을 때, 자비 인형이 침대 아래에서 상반신을 내밀고 있었어. 그건 내 주의를 침대로 향하게 하기 위한 공작이야. 만에 하나 내가 눈을 뜨는 게 너무 빨라서 추가 바다로 떨어지기 전에 창문 밖을 본다면 모처럼 만든 트릭이 쓸모없게 되니까. 그래서 자비 인형을 주목하게 해서 창문 바깥으로 사라지는 끈을 깨닫지 못하게 한 거지. 내 방의 바깥쪽 벽에 혈흔 같은 얼룩이 남아 있던 것은 끈이 날아감과 동시에 피가 묻어버린 탓이겠지."

"그렇다면 사키 씨도 저와 같은 식으로?"

"트릭 방식은 같지. 사키가 죽은 건 오후 1시니까, 아바라가 되살아남과 동시에 목숨을 잃은 것이 돼. 마사카네는 아바라가 되살아남으로써 사키가 죽는 장치를 만든 거야."

말을 끊고, 침을 삼켰다.

우시오가 아틀리에 밑에서 아이리를 발견했을 때, 그녀는 아직 죽지 않았었던 것이다.

"애초에 사키가 마사카네에게 습격당한 건 아틀리에가 아니라 숙박동의 욕실이야. 마사카네가 군이 사키를 짐수레로 아틀리에까지 옮긴 건 트릭을 꾸미기 위해 두 명의 몸을 가까이 놓아야 할 필요가 있었기 때문이지. 그렇다면 아바라가 되살아남으로써 사키를 죽게 하기 위해서는 어떤 장치를 만들면 좋을까?"

우시오가 물어보자, 우동은 수업 도중 지명받은 학생 같은 표정을 지었다.

"흠. ……아바라 씨, 되살아났을 때 오줌을 지렸다고 했죠?"

"그게 어쨌는데?"

"이런 건 어떤가요. 마사카네 씨는 아바라 씨의 머리를 때려 의식을 빼앗은 후, 독극물을 녹인 물을 먹여서 방광에 오줌을 채우게 합니다. 아바라 씨가 되살아나서 오줌을 지리면, 바닥 판의 틈새를 통해 아래로 떨어져 통나무를 타고 사키 씨의 얼굴로 흘러들죠. 사키 씨는 오줌 속의 독극물을 섭취해서 죽고 맙니다."

"아하하. 유쾌한 장치네."

눈썹을 찌푸리는 아이리를 곁눈질하며 우시오는 크게 웃었다.

"그래도 불가능해. 치사량의 독극물을 마신다면 아바라 자신이 독을 흡수해서 방광에 오줌이 쌓이기 전에 죽어버리겠지."

"아, 그렇네요."

"힌트는 아틀리에에 있어. 네가 마사카네와 함께 아틀리에에 갔을 때를 떠올려 봐. 평소와 다르게 냉정함을 잃은 사키는 선반에서 조각도를 꺼내서 너희를 위협해서 아틀리에에서 내쫓으려고 했지. 내 말이 맞지?"

"처음에 죽은 사람은 마음 편해서 좋겠네요."

아이리가 고개를 끄덕이며 비아냥거렸다.

"문제는 이때 사키가 조각도를 사용했다는 거야. 굳이 선반에서 조각도를 꺼낼 필요도 없이 아틀리에에는 남자 두 명을 위협하기에 딱 좋은 도구가 있었어야만 해."

"그런 게 있었나요?"

우동이 고개를 갸웃거렸다.

"송곳이야. 내가 되살아나서 아틀리에에 갔을 때, 바닥에는 송곳이 떨어져 있었어. 나는 틀림없이 범인이 밀랍인형을 녹였을 때 가슴에서 뽑힌 송곳이 그대로 바닥에 굴러다닌 거라고 생각했지.

하지만 한밤중에 너희가 아틀리에를 찾았을 때 송곳은 떨어져 있지 않았다는 말이 돼. 그렇다면 송곳은 어디로 사라졌을까? 마사카네가 숨겨둔 것이라고밖에 생각할 수 없어. 사키를 죽일 장치를 만들기 위해서는 선반에 있던 송곳이 아니라, 인형에 꽂혀 있던 송곳이 필요했던 거야. 호신용으로 가지고 가버리면 귀찮아지니까 선반 뒤든 어디든 숨겨두었 겠지."

"못 다음은 송곳인가요. 뭐랄까, 새롭지는 않네요."

"그렇지도 않아. 못을 사용한 건 너를 욕조에 떨어뜨리기 위해. 말하자면 장치를 완료시키기 위해서지. 반면 송곳을 사용한 건 장치를 발동시키기 위해서야.

마사카네는 아바라에게 한 번 끼웠은 밀랍을 깨서 방향을 바꾼 채 벽에 기대게 한 후, 통나무를 타고 바닥으로 내려갔 어. 바닥 판의 두께는 10센티미터 정도로, 비스듬하게 고정 된 목재가 합판을 지탱하고 있지. 장치를 숨겨둔 건 이 목재 뒤편이야. 마사카네는 바닥 판 아래에서 판의 이음매에 송 곳을 꽂아 넣어서 아바라의 왼팔을 찔렀어. 그러기 위해서는 어느 정도 이상의 길이가 필요했기에 다른 송곳은 사용 못한 거겠지.

아바라의 붕대에 묻어 있던 피는 송곳에 찔린 상처에서 나온 거야. 뾰족한 막대 끝부분이 동물을 찌르면 간단히는 뽑히지 않아. 섬유가 많은 근육이라면 더욱 그렇고."

"점장님 몸에 박힌 나이프나 유리가 좀처럼 뽑히지 않았 던 것과 마찬가지네요."

아이리가 장난기 섞인 미소를 보였다.

"이 송곳의 손잡이에 미리 작은 병을 매달고, 독극물을 녹인 액체를 넣어 둬. 마사카네는 병마개를 열고는 아틀리에로 돌아가 아바라에게 밀랍을 끼얹어 질식사시켰지. 이걸로 준비는 끝이야.

여섯 시간 후에 아바라가 되살아나서 몸을 일으키면 왼팔에 꽂혀 있던 송곳이 빠지고, 지탱해주던 것을 잃은 송곳과 병은 함께 뒤집혀. 그러면 병에서 흘러나온 액체가 통나무를 타고 사키의 얼굴로 흘러 떨어지게 되지. 아바라는 통각이 없어졌으니까 송곳이 찔려 있었던 걸 깨달을 수 없어."

"그렇게 되면 송곳도 지면으로 떨어져버리지 않나요?"

"끈으로 통나무에 매달아두면 그만이지."

"아무리 통각이 없더라도 팔에 구멍이 생긴다면 알아챌 것 같은데요."

"그렇기에 붕대를 감은 왼팔에 송곳을 찌른 거야. 붕대의 천이 거칠면 흔적도 남지 않고, 애초에 상처를 입은 부위라면 피가 나오더라도 의문을 품기 어렵지. 만약 팔이 부러지지 않았다면 본인이 깨닫기 어려운 엉덩이 아래에라도 찌를 생각이 아니었을까."

"그렇군요. 그래도 아틀리에 바로 아래에서 흘러내린 액체가 제대로 사키 씨의 얼굴까지 흘러갈까요?"

"어디에 눕혀 두면 사키를 죽일 수 있을지를 사전에 검증해두면 되잖아. 바위를 사용해 상반신을 비스듬히 기울여둔 건 얼굴에 독극물을 뿌리는 게 아니라, 배 속으로 액체를 흘려보내기 위해서야. 피부에 닿는 것만으로 중독 증상을 일으키는 약물도 있겠지만, 소화관의 점막에서 흡수하게 하는 편이 확실히 목숨을 빼앗을 수 있지.

이때 방해가 되는 게 바로 혀야. 혀가 뒤로 젖혀져서 목을 막아버리면, 액체가 입안에 머물러서 죽음에까지 이르지 못할 우려가 있어. 그래서 마사카네는 미리 사키의 혀를 자른 거지."

아바라가 되살아난 후, 아바라에게 재촉받아 아이리의 사체를 관찰했을 때의 일이 떠올랐다. 가벼운 농담을 하는데, 머리 정수리에 차가운 물방울이 떨어졌었다.

그때는 분명 아바라의 오줌이라고 생각했었지만, 그건 병에 남아 있던 액체였으리라. 황산 같은 액체였다고 해도, 통각을 잃었기에 아픔을 느낄 수는 없었다.

"잠깐만요. 우주 씨가 아틀리에에서 아바라 씨를 발견했을 때, 송곳이 떨어져 있던 건 왜인가요? 트릭에 사용할 송곳은 아직 바닥 판의 아래에 있었을 텐데요."

"내가 본 송곳은 밀랍인형에 찔려 있던 것과는 다른 것이었어. 밀랍인형의 가슴에 송곳이 찔려 있던 건 모두가 알고 있지. 왜 송곳이 없어졌는지 누가 의심하기 시작하면 끝내는 송곳을 사용한 장치를 간파당할지도 모르지. 그래서 마사카네는 선반에 있던 다른 송곳을 바닥에 놓아둔 거야."

"그렇다면 우주 씨가 곧장 사키 씨의 생사를 확인했다면 트릭은 성공하지 못했겠네요."

"나중에 말하는 거야 쉽지. 그래서 마사카네는 내가 곧장 가까이 다가가지 못하도록 격자와 바위의 틈에 사키를 놓아둔 거야. 모든 현장에 자비 인형을 놓아둔 것도, 이때 사키가 살아 있다는 걸 깨닫지 못하게 하기 위해서고."

"자비 인형? 무슨 말인가요?"

"머리에 못이 박힌 사체와 머리에 못이 박힌 인형. 밀랍이 끼얹어진 사체와 밀랍이 끼얹어진 인형. 이런 식으로 사체와 닮은 자비 인형이 현장에 놓여 있다면, 누구든 인간의 죽음을 그대로 인형으로 재현했다고 생각해. 그런 후에 황산이 뿌려진 인형을 보면, 옆에 있는 사키도 황산이 뿌려진 채 죽어 있다고 믿어버리게 되지."

"아, 분명 그렇겠네요."

"마사카네는 우리의 사망 시각을 어긋나게 하고, 나아가 마지막 두 명을 기계적으로 죽이는 트릭을 장치했어. 이렇게 마사카네는 멋지게 자신을 세 번째로 죽은 사람으로 만든 거야."

우시오는 빠른 말투로 말하고는 숨을 크게 내쉬었다. 우동은 여전히 불만 섞인 표정을 짓고 있었다.

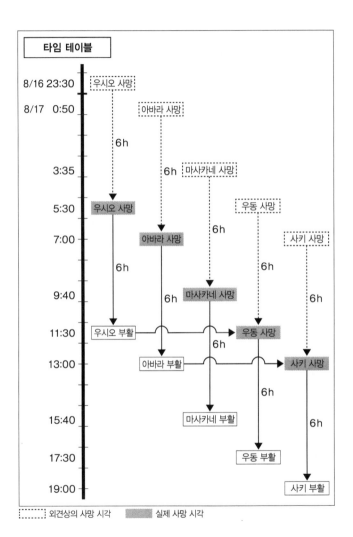

타임 테이블

8/16 23:30 　우시오 사망

8/17 0:50 　아바라 사망

6h

3:35 　마사카네 사망

5:30 　우시오 사망

6h

7:00 　아바라 사망

우동 사망

6h

사키 사망

6h

9:40 　마사카네 사망

6h

6h

11:30 　우시오 부활 　우동 사망

6h

13:00 　아바라 부활 　사키 사망

6h

15:40 　마사카네 부활

6h

17:30 　우동 부활

6h

19:00 　사키 부활

⋯⋯ 외견상의 사망 시각　　▨ 실제 사망 시각

"그래도 그건 역시 너무 운에 맡기는 트릭 같은데요. 누가 진짜로 되살아날지 어떨지는 해보지 않으면 모르잖아요. 만약 저희가 죽은 채로 있었다면 이도 저도 헛수고였던 것 아닌가요?"

"아니야. 네 뇌는 어디를 잘라 봐도 마사카네보다 밑이군."

"무슨 말인가요?"

우동이 토라져 말했다.

"녀석이 가장 곤란한 건, 두 가지 장치가 어느 쪽도 발동하지 않고 네 번째와 다섯 번째의 피해자가 그대로 살아남는 거야. 그래서 첫 번째와 두 번째 피해자로는 되살아날 가능성이 특히 큰 두 명을 골랐어. 첫 번째인 나는 하루카와 섹스를 했다고 인정했고, 두 번째의 아바라도 여자를 9년간 품지 않았다고 선언했지. 그건 9년 전에 하루카와 섹스를 했다고 말한 것과 같은 의미잖아.

한편, 네 번째와 다섯 번째 피해자가 되살아날지 어떤지는 마사카네로서도 알 수 없었어. 네 번째인 너는 하루카와 약혼을 했다고 했지만, 섹스를 했는지 여부를 물었을 때 답을 하지 않았어. 다섯 번째인 사키의 경우, 육체관계를 가지지 않았다고 거짓말을 했고.

물론 하루카는 작가를 상대로 아무렇지도 않게 잠을 자던 여자야. 진짜로 두 명 다 하지 않았으리라고는 도저히 생각하기 어렵지. 하지만 만일 어느 쪽도 되살아나지 않는다면, 마지막으로 되살아나는 게 마사카네가 되어버려. 그 경우에는 복도의 자비 인형을 누군가 움직였다는 것을 근거로, 우동이나 사키가 범인이라고 주장할 생각이었겠지."

"……그렇군요. 죽은 채로 범인으로 여겨졌다면 억울했겠네요. 되살아나서 다행이에요."

우동이 목소리를 낮추고 선미 너머의 수평선을 바라보았다. 사나다 섬의 그림자는 이미 보이지 않았고, 어느 방향에 있는지도 알 수 없었다.

"결국, 마사카네 씨의 동기만이 알 수 없는 채네요. 저희를 모두 죽인 주제에 되살아난 뒤에는 갑자기 저희를 도와주려고 했어요. 저희에게 원한이 있던 거라면 이런 귀찮은 짓을 하지 않고 그냥 다 죽여버리면 되는 거 아닌가요? 마사카네 씨의 목적은 뭐였을까요?"

"그렇게 어렵게 생각하지 않는 게 좋아. 마사카네는 원한과는 다른 어떤 이유가 있어서 우리를 죽였어. 이 녀석의 목적은 우리를 한 번 죽이면 달성할 수 있는 것이었지. 그러니까 되살아난 우리를 죽이지 않아도 되게끔 이런 수고를 들인 공작을 한 거지."

"그건 이미 아까 들었어요. 그 이유라는 게 뭔가요?"

우동이 얼굴을 들이밀었다. 그에게서 욕실의 곰팡내가 풍졌다.

"모르겠어? 하루카가 죽은 후, 아키야마 아메 교수의 집에 괴한이 침입했다는 건 알아? 괴한의 정체는 십중팔구 마사카네야. 그 남자는 하루카가 죽고 나서도 하루카의 정보를 긁어모았던 거야. 서로 사랑했다고 믿던 여자가 다른 남자에게 폭행당한 탓에 죽고 말았지. 다소의 위험은 감수하더라도 그녀의 진짜 마음을 알고 싶었던 게 아닐까? 하지만 아무리 조사해도 가장 알고 싶은 건 알 수 없었어."

"가장 알고 싶었던 것? 그게 뭔가요?"

"떠올려봤으면 하는 남자가 있어. 하루카를 죽음으로 몰고 간 장본인, 바로 에노모토 도야."

"에노모토?"

우동이 눈을 동그랗게 떴다.

"《MYSON》의 저자 말이죠. 이 사건과 무슨 관계가 있는데요?"

"아무 관계도 없지. 그게 문제야. 이 섬에 모은 건 하루카에게 반했던 작가들이잖아. 정작 중요한 에노모토 도가 없다는 건 이상하지 않아?"

"아직 감옥 안에 있는 것 아닌가요?"

"아니. 이미 형기는 끝났어."

"초대했는데 오지 않았다거나?"

"아니야. 천성관의 식당에 준비된 자비 인형은 다섯 개였어. 다른 작가에게도 초대장을 보냈다면, 그만큼 자비 인형도 준비해둘 필요가 있지.

에노모토 도가 우리와 다른 점은 하루카를 폭행한 용의로 체포된 점이야. 재판에서 쟁점이 된 탓에 그 녀석과 하루카의 관계는 텔레비전에서도 적나라하게 보도되었어. 그래서 그 녀석은 마사카네에게 초대를 받지 않은 거야."

"아, 그렇군요. 그렇다면 마사카네 씨가 알고 싶었던 건……."

우동은 혼이 빠진 듯한 표정을 지었다.

"하루카와의 육체관계야. 마사카네는 하루카가 섹스를 한 상대를 알기 위해 우리를 이 섬에 불러모아 전부 죽인 거야."

마사카네의 이상한 집념을 상상하는 것만으로도 우시오는 현기증이 날 것만 같았다.

분무족이 한 명의 감염자를 계기로 멸망한 것에서도 알 수 있듯, 이 기생충의 감염력은 극히 높다.

죽인 상대가 되살아나면 하루카로부터 기생충을 받았다, 즉 하루카와 섹스를 했다는 말이 된다. 죽인 상대가 되살아나지 않으면 기생충을 받지 않았다, 즉 하루카와 섹스를 하지 않았다는 말이 된다.

물론 마사카네에게는 자신 혼자만이 되살아나는 것이 가장 좋은 결말이었음이 분명하다. 하지만 범인이라고 들키지 않도록 심혈을 기울여 준비한 것을 생각하면, 대부분이 되살아날 것이라고 각오하고 있었을 터였다.

세밀하게 계획을 세우고 네 명의 목숨을 빼앗은 결과, 명백해진 것은 최악의 사실이었다.

모두가 한 번 죽었지만, 여섯 시간 후에 전부 되살아나버리고 말았다.

결과적으로는 아무도 죽지 않은 것이다.

"……저희는 고작 그것 때문에 살해당한 건가요?"

가슴 속의 분노를 최대한 억누르는 듯한 말투였다.

다섯 명이 섬을 산책했을 때, 마사카네는 진지한 얼굴로 이렇게 물었다.

"자네들은 정말로 아키야마 하루카와 육체관계를 맺었나?"

이 갑작스러운 질문에 솔직히 답한 것은 우시오뿐이었다. 아이리는 거짓말을 했고, 아바라는 답을 거부했고, 우동은 아무 말도 하지 않았다. 만약 모두가 솔직히 대답했다면 우리는 살해당하지 않았을지도 모른다.

"마사카네에게는 인생을 바칠 정도로 중요한 것이었겠지. 그 녀석은 딱히 우리를 원망하거나 한 게 아니야. 다만 하루카의 인생에 관한 모든 걸 알고 싶었던 것뿐이지."

"아무리 그래도 너무 제멋대로 아닌가요……"

통, 하고 문을 두드리는 소리가 들렸다.

조타실을 뒤돌아보고 심장이 멎을 뻔했다.

마사카네가 유리에 허리를 댄 채 일어서 있었다. 문드러진 피부가 축 늘어졌고, 두개골에서는 안구가 튀어나와 있었다. 몸을 흔들 때마다 선충의 사체가 바닥으로 떨어졌다.

"살아 있었던 거야?"

마사카네가 문손잡이로 손을 뻗었다. 곧장 문을 밀어서 문을 열지 못하게 하려고 했지만, 마사카네가 손잡이를 돌리는 것이 빨랐다.

"……물을."

입을 연 순간, 입술에서 침처럼 선충 덩어리가 흘러 떨어졌다. 목 안 깊숙한 곳까지 선충이 가득 차 있는 듯했다.

"뭐라고?"

아이리가 뒷걸음질쳤다.

"물을 주지 않겠나……."

말이 끝나는 것보다 빠르게 마사카네의 목이 부풀어오르더니 입에서 수십 마리의 선충이 터져 나왔다. 우동과 아이리의 비명이 겹쳤다.

"적당히 좀 해! 이제 좀 죽으라고!"

우시오가 마사카네의 배를 걷어찼다. 마사카네가 문에 등을 부딪쳐, 우우, 하고 신음했다. 그러더니 양손을 뻗어 우시오의 몸을 덮쳤다.

"물을⋯⋯."

마사카네는 우시오의 몸을 타고 올라가, 가슴을 크게 뒤로
젖혔다. 다시금 목이 부풀어 올랐다. 위험하다. 이대로라면
선충의 샤워를 뒤집어쓸 판국이다.

"마사카네 선생님!"

아이리의 목소리가 들렸다.

마사카네가 노인처럼 천천히 고개를 돌렸다. 아이리가 반
쯤 주저앉은 자세로 입을 열었다.

"선생님, 저, 말하지 못한 게 있는데요."

선충이 허벅지를 기어 다녔다.

"아틀리에에 빨간 노트가 있던 거 기억하세요? 그거, 하루
카의 일기장이에요."

거짓말이었다.

노트에 적혀 있던 것은 밀랍인형 제작에 관한 단순한 메
모였다.

"하루카, 아버지와 함께 사나다 섬에 갔던 것 같아요."

마사카네의 동공이 오므라들었다. 입을 살짝 벌리고, 천천
히 아이리를 바라본다.

갑자기 몸이 가벼워졌다. 마사카네가 몸을 일으켜 바다 건
너편으로 눈을 향했다.

"······하루카."

마사카네는 흐느적흐느적 선미로 향하더니, 상반신을 ㄱ자로 꺾고 머리부터 바다로 떨어졌다. 스크루가 기기기, 하는 귀에 거슬리는 소리를 냈다. 물보라가 일고, 배의 바닥이 위아래로 흔들렸다.

아이리가 몸을 일으켜 난간 아래를 내려다보았다. 우시오도 그 뒤를 따라 바다를 바라보았다.

바닷물이 붉게 물들어 있었다.

여러 마리의 선충과 마사카네의 머리가 바다에 둥둥 떠 있었다.

스크루가 목을 잘라버린 듯했다. 운도 없는 녀석이다.

"드디어 죽은 건가."

"아니에요!"

우동이 바다를 가리켰다.

선미에서 5미터 정도 거리의 해수면이 흔들렸다.

검붉은 살의 파편이 파도 사이에서 몇 초의 간격을 두고 얼굴을 내밀었다. 목이 없는 마사카네가 거미처럼 양손을 펼치고 헤엄치고 있었다.

"거짓말이지? 말도 안 돼. 사나다 섬으로 향할 생각인가 봐요."

아이리가 중얼거렸다.

우시오는 문득 9년 전에 '베로베로'에서 먹은 두꺼비를 떠올렸다. 배가 찢어진 채인데도 접시에 앉은 파리를 잡아먹었던 바로 그 녀석이다.

마사카네는 그 두꺼비와 똑같았다. 바라던 것을 손에 넣을 수 있다면, 자신이 죽기 일보 직전이라는 것쯤은 사소한 문제에 불과한 것이다.

마사카네가 천천히 멀어져 갔다.

우시오는 숨을 쉬는 것도 잊은 채 바다의 물보라를 바라보았다.

그리고 아무도 죽지 않았다

1판 1쇄 발행 2020년 7월 30일
1판 2쇄 발행 2024년 6월 20일

지은이 시라이 도모유키
펴낸이 문준식

디자인 엄혜리
제작 제이오

펴낸곳 내 친구의 서재
등록 2016년 6월 7일 제 2020-000039 호
주소 서울시 성북구 정릉로 305, 104-1109 우편번호 02719
전화 070-8800-0215 **팩스** 0505-099-0215
이메일 mytomobook@gmail.com **인스타그램** mytomobook

ISBN 979-11-971032-0-9 03830